古典文獻研究輯刊

十三編

曾永義 主編

第15冊

明人筆記中初見之國際型故事研究

林彥如 著

國家圖書館出版品預行編目資料

明人筆記中初見之國際型故事研究／林彥如 著 — 初版 — 新
北市：花木蘭文化出版社，2016〔民 105〕
目 4+224 面；19×26 公分
（古典文學研究輯刊 十三編；第 15 冊）
ISBN 978-986-404-591-4（精裝）
1. 筆記小説 2. 文學評論 3. 明代
820.8   105002169

古典文學研究輯刊
十三編　第十五冊　　　　　　　　ISBN：978-986-404-591-4

明人筆記中初見之國際型故事研究

作　　者	林彥如
主　　編	曾永義
總 編 輯	杜潔祥
副總編輯	楊嘉樂
編　　輯	許郁翎
出　　版	花木蘭文化出版社
社　　長	高小娟
聯絡地址	235 新北市中和區中安街七二號十三樓
	電話：02-2923-1455／傳真：02-2923-1452
網　　址	http://www.huamulan.tw 信箱 hml810518@gmail.com
印　　刷	普羅文化出版廣告事業
初　　版	2016 年 3 月
全書字數	157394 字
定　　價	十三編 20 冊（精裝）新台幣 38,000 元

明人筆記中初見之國際型故事研究

林彥如　著

作者簡介

林彥如，臺灣台北人，中國文化大學中國文學系博士。現任教於中國文化大學、臺北商業大學。學術上，主要研究民間文學，取材涵涉古今中外民間敘事文學、並佛經故事。

提　　要

　　本論文之研纂，取材明人筆記，運用 AT 故事分類法，搜羅其中成類型之故事。又以明代與外交通發達，有鄭和下西洋、耶穌會傳教士來華的具體交流事實，故著重探究跨國別皆見流傳的國際型故事。

　　論文進行初步，檢閱明人 598 部筆記，其記載成型故事者有 101 部，搜得 227 個類型，當中屬於明朝初見類型有 87 個。此 87 個類型之中，有 56 個是國際型故事。

　　文中簡化 AT 類目，將 56 個類型依「動物故事」、「幻想故事」、「宗教神仙故事」、「生活故事」、「惡地主故事」、「笑話」與「其它」七類歸屬，再分章討論故事在明代時期的說法、國際間可知的故事早期記錄、中外故事差異與流傳狀況，並探究故事呈現的文化現象等。

目

次

第一章 緒 論

第一節 研究動機與目的

近年來，臺灣及大陸地區對於口頭敘事文學的錄輯，編有《中國民間故事全集》〔註 1〕、《中華民族故事大系》〔註 2〕、《中國民間故事集成》各省卷本〔註 3〕等大套的故事叢書，並有台北中國口傳文學學會採錄整理的故事集〔註 4〕，以及臺灣各縣市文化局、鄉鎮文化中心出版的民間故事集〔註 5〕。這些民間文學研究材料，可以運用阿爾奈（Antti Aarne）、湯普遜（Stith Thompson）

〔註 1〕陳慶浩、王秋桂主編：《中國民間故事全集》，共 40 冊，台北：遠流出版社，民國 78 年 6 月。

〔註 2〕中華民族故事大系編委會：《中華民族故事大系》，共 16 冊，上海：上海文藝出版社，1995 年 12 月。

〔註 3〕中國民間文學集成編輯委員會：《中國民間故事集成》各省卷本，北京：中國文聯出版公司暨中國 ISBN 中心等單位，1992 年起陸續出版。

〔註 4〕中國口傳文學學會成立之前，民國 78 年起由金榮華先生整理，出版有《台東卑南族口傳文學選》、《台東大南村魯凱族口傳文學》、《金門民間故事集》、《臺北縣烏來鄉泰雅族民間故事》。學會成立後，陸續出版《臺灣高屏地區魯凱族民間故事》、《澎湖縣民間故事》、《臺灣桃竹苗地區民間故事》、《臺灣花蓮阿美族民間故事》、《臺灣賽夏族民間故事》、《臺灣漢族民間故事》、《屏東後堆客家民間故事》（陳麗娜整理）、《臺灣花蓮賽德克族民間故事》（許端容整理）、《臺灣宜蘭大同鄉泰雅族口傳故事》（劉秀美整理）、《火神眷顧的光明未來——薩奇萊雅族口傳故事》（劉秀美整理）等故事集。

〔註 5〕臺灣各縣市文化局、文化中心出版的故事集，自民國 82 年起，陸續有台中、彰化、宜蘭、苗栗、雲林、高雄、台南、桃園、南投等縣市鄉鎮地區的民間故事集。

的 AT 故事分類方法（詳本章第二節），參以金榮華先生的《中國民間故事集成類型索引》（一）、（二）〔註6〕與《民間故事類型索引（增訂本）》〔註7〕，找尋出研究的相關資料。

在傳統的中國文學裡，民間敘事文學雖未被視爲文學史上的主流文學，但文學作品裡常也包括了這類的素材於其中。早在先秦時候就有《韓非子》、《戰國策》等運用民間敘事文學傳遞個人思想的著作〔註8〕。後來的六朝筆記小說，記載神奇怪異故事，或是個人瑣事軼聞，最爲接近故事集。之後唐傳奇，宋代以降的文言小說、話本與章回小說，自成一系蓬勃發展，這些小說的題材常是由民間流傳的故事敷演而成〔註9〕。至於「筆記」，則不再只是記載「小說」，文人學者的讀書褙記、詩詞散文、史事人物、政治制度，以及口頭傳承的敘事文學等，都被記載在個人的筆記類文集之中。對故事的研究，散記在筆記裡的材料是值得注意的，它可能關係著故事起源的追溯，能探究

〔註6〕(1)金榮華：《中國民間故事集成類型索引》（一），台北：中國口傳文學學會，民國89年元月。(2)金榮華：《中國民間故事集成類型索引》（二），台北：中國口傳文學學會，民國91年3月。

〔註7〕金榮華：《民間故事類型索引》（增訂本）（共四冊），台北：中國口傳文學學會，民國103年4月。此索引以民國96年2月出版之《民間故事類型索引》（共三冊）爲底本續編增訂。

〔註8〕如：《韓非子》卷11〈外儲說左上〉有故事：「鄭人有且置履者，先自度其足，而置之其坐。至之市，而忘操之。已得履，乃曰：『吾忘持度。』反歸取之。及反，市罷，遂不得履。人曰：『何不試之以足？』曰：『寧信度，無自信也。』」韓非借「傻子買鞋」故事（AT類型1332D）用以說明：「夫不適國事而謀先王，皆歸取度者也。」見清·王先慎撰：《韓非子集解》（台北：世界書局，民國99年2月），頁209。又如：《戰國策》卷14〈楚1〉有：「荊宣王問群臣曰：『吾聞北方之畏昭奚恤也，果誠何如？』群臣莫對。江乙對曰：『虎求百獸而食之，得狐。狐曰：「子無敢食我也。天帝使我長百獸，今子食我，是逆天帝命也。子以我爲不信，吾爲子先行，子隨我後，觀百獸之見我而敢不走乎？」虎以爲然，故遂與之行。獸見之皆走。虎不知獸畏己而走也，以爲畏狐也。今王之地方五千里，帶甲百萬，而專屬之昭奚恤：故北方之畏奚恤也，其實畏王之甲兵也，猶百獸之畏虎也。』」故事中江乙借「狐假虎威」事（AT類型47D.1），說明昭奚恤能威嚇北方諸國，是因爲他掌握了楚國軍力。見《叢書集成新編》，冊109，頁721。

〔註9〕如晉·干寶《搜神記》卷3有管輅教短命者備酒菜宴請神仙以求壽的故事，即被用在《三國演義》第69回「卜周易管輅知機，討漢賊五臣死節」的故事中。見晉·干寶撰，李劍國輯校：《新輯搜神記》（北京：中華書局，2008年5月），卷3〈神化篇之三·北斗南斗〉，頁66～68。明·羅貫中著，吳小林校注：《三國演義校注》（台北：里仁書局，民國83年9月），頁786～787。

故事產生的原始樣貌，並潛藏著故事流傳時代與地區性的文化現象。然而這些筆記類的著作記載多元且龐雜，想找尋故事材料以爲研究，總無法快速有效率的掌握。丁乃通教授在 1978 年編成《中國民間故事類型索引》（*A Type Index of Chinese Folktales*）〔註 10〕，其取材除了當時可得見的當代故事資料外，也包含了先秦至清朝的 113 部古籍〔註 11〕，可提供研究者檢索。只是這 113 部古籍含涉子書、史書、話本、章回與筆記等不同的類別，以歷來筆記資料之廣，還是有限。

　　因此對於筆記當中故事材料的梳理與探索，是可以進行的研究方向。

　　再者，民間敘事文學常見有跨區域、跨國別流傳同一類型故事的現象，這可能是因爲有相同文化背景，而恰巧產生相同的故事，但不同文化的介入與交流更是故事流傳散佈的一大原因，像是漢魏以來佛教傳入，僧人藉由講述故事進行傳教的目的，這對中國的故事傳述產生相當影響，在包公傳說故事裡的「狸貓換太子」，便可追溯於三國時候外來僧人康僧會譯著的《六度集經》，該書卷 3〈國王本生〉故事即有「以芭蕉換太子」情節。〔註 12〕

　　關於中國與域外文化交流反應在文學上的現象，15 世紀是個值得注意的時代。在 15 世紀前半，明成祖永樂三年（1405）到宣宗宣德八年（1433）之間，鄭和奉命七次下西洋，最遠到達非洲東部。15 世紀後半，則是歐洲興起地理大發現的風潮，葡萄牙、西班牙、荷蘭、英國，間接或直接與中國貿易往來。到 16 世紀，耶穌會傳教士來華傳教，帶來西方天文、地理、數學等知識，也帶來西方的文學，如 1581 年來華的利瑪竇（1552～1610）纂有《畸人十篇》〔註 13〕，1599 年來華的龐迪我（1571～1618）有《七克》〔註 14〕，1605 年來華的高一志（1566～1640）有《童幼教育》等著作，即含攝《伊索寓言》的故事。〔註 15〕當中《童幼教育》一則臨受刑的孩子咬掉父親鼻子，

〔註 10〕　Ting Nai-Tung, *A Type Index of Chinese Folktales* (FFC223), Helsinki, Academia Scientiarum Fennica, 1978.

〔註 11〕　張瑞文：《丁乃通先生及其民間故事研究》（新北市：花木蘭文化出版社，民國 101 年 9 月），頁 63～66。

〔註 12〕　參拙作：《《六度集經》故事研究》，台北：中國文化大學中國文學研究所碩士論文，民國 93 年 6 月，頁 117～126。

〔註 13〕　（明際義大利籍）利瑪竇：《畸人十篇》，見《四庫全書存目叢書》子部（濟南：齊魯書社，1995 年 9 月）冊 93，頁 451～501。

〔註 14〕　（明際西班牙籍）龐迪我：《七克》，見《四庫全書存目叢書》子部冊 93，同前註，頁 510～624。

〔註 15〕　顏瑞芳：〈論明末清初傳華的歐洲寓言〉，見林明煌主編：《長河一脈：不盡奔

怪父親沒有教育他的故事〔註16〕，亦見於同時期陳繼儒（1558～1630）的《讀書鏡》，描述受刑的盜賊臨刑前要求吸吮母乳，結果咬斷母親乳頭，盜賊說他小時候偷人家的菜，母親沒有教育他，還覺得很高興，所以讓他變成今日的後果。〔註17〕這故事在《伊索寓言》裡已有〔註18〕，12～13世紀期間也見於法國〔註19〕，在中國出現較晚，出現的時候即是傳教士傳譯寓言的時候，易讓人連起兩者的相關性。

故本論文以明朝筆記為主，著重探究其中流傳於國際間的同型故事，期望能看出故事跨國交流的跡象，並從故事說法之異同，探究其中的社會文化意涵與時代意義。

第二節　研究範圍與方法

歷史上的明朝，始於明太祖朱元璋洪武元年在南京即位稱帝，終於明思宗崇禎17年李自成攻陷北京，歷時276年，時在西元1368年至1644年間。本論文取材以這時期的筆記著作為主，至於橫跨元明、明清兩朝的作者及其筆記，則從寬收入，也符合論題「明人筆記」之所指。然亦有不收者二：其一，筆記裡已明言收纂資料見於明代之前，如《說郛》、《古今說海》、《廣博物志》等，不予列入。其二，明代之後編纂之明代筆記選集，若資料來源標示不清，亦不列入，如《中國歷代寓言選集》編選「宋明清之部」有「雜文部」、「貪墨部」兩類，摘取宋、明、清三朝故事綜合編就，但未一一載明時代或出處，故此部分資料不收。此外，本論文材料範圍限定於「筆記」，但文言小說、白話小說、話本、章回小說、公案小說、史書、方志等類作品如果也見類型故事，在討論時則不予排除，如丁乃通《中國民間故事類型索引》

流華夏情──2007海峽兩岸華語文學術研討會論文集》（中壢：萬能科技大學，民國96年8月），頁13～25。

〔註16〕　（明際義大利籍）高一志：《童幼教育·教之翼第六》，見鐘鳴旦、杜鼎克、黃一農、祝平一等主編：《徐家匯藏書樓明清天主教文獻》（台北：方濟出版社，民國85年12月）冊1，頁292。

〔註17〕　明·陳繼儒：《讀書鏡》卷1，第14則第2條，見《筆記小說大觀》5編（台北：新興書局，民國63年12月）冊4，頁2448～2449。

〔註18〕　（希臘）伊索著，羅念生譯：《伊索寓言·小偷和他的母親》，見《羅念生全集》（上海：上海人民出版社，2004年6月）第6卷，頁168。

〔註19〕　見金榮華：《民間故事類型索引》（增訂本），書同註7，故事型號996「劣子臨刑咬娘乳」，頁768～769。

已涵蓋《龍圖公案》、《三言》、《二拍》等明代典籍，故事探討便可能引用此類資料。

　　梳理明代筆記裡成類型的故事，運用的是前一節提到的 AT 故事分類系統。

　　AT 分類系統是芬蘭阿爾奈教授（Antti Aarne, 1867～1925）20 世紀初首先提出的故事分類方法，其取材以北歐故事爲主。後來有美國湯普遜教授（Stith Thompson, 1885～1976）針對阿爾奈的分類系統加以增補，並添入新的故事資料。在 1935 年的民俗學會議中，這套系統被各國公認爲依循的故事分類法，以爲研究之便。而後湯普遜動員團隊力量繼續增訂，將材料擴及各國，再增加許多新的類型，於 1961 年編成《民間故事類型索引》（The Types of the Folktale）〔註20〕，確立這一分類法的國際性。故這套故事分類法便分別取 Aarne 和 Thompson 的第一個英文字母，合稱作「AT 分類法」。〔註21〕

　　此分類法是先依故事性質與形式區分爲「動物故事」、「一般民間故事」、「笑話、趣事」、「程式故事」、「難以分類的故事」五大類。再依故事的內容性質或主角屬性分類，分別歸屬在五大類之下的二到四層不等的層級之中，如「動物故事」大類下有「野獸」、「野獸和家畜」、「人和野獸」、「家畜」、「禽鳥」、「魚類」、「其他」共七類的第二層級，「一般民間故事」大類下有「神奇故事／幻想故事」、「宗教神仙故事」、「生活故事」、「惡地主與笨魔的故事」共四類的第二層級。又如「一般民間故事」第二層級的「神奇故事」之下，再有「神奇的對手」、「神奇的親屬」、「奇異的難題」、「神奇的幫助者」、「神奇的寶物」、「神奇的能力或知識」、「其他神奇故事」共七類的第三層級，當中「神奇的親屬」、「奇異的難題」、「神奇的幫助者」、「神奇的寶物」之下再分有第四層級，如「神奇的親屬」之下有「神奇的妻子」、「神奇的丈夫」、「神奇的兄弟姊妹」之第四層級。詳附錄一「AT 分類法類別總覽」。這些類別都配屬有阿拉伯數字編號，將一個一個的故事類型編納其中，並給予每一類型扼要且可突顯故事重心的類型名稱。〔註22〕

〔註20〕Stith Thompson, *The Types of the Folktale* (FFC184), Helsinki, Academia Scientiarum Fennica, Fourth printing, 1981.

〔註21〕參金榮華：《中國民間故事與故事分類》（台北：中國口傳文學學會，民國 96 年 9 月），頁 10～11。

〔註22〕同前註，頁 71～84。金榮華先生並將 AT 故事分類系統劃分的類別整理作「民間故事分類表」，列敘在該書頁 97～102。本文即以金先生整理之類目羅列說明。

　　故事可以分類，是因爲每一個故事都有屬於自己的基本敘述模式與核心情節。所謂的情節是構成故事的基本單位，是有頭有尾可獨立存在的特殊、不尋常的、值得傳述的人或物或事，其中角色必定有二，且有互動。在這一核心情節前有前導敘述，後有後置敘述，所以構成故事的基本敘述模式。而相同的敘述模式與核心情節，可能在前導敘述或後置敘述中產生變異，因此出現不同的說法，這是同一故事的不同異說。故事有異說即表示該故事一再經過轉述，所以產生兩個或兩個以上的不同說法，這樣的故事便以類型歸之。〔註 23〕反之，精采的故事即可能容易在已編定成型的類號中找到它的歸屬，從而見到這一類型故事的其它異說。

　　AT 分類系統成爲民間故事分類與研究的依循後，陸續有愛爾蘭〔註 24〕、日本〔註 25〕、印度語系〔註 26〕等國的民間故事依此分類法編纂索引。至近年，有德國的烏特教授（Hans-Jörg Uther，1944～）延續之，編定《國際民間故事類型索引》（*The Types of International Folktales*）〔註 27〕。而第一個專以中國故事爲材料，依 AT 分類系統編訂類型的，是丁乃通教授（1915～1989）的《中國民間故事類型索引》（*A Type Index of Chinese*）〔註 28〕。其後，金榮華先生以近現代民間故事資料，並可得見之中譯本外國民間故事，正補類型 152個，編纂《民間故事類型索引》，於 2007 年出版〔註 29〕；至 2014 年，金先生再編就增訂本《類型索引》，增編 43 個類型與多筆中譯本外國故事資料於其中〔註 30〕，這是第一部以中文編定的國際性故事類型索引，增添研究者研究類型故事的國際觀。

〔註 23〕同註 21，頁 69。並參以金榮華先生於中國文化大學中國文學研究所講授「故事類型研究」課程之內容。

〔註 24〕Seán Ó Súilleabháin and Reider TH. Ghristiansen, *The Types of The Irish Folktale* (FFC188), Helsinki, Academia Scientiarum Fennica, 1968.

〔註 25〕Hiroko Ikeda, *A Type and Motif Index of Japanese Folk-literature* (FFC209), Helsinki, Academia Scientiarum Fennica, 1971.

〔註 26〕(1) Stith Thompson and Warren E. Robert, *Types of Indic Oral Tales* (FFC180), Helsinki, Academia Scientiarum Fennica, 1991. (2) Heda Jason, *Types of Indic Oral Tales Supplement* (FFC242), Helsinki, Academia Scientiarum Fennica, 1989.

〔註 27〕Hans-Jörg Uther, *The Types of International Folktales* (FFC284～286), Helsinki, Academia Scientiarum Fennica, 2004.

〔註 28〕同註 10。

〔註 29〕金榮華：《民間故事類型索引》（共三冊），台北：中國口傳文學學會，民國 96年 2 月。

〔註 30〕同註 7。

　　本論文依 AT 分類系統，以金榮華先生增補改定的類型爲主，輔以丁乃通的《索引》，梳理明代筆記裡的成型故事，再探討當中首見於明代的國際型故事。所以選定已成類型的故事爲討論題材，憑藉的即是 AT 分類系統的普遍性與整合性，可透過索引檢索相應的材料，達比較之目的。至於未成型的故事，可能受地區、時代的影響，獨特性較強，限制了流傳之可能，所以不被講述而未出現異說，以至於未能編列成型。如此不被講述、不見流傳，則不會是國際性的故事，與本文研討的主題不符，故予排除。

第三節　前賢研究成果

　　前賢以明代筆記爲題材研究者甚夥，或依書籍、或依人物、或是依主題綜合探討。以下將其與本文研纂方式相近，或相關性較大者，別爲幾類說之：

一、以故事分類或類型綜合討論者

　　祁連休《中國古代民間故事類型研究》上、中、下三卷〔註31〕。此書別爲上、下兩編，上編論述故事類型的諸多現象與作用，下編劃分「春秋戰國」、「秦漢」、「魏晉南北朝」、「隋唐五代」、「宋元」、「明代」、「清代」7 個時期，每一時期先略述該階段的故事類型概況，再一一列出該時期首見的故事類型，及其後續發展與變異現象。其中「明代」時期開始有的故事類型，計 166 個〔註32〕。

　　祁氏的類型是將中國常見流傳的故事，給予一主題名稱，如「虎口救親型故事」、「拔樹防盜型故事」、「失印復歸型故事」等，然後將可得見的故事統歸其中。其各類型之間沒有明顯的類別或聯屬關係，所列類型若亦見於丁乃通《索引》的 AT 編號分類者，則於最後標著說明，如「撈魚去型故事」，末段述「這一類型故事，相當於丁乃通編著《中國民間故事類型索引》1920B」〔註33〕。書最後羅列〈主要引用書目〉，引自明代書籍有 85 部，以筆記爲主，並及於小說。

　　顧希佳《中國古代民間故事長編》〔註34〕，書有 6 冊，依朝代別爲「先

〔註31〕　祁連休：《中國古代民間故事類型研究》上、中、下三卷，石家莊：河北教育出版社，2007 年 2 月。又，《修訂本》於 2011 年 9 月出版。
〔註32〕　該書「目錄」誤植總數爲 167 個。見《修訂本》，書同上，目錄頁 6。
〔註33〕　祁連休：《中國古代民間故事類型研究》（修訂本），同註 31，頁 958～959。
〔註34〕　顧希佳：《中國古代民間故事長編》6 冊，杭州：浙江大學出版社，2012 年 10月。

秦兩漢卷」、「魏晉南北朝卷」、「隋唐五代卷」、「宋元卷」、「明代卷」、「清代卷」。各卷以書籍爲次，先爲該書略作介紹，而後編選數則故事原文，每則故事給予一標題，標題前分別列出書中編定的類別，以及 AT 分類編號，故事之後，部分兼及異說或源流之說明，當中故事所分之類別，再整編於書後作「傳說故事分類索引」，以及「民間故事分類索引」。

其明代卷，收 88 部筆記與 34 部方志，共 966 則故事，書後「傳說故事分類索引」中的「傳說部分」，分爲史事、始祖、帝王、后妃、官吏、文人、將帥、武俠、畫家、藝人、工匠、商人、名醫、列女、宗教人物、其他人物、神仙、神靈、案例、識寶、風物、地名、寺廟、陵墓、動物、植物、物產、藥材、風俗、龍、寶物、俗語、怪異傳說共 33 項；其次「故事部分」，則分爲動物、動物報恩、幻想、鬼、精怪、生活、機智人物故事共 7 項。至於「民間故事分類索引」，則是以 AT 分類編號爲檢索次序，計列有 58 個類型，100 則故事。

以上祁連休、顧希佳所著二書，各依自訂類別爲故事歸類，再列出 AT 分類法所屬型號爲參照，但據以核定 AT 型號者，偏重於使用丁乃通《中國民間故事類型索引》，未引用金榮華先生據新資料增補修訂的《民間故事類型索引》，因此列出類型較少，且歸類或有差誤，留下可再討論之餘地。其次，二書選材涉及明代筆記，與本文所用筆記重複中亦各有差異，因此可借以增補未能得見之筆記資料。其三，本文論述偏重明代筆記中的國際型故事，與二書論述方向不同。

二、以故事類型方法研究一書或一人之筆記者

以明代筆記一部或一人之著作爲研究方向，並使用故事類型方法分析討論者，有張瑞文《江盈科敘事作品研究》〔註 35〕、方巧玲《趙南星《笑贊》研究》〔註 36〕。

《江盈科敘事作品研究》，取材江盈科的《雪濤小說》、《談叢》、《談言》、《諧史》、《明十六種小傳》，以社會、作者、作品、讀者四個綱領分析之，其中關於作品分析，及於故事類型歸類討論，得有類型 25 個。

〔註35〕張瑞文：《江盈科敘事作品研究》，台北：中國文化大學中國文學研究所碩士論文，民國 95 年 12 月。

〔註36〕方巧玲：《趙南星《笑贊》研究》，台北：中國文化大學中國文學研究所碩士論文，民國 98 年 6 月。

　　《趙南星《笑贊》研究》，先從傳記與傳說討論趙南星其人，再論及其作品《笑贊》，以內容主題、廣義民間故事分類與 AT 分類法三方向，爲《笑贊》90 則笑話分析討論。其中歸屬於 AT 故事類型系統者，有 10 個類型。

三、以主題爲研究者

　　前賢以明代筆記爲研究材料，有就不同主題綜和析論，所涉及者有社會文化、人物典型、體裁等主題。

　　以社會文化爲主題，有：林禎祥的〈探析《笑府》中所嘲諷的世情〉〔註 37〕，鄭小寧〈明清民俗小品略論〉〔註 38〕，李劍波、晏萌芳合著的〈試論明代筆記小說的市井化傾向〉〔註 39〕，鄭春子的《明代筆記所見明人社會習俗之研究》〔註 40〕。

　　析論筆記所見的人物典型，有期刊論文：陳葆文〈中國古代笑話中的妻子形象探析〉〔註 41〕，陳秋良〈迂、酸、鄙、僞──明清詼諧寓言中的讀書人形象析論〉〔註 42〕，吳俐雯〈《解慍編》中的「讀書人」〉〔註 43〕、〈《笑贊》中的「讀書人」〉〔註 44〕。學位論文有：黃明理《「晚明文人」型態之研究》〔註 45〕，陳正誼《由明代筆記小說看理想士人典型》〔註 46〕，葛麗玲《明清

〔註 37〕　林禎祥：〈探析《笑府》中所嘲諷的世情〉，《東吳中文研究集刊》第 12 期（台北：東吳大學中國文學系碩博士班學生會，民國 94 年 7 月），頁 41～66。

〔註 38〕　鄭小寧：〈明清民俗小品略論〉，《佛山科學技術學院學報》（社會科學版）第 23 卷第 1 期，2005 年 1 月，頁 14～18。

〔註 39〕　李劍波、晏萌芳：〈試論明代筆記小說的市井化傾向〉，《安徽農業大學學報》（社會科學版）第 15 卷第 6 期，湘潭：湖南湘潭大學文學與新聞學院，2006 年 11 月。

〔註 40〕　鄭春子：《明代筆記所見明人社會習俗之研究》，台北：中國文化大學中國文學研究所博士論文，民國 97 年 12 月。

〔註 41〕　陳葆文：〈中國古代笑話中的妻子形象探析〉，《中外文學》第 21 卷第 6 期（總246 期），民國 81 年 11 月，頁 79～97。

〔註 42〕　陳秋良：〈迂、酸、鄙、僞──明清詼諧寓言中的讀書人形象析論〉：《臺北教育大學語文集刊》第 15 期，民國 98 年 1 月，頁 67～100。

〔註 43〕　吳俐雯：〈《解慍編》中的「讀書人」〉，《耕莘學報》第 8 期，民國 99 年 6 月，頁 70～83。

〔註 44〕　吳俐雯：〈《笑贊》中的「讀書人」〉，《耕莘學報》第 9 期，民國 100 年 6 月，頁 51～64。

〔註 45〕　黃明理：《「晚明文人」型態之研究》，台北：國立臺灣師範大學國文學系碩士論文，民國 78 年 5 月。

〔註 46〕　陳正誼：《由明代筆記小說看理想士人典型》，高雄：國立中山大學中國文學

笑話書之官學人物形象研究》〔註47〕。

　　明代笑話大量出現，以笑話與寓言體裁爲主題研究者，有期刊論文：顏瑞芳〈明代動物寓言的角色與寓意〉〔註48〕，王國良〈從《解慍編》到《廣笑府》——談一部明刊笑話書的流傳與改編〉〔註49〕，張惠萍〈明代禽鳥寓言的類型與寓意〉〔註50〕。學位論文有：陳清俊《中國古代笑話研究》〔註51〕，宋隆枝《馮夢龍詼諧寓言研究》〔註52〕，賴旬美《中國古代寓言型笑話研究》〔註53〕，蕭佳慧《笑話的書寫與閱讀——馮夢龍《笑府》、《古今笑》探論》〔註54〕，張維芳《笑話型寓言《艾子》系列研究》〔註55〕。

　　本文使用 AT 分類系統，以明人筆記所見國際型故事爲研究方向，試於上述諸賢之研究探索方向外，另作嘗試。

　　　　系碩士在職專班碩士論文，民國 97 年 1 月。

〔註47〕葛麗玲：《明清笑話書之官學人物形象研究》，台中：逢甲大學中國文學所碩士，民國 98 年 6 月。

〔註48〕顏瑞芳：〈明代動物寓言的角色與寓意〉，《古典文學》第 15 期，民國 89 年 9 月。

〔註49〕王國良：〈從《解慍編》到《廣笑府》——談一部明刊笑話書的流傳與改編〉，《漢學研究集刊》第 6 期，民國 97 年 6 月，頁 113～128。

〔註50〕張惠萍：〈明代禽鳥寓言的類型與寓意〉，《思辨集》第 15 期，民國 101 年 3 月，頁 99～112。

〔註51〕陳清俊：《中國古代笑話研究》，台北：國立臺灣師範大學國文學系碩士論文，民國 74 年 5 月。

〔註52〕宋隆枝：《馮夢龍詼諧寓言研究》，台北：中國文化大學中國文學研究所碩士論文，民國 84 年 6 月。

〔註53〕賴旬美：《中國古代寓言型笑話研究》，台北：國立臺灣大學中國文學系碩士論文，民國 87 年 1 月。

〔註54〕蕭佳慧：《笑話的書寫與閱讀——馮夢龍《笑府》、《古今笑》探論》，嘉義：中正大學中國文學研究所碩士論文，民國 94 年 7 月。

〔註55〕張維芳：《笑話型寓言《艾子》系列研究》，台中：國立中興大學中國文學系碩士論文，民國 98 年 12 月。

第二章　明人筆記及類型

第一節　明人筆記敘錄

　　本文所據明人筆記，主要見收於叢書，有：新興書局出版《筆記小說大觀》正編、續編以及一至四十五編〔註1〕；新文豐出版公司出版《叢書集成新編》、《續編》、《三編》〔註2〕；河北教育出版社出版《歷代筆記小說集成‧明代筆記小說》〔註3〕；上海古籍出版社出版《明代筆記小說大觀》〔註4〕；北京中華書局出版《歷代史料筆記叢刊》收明代筆記。此外，單本印行或經校訂出版的筆記名著，並爲本文所取。綜合以上收錄，去其重複，計得筆記 598部。

　　明人筆記類別，有記載詩文或考據辨證的讀書筆記，如宋濂《潛溪邃言》、楊慎《丹鉛續錄》、唐順之《兩漢解疑》等。有記敘史事與典章制度的歷史瑣聞類筆記，如劉辰《國初事蹟》、徐禎卿《翦勝野聞》、陳洪謨《治世餘聞》

〔註1〕《筆記小說大觀》正編、續編、一至四十五編，台北：新興書局，民國62年4月至民國76年6月間陸續出版。

〔註2〕(1)新文豐出版公司編輯部：《叢書集成新編》，台北：新文豐出版公司，民國74年元月。(2)王德毅主編：《叢書集成續編》，台北：新文豐出版公司，民國78年7月。(3)王德毅主編：《叢書集成三編》，台北：新文豐出版公司，民國86年3月。

〔註3〕周光培編：《歷代筆記小說集成‧明代筆記小說》，石家莊：河北教育出版社，1995年11月。

〔註4〕上海古籍出版社編：《明代筆記小說大觀》，上海：上海古籍出版社，2005年4月。

等。有記載奇聞異事的小說故事類筆記，如祝允明《志怪錄》、李濂《汴京勾異記》、陸粲《庚巳編》等。亦有不少是綜合性質的雜俎類筆記，兼載詩文、瑣聞逸事、小說故事，如李詡《戒庵老人漫筆》、何良俊《四友齋叢說》、顧起元《客座贅語》等。其中記載歷史瑣聞與奇聞異事的筆記，富含大量故事。

而以 AT 故事分類法，據金榮華先生《民間故事類型索引》、及丁乃通《中國民間故事類型索引》編定的故事類型為基礎，蒐羅明人筆記中的成型故事，得 227 個故事類型（詳本章第二節）。記載這些故事的筆記有 101 部，約佔上述總數的六分之一（詳附錄二）。

以下依時間先後，將出現類型故事較多，以及需再說明的筆記 70 部並其著者敘錄於下，主要為小說故事類筆記，各筆記所據之出版資料，詳見文後參考書目：

1、《羣書類編故事》24 卷，王螢輯，雜俎類筆記。王螢，字宗器，鄞縣（今浙江寧波）人，明永樂年間舉人〔註5〕，宣宗宣德元年（1426）參與征伐高煦之亂，後任肇慶太守九年，再徙知西安，三年後致仕卒，〔註6〕則王螢約卒於英宗正統 3 年（1438）。書以類書分類方式歸為「時令」、「民業」、「器用」等 18 類。成型故事見於「天文」、「地理」、「人倫」、「仙佛」、「技藝」、「人事」、「宮室」、「飲食」、「鳥獸」之類，多是明代之前已有的故事。

2、《棠陰比事補編》，不分卷，吳訥輯，歷史瑣聞類筆記。吳訥，生於明太祖洪武五年（1372），卒於英宗天順元年（1457），字敏德，常熟（今江蘇常熟）人。書成於正統壬戌（1442）年〔註7〕，載 27 則辦案事件，每則各有題名。

3、《菽園雜記》15 卷，陸容撰，雜俎類筆記。陸容，生於明英宗正統元年（1436），卒於孝宗弘治九年（1496），字文量，號式齋，太倉（今江蘇蘇州）人。《菽園雜記》載制度典故、人物逸事、物產風俗，亦有故事、傳說與民歌，如吳中山歌：「南山腳下一缸油，姐妹兩箇合梳頭。大箇梳做盤龍髻，

〔註5〕據《寧波府志》記載，王螢「永樂乙丑中浙江鄉試」，然明成祖永樂年自癸未（1403）至甲辰（1424），此 22 年中未有乙丑年，則或是己丑（1409）年之誤。見明・張時徹等修纂：《寧波府志》卷 27〈傳 3・列傳 2・王螢〉（台北：成文出版社，民國 72 年 3 月），頁 2203。

〔註6〕見明・張時徹等修纂：《寧波府志》卷 27〈傳 3・列傳 2・王螢〉，書同前註，頁 2203～2204。又見清・張廷玉等撰：《明史》卷 281〈列傳 169・循吏・李驥（附王螢等）〉（台北：臺灣商務印書館據清乾隆武英殿原刊本印，民國 99 年 12 月），頁 3084。

〔註7〕吳訥：〈棠陰比事補編序〉，見《筆記小說大觀》6 編冊 4，書同註 1，頁 1936。

小箆梳做揚籃頭。」〔註 8〕陸容另有《式齋先生集》，內容多收詩、文，其中記有「傻瓜護樹拔回家」故事。〔註9〕

4、《都公談纂》上、下卷，都穆撰，陸采編次，志人筆記。都穆，生於明英宗天順三年（1459），卒於世宗嘉靖四年（1525），字玄敬，吳縣（今江蘇蘇州）人。陸采是都穆的學生與女婿，采初名灼，字子玄，號天池山人，長州（今江蘇蘇州）人，陸粲之弟，據粲〈天池山人陸采墓誌銘〉，知其卒於世宗嘉靖丁酉（1537），年 41，故推得生年在孝宗弘治十年（1497）。〔註 10〕書又名《談纂》，載人物史事逸聞，雜有神奇怪異事與地方風俗，如記載湖廣岳州的殺人風俗，稱作「采生」〔註 11〕。

5～7、《野記》、《志怪錄》、《前聞記》，著者祝允明。允明生於明英宗天順四年（1460），卒於世宗嘉靖五年（1526），字希哲，號枝山，長洲（今江蘇蘇州）人。

《野記》4 卷，又名《九朝野記》、《枝山野記》，雜俎類筆記。祝允明自序記年作「辛未歲」〔註 12〕，是年 1511 年。卷 1～3 多言帝王之事，載歷史瑣聞，卷 4 言及刑獄事件與志怪故事。

《志怪錄》，志怪筆記，不分卷，收 45 則故事，每則各有題名。

《前聞記》，雜俎類筆記，書不分卷，計 60 則，每則各有篇題，以歷史瑣聞為多，次及刑獄案件與奇聞逸事，並雜有逸詩與字詞考據。所記之事或同見於《野記》，惟次序與用字不全然相同。

8、《艾子後語》1 卷，陸灼，笑話集。陸灼即陸采，生於明孝宗弘治十年（1497），卒於世宗嘉靖十六年（1537），詳前敘錄第 4 條。書有作者自序，言幼時即喜聽嘲謔譏諷之文，有所得，必記之，丙子（1516）年遊金陵，客居無聊，所以取其佳者編纂成編。〔註 13〕計收 15 則，每則各有題名。

〔註 8〕明・陸容：《菽園雜記》（北京：中華書局，1997 年 12 月），卷 1，第 30 則，頁 11。

〔註 9〕明・陸容：《式齋先生集》卷 15〈式齋稿・卷 15・書雜著・阿留傳〉，明弘治14（1501）年崑山陸氏家刊本，台北：國家圖書館藏。

〔註 10〕見明・焦竑編：《國朝獻徵錄》卷 115〈藝苑・陸采〉，書收於周駿富輯：《明代傳記叢刊》（台北：明文書局，民國 80 年元月）冊 114，頁 815。

〔註 11〕明・都穆撰、陸采編次；李劍雄校點：《都公談纂》，卷下，第 26 則。見《明代筆記小說大觀》，同註 4，頁 573。

〔註 12〕明・祝允明：《野記》，見《筆記小說大觀》40 編冊 1，書同註 1，頁 241。

〔註 13〕明・陸灼：〈艾子後語序〉，見《艾子後語》（台北：世界書局，民國 48 年 9

9～10、《蓬窗類記》、《蓬軒吳記》，黃暐撰。暐字日昇，號東樓，生卒年不詳，吳縣（今江蘇蘇州）人，弘治三年（1490）進士。《四庫全書存目叢書》收本有俞洪書王鏊〈題蓬軒類紀〉，記年作「嘉靖六年」（1527），俞洪未詳何人，王鏊生於景帝景泰元年（1450），卒於世宗嘉靖三年（1524），所題稱「故友刑部正郎黃君諱暐字日昇」〔註14〕，則黃暐當與王鏊同時，而在王鏊前辭世。《蓬窗類記》5 卷，雜俎類筆記，分有「功臣紀」、「詩話紀」、「果報紀」等 28 類，成型故事見於「夢紀」、「滑稽紀」、「黠盜紀」。《蓬軒吳記》上、下卷，書以志人並小說故事為主，不分類，所載同見於《蓬窗類記》。

11、《牧鑑》10 卷，楊昱撰，雜俎類筆記。楊昱，字子晦，別號東谿，汀洲（今福建長汀）人。書有作者自序，署年「嘉靖癸巳」（1533）〔註15〕，10 卷分為「治本」、「治體」、「應事」、「接人」4 類，類下轄 35 目，每目又分上、中、下，分別載典籍之言、施政事例與先儒議論，以作為為官牧民者之鑑戒。成型故事在「才識」、「訊讞」、「黠詐」、「背叛」之目，尤以「訊讞」記載判案故事為多。

12、《補疑獄集》6 卷，張景撰，歷史瑣聞類筆記。張景，號西墅，汝陽人，明嘉靖癸未（1523）進士。《補疑獄集》收編於晉・和凝、和㠓《疑獄集》之後，《疑獄集》為 1～4 卷，《補疑獄集》為 5～10 卷，書名仍作《疑獄集》，於嘉靖乙未（1535）年付梓〔註16〕。全書載刑獄案件，《疑獄集》收 79 則，《補疑獄集》收 128 則，每則各有題名。

13、《涉異志》，不分卷，閔文振撰，志怪筆記。閔文振，字道充，浮梁（今江西景德鎮）人，生平不詳。或言《涉異志》前有嘉靖丙申（1536）序〔註17〕，然所見本未有。書收 40 則奇聞異事，每則各有題名。

14、《荊溪外紀》25 卷，沈敕撰，雜俎類筆記。沈敕，字克寅，宜興（今

月），頁 3。書為《世界文庫・四部刊要・中國筆記小說名著》之一，與《艾子雜說》、《艾子外語》等六種合刊。

〔註14〕明・黃暐：《蓬窗類紀》，見《四庫全書存目叢書》子部（濟南：齊魯書社，1995 年 9 月），冊 251，頁 12。

〔註15〕明・楊昱：〈牧鑑序〉，見《續修四庫全書》（上海：上海古籍出版社，2002 年 3 月），冊 753，頁 675～676。

〔註16〕李崧祥：〈疑獄集序〉，見《景印文淵閣四庫全書》（台北：臺灣商務印書館，民國 75 年 3 月），冊 729，頁 796～797。

〔註17〕見寧稼雨：《中國文言小說總目提要》（濟南：齊魯書社，1996 年 12 月），頁 219，《涉異志》之敘錄。

江蘇宜興）人，生平不詳。作者〈敘荊溪外紀後〉記年作「嘉靖乙巳」（1545）〔註18〕。內容多載詩文，卷25「紀遺雜說」記有故事。

　　15～16、《機警》、《與物傳》，王文祿撰。文祿生卒年不詳，字世廉，海鹽（今浙江海鹽）人，嘉靖十年（1531）舉人。

　　《機警》1卷，志人筆記。書前有作者引言，託以「沂陽子曰」，自署「嘉靖丙午海鹽王文祿」〔註19〕，是年1546年。書記人物逸事19則，故事後有「沂陽子曰」爲之評論。

　　《與物傳》1卷，書有明嘉靖甲寅（1554）年刊本〔註20〕，志怪筆記，記物類忠心節義事蹟23則，書前有「出閣生曰」爲引言，故事後再有「出閣生曰」爲之評論。

　　17、《西吳里語》4卷，宋雷撰，雜俎類筆記。宋雷，生卒年不詳，自號市隱居士，吳興（今浙江湖州）人。書前〈西吳里語引〉，作者自署「嘉靖丁未秋日」〔註21〕，是年1547年。內容載吳興之人與事，有詩、畫、勝境、人物逸事、奇見異聞等。

　　18、《解慍編》14卷，樂天大笑生撰，笑話集。作者其人不詳。書有明嘉靖（1522～1566）刻本〔註22〕。14卷分爲「儒箴」、「官箴」、「九流」「方外」、「口腹」、「風懷」、「貪吝」、「尚氣」、「偏駁」、「嘲謔」、「諷諫」、「形體」、「雜記」、「隱語」14類，所收每則故事各有題名。

　　19、《見聞紀訓》1卷，陳良謨撰，書以志人爲主，並雜神奇怪異之事。陳良謨，生於明憲宗成化十八年（1482），卒於穆宗隆慶六年（1572），字忠夫，號棟塘，安吉（今屬浙江）人。書多載因果報應與節義之事，並有動物節義事，如：義鵝恤養孤雛、貧家犬不食牠犬餘食。〔註23〕

　　20、《七修類稿》51卷，郎瑛撰，雜俎類筆記。郎瑛，生於明憲宗成化二十三年（1487），卒於世宗嘉靖四十五年（1566），字仁寶，仁和（今浙江杭

〔註18〕　明・沈敕：〈敘荊溪外紀後〉，見《四庫全書存目叢書》集部（濟南：齊魯書　　　　　社，1997年7月），冊382，頁839。
〔註19〕　明・王文祿：《機警》，見《叢書集成新編》冊88，書同註2-(1)，頁164。
〔註20〕　明・王文祿：《與物傳》，國家圖書館藏有「明嘉靖甲寅原刊隆萬間增補本」。
〔註21〕　明・宋雷：〈西吳里語引〉，見《筆記小說大觀》25編冊4，書同註1，頁　　　　　1955。
〔註22〕　同註17，頁326，《解慍編》敘錄。
〔註23〕　明・陳良謨：《見聞紀訓》，第54、55則。見《筆記小說大觀》4編冊5，書　　　　　同註1，頁3357～3358。

州）人。書分有「天地」、「國事」、「義理」等 7 類，成型故事見於「事物類」及「奇謔類」。

21、《庚巳編》，陸粲撰，志怪筆記。陸粲，生於明孝宗弘治七年（1494），卒於世宗嘉靖三十年（1551），字子餘，一字浚明，號貞山，長洲（今江蘇蘇州）人。書有 4 卷、10 卷兩版本，《烟霞小說》、《古今說部叢書》本爲 4 卷，《紀錄彙編》本爲 10 卷，依故事題名核之，所收相同，分別是：「4 卷本」卷 1，即「10 卷本」卷 1〈聖瑞〉至卷 3〈人爲牛〉；「4 卷本」卷 2，即「10 卷本」卷 3〈袁尚寶〉至卷 5〈金華二士〉；「4 卷本」卷 3，即「10 卷本」卷 6〈徐武功〉至卷 9〈金箔張〉；「4 卷本」卷 4，即「10 卷本」卷 9〈盛御醫〉至卷 10〈張御史神政記〉。

22、《西湖遊覽志餘》26 卷，田汝成撰，雜俎類筆記。田汝成，生於明孝宗弘治十六年（1503），卒於世宗嘉靖三十六年（1557），字叔禾，錢塘（今浙江杭州）人。書分「帝王都會」、「才情雅致」、「幽怪傳疑」等 13 類，記書畫詩文、佛道醫卜，並風俗民情、掌故異聞、傳說故事。有《廣百川學海》收其卷 20「熙朝樂事」之節錄本 1 卷〔註24〕；又，《廣百川學海》、《五朝小說大觀・明人小說》收其卷 21～25「委巷叢談」節錄本 1 卷〔註25〕。

23、《留青日札》39 卷，田藝蘅撰，雜俎類筆記。田藝蘅，生於明世宗嘉靖三年（1524），字子藝，父田汝成，錢塘（今浙江杭州）人。書前有作者畫像並〈自贊〉，署「隆慶壬申季春九月小小洞天品岩主人手圖並題」〔註26〕，「品岩」是田藝蘅別墅名〔註27〕，「隆慶壬申」爲 1572 年。書 39 卷不分類，所列諸事各有題名。《叢書集成新編》收《紀錄彙編》本，爲《留青日札摘抄》4 卷本。

24、《新編古今奇聞類紀》10 卷，有名《奇聞類紀》，施顯卿撰，志怪筆記。施顯卿，字純甫，無錫（今江蘇無錫）人。書前作者自序，署「萬曆四

〔註24〕 明・田汝成：《熙朝樂事》，見明・馮可賓：《廣百川學海》（台北：新興書局，民國 59 年 7 月），頁 957～985。

〔註25〕 明・田汝成：《委巷叢談》，見(1)明・馮可賓：《廣百川學海》，同前註，頁 987～1019。(2)《五朝小說大觀・明人小說》第 94 帙，在《筆記小說大觀》38 編冊4，書同註 1。

〔註26〕 明・田藝蘅：〈自贊〉，見《續修四庫全書》冊 1129，書同註 15，頁 6。

〔註27〕 清・張吉安修，清・朱文藻等纂：《餘杭縣志》（台北：成文出版社，民國 59 年），卷 17〈古蹟〉「田子藝別墅」，頁 233。

年……時年八十二」〔註28〕，是知書成之年爲西元 1576 年，並得推作者生於 1495 年，即明孝宗弘治八年。書 10 卷分爲「神祐紀」、「驍勇紀」、「物精紀」等 16 類，其中「天文紀」、「地理紀」、「五行紀」、「奇遇紀」、「仙佛紀」、「神鬼紀」之下再別有 2～15 項不等的細目。而有《紀錄彙編》本摘鈔《奇聞類紀》4 卷，節錄 13 類。成型故事在「天文紀」、「五行紀」、「奇遇紀」、「伏虎紀」、「除妖紀」。

　　25、《權子》1 卷，又名《權子雜俎》，耿定向撰，笑話集，收 29 則，每則各有題名。耿定向，生於明世宗嘉靖三年（1524），卒於神宗萬曆二十四年（1596），字在倫，黃安（今湖北紅安）人。

　　26～27、《雅笑》、《山中一夕話》，李贄撰。贄生於明世宗嘉靖六年（1527），卒於神宗萬曆三十年（1602），字宏甫，號卓吾，晉江（今福建泉州）人。

　　《雅笑》3 卷，笑話集，別爲「快」、「諧」、「核」三類，每則故事各有題名。

　　《山中一夕話》上、下集，各 7 卷，多載嘲謔詩、文。

　　28、《虎苑》上、下卷，王穉登輯，志怪筆記。王穉登，生於明世宗嘉靖十四年（1535），卒於神宗萬曆四十年（1612），字百谷，號玉遮山人，吳郡（今江蘇吳縣）人。據作者自序，嘉靖癸丑年吳郡有虎吃人，後被抓，聞見者言虎紋甚奇，嘆未及見，又山中見虎咬木磨牙痕，與山人對談虎事，並憶及古書所載，故編纂諸虎事。〔註29〕則書當成於嘉靖癸丑（1553）年或其後。所載分爲「德政」、「孝感」、「貞符」等 14 類，每類最後以「讚曰」評之。

　　29、《賢奕編》4 卷，劉元卿輯，雜俎類筆記。劉元卿，生於明世宗嘉靖二十三年（1544），卒於神宗萬曆三十七年（1609），字調父，安福（今屬江西）人。作者自序記年作「癸巳端陽」〔註30〕，是年 1593 年。書 4 卷分爲 16 類，有「懷古」、「德器」、「官政」等志人之言行，亦有「觀物」、「警喻」、「志怪」之志怪故事，末有「附錄」，別爲「閒鈔」上、下。除「附錄」外，每則故事於目錄列有題名，文中則無。「應諧」一類，江盈科鈔引於《雪濤諧史》中作《應諧錄》。成型故事見於「幹局」、「觀物」、「警喻」、「應諧」四類。

〔註28〕　明・施顯卿：〈古今奇聞類紀敍〉，見《叢書集成新編》冊 82，書同註 2-(1)，頁 4635。
〔註29〕　明・王穉登：《虎苑》，見《叢書集成續編》冊 83，書同註 2-(2)，頁 647。
〔註30〕　明・劉元卿：《賢奕編》，見《筆記小說大觀》4 編冊 4，書同註 1，頁 2587。

　　30、《粵劍編》4 卷，王臨亨撰，雜俎類筆記。王臨亨，生於明世宗嘉靖二十七年（1548），卒於神宗萬曆二十九年（1601），字止之，號致庵，江蘇崑山人。萬曆辛丑（1601），王臨亨奉命到廣東審案，因記山川古蹟、物產風俗及所見所聞，成《粵劍編》。〔註31〕書 4 卷，分為「古蹟」、「名勝」、「時事」、「土風」、「物產」、「藝術」、「外夷」、「遊覽」8 類。

　　31～34、《雪濤閣集》、《皇明十六種小傳》、《談言》、《諧史》，江盈科撰。江盈科，生於明世宗嘉靖三十二年（1553），卒於神宗萬曆三十三年（1605），字進之，號淥蘿，桃源（今湖南桃源）人。

　　《雪濤閣集》14 卷，書前自序記年作「萬曆庚子」（1600）〔註32〕。卷 1～13 為詩文之作，卷 14〈小說〉，收 52 則人、物逸事，每則各有題名。江盈科別有《雪濤諧史》10 卷〔註33〕，輯書十種，第一《雪濤小說》，署「楚江盈科著，郟之璽閱」，收 14 則故事，皆見於《雪濤閣集・卷 14・小說》。

　　《皇明十六種小傳》4 卷，書前自序記年作「萬曆辛丑」（1601）〔註34〕。4 卷依次為「四維」、「四常」、「四奇」、「四凶」4 類，每類各有 4 目，計 16 種，共 152 則人物傳記。

　　《談言》1 卷，志人筆記，收 11 則，每則各有題名。

　　《諧史》1 卷，笑話集，收 147 則而無篇題，見章衣萍校訂《雪濤小書》〔註35〕。黃仁生輯校《江盈科集》收《諧史》而為之編次，並其後原有附記 5 則，編為「附 1」至「附 5」。

　　35、《耳談類增》54 卷，王同軌撰，雜俎類筆記。王同軌，字行父，黃岡（今湖北黃岡）人，生平不詳。書〈自敘〉記年作「萬曆癸卯」（1603）〔註36〕，54 卷分為「良讞篇」、「奇合篇」、「冥定篇」等 33 類，類下所列每則各有題名。

〔註31〕 明・王安鼎：〈粵劍編敘〉，見王臨亨撰，凌毅點校：《粵劍編》（《元明史料筆記叢刊》，與《賢博編》《原李耳載》合刊，北京：中華書局，1997 年 11 月），頁 51。

〔註32〕 明・江盈科：〈雪濤閣集自敘〉，見黃仁生輯校：《江盈科集》（長沙：岳麓書社，1997 年 4 月），頁 4～5。

〔註33〕 明・江盈科：《雪濤諧史》，明刊本，台北：國家圖書館藏。

〔註34〕 明・江盈科：〈皇明十六種小傳自敘〉，見黃仁生輯校：《江盈科集》，同註32，頁 904。

〔註35〕 明・江進之著，章衣萍校訂：《雪濤小書》，上海：中央書店，民國 37 年 12 月。《諧史》在頁 69～118。

〔註36〕 明・王同軌：〈耳談類增自敘〉，見《續修四庫全書》冊1268，書同註15，頁 7～9。

36、《稗史彙編》175 卷，王圻撰，雜俎類筆記。王圻，生於明世宗嘉靖八年（1529），卒於神宗萬曆四十年（1612），字元翰，號普始，嘉定（今上海）人。書前作者撰〈稗史彙編引〉記年作「萬曆歲次丁未」（1607）〔註37〕，全書分為「天文門」、「時令門」、「飲食門」等28門，門之下再分304類，其下所屬每則故事各有題名。類型故事出現在「地理門」、「人物門」、「倫敘門」、「伎術門」、「方外門」、「人事門」、「文史門」、「祀祭門」、「珍寶門」、「禽獸門」、「徵兆門」、「禍福門」、「志異門」。

37～38、《艾子外語》、《憨子雜俎》，屠本畯撰。本畯生於明世宗嘉靖二十一年（1542），卒於熹宗天啟二年（1622），字田叔，號𡸷叟，鄞縣（今浙江寧波）人。

《艾子外語》1卷，計22則，笑話集。

《憨子雜俎》1卷，笑話集，卷首言憨先生好聞憨言事，並有「懶道人錄曰」以代序，後錄笑話10則，每則末有懶道人「錄曰」。

39、《金陵瑣事》，周暉撰，雜俎類筆記。周暉，生於明世宗嘉靖二十五年（1546）年，卒年不詳，字吉甫，上元（今江蘇南京）人。書前〈金陵瑣事小序〉署「萬曆庚戌」〔註38〕，是年西元1610年。其內容收金陵相關之書畫詩文、人物逸事、奇聞瑣事等，共四卷，卷無卷名，所收每則各有題名。

40、《笑贊》1卷，趙南星撰，笑話集。趙南星，生於明世宗嘉靖二十九年（1550），卒於熹宗天啟七年（1627），字夢白，號儕鶴，別號清都散客，高邑（今河北高邑）人。《笑贊》共收72則故事，編排上先言故事，故事後有「贊曰」作評述。

41、《酒顛》上、下卷，夏樹芳輯，志人筆記。夏樹芳，生於明世宗嘉靖三十年（1551），卒於思宗崇禎八年（1635），字茂卿，號習池，別號冰蓮道人，江陰（今屬江蘇）人。書載飲酒諸事，或異釀、或善飲、或醉後逸事，每則各有篇題。

42、《霞外麈談》10卷，周應治撰，志人筆記。周應治，明萬曆庚辰（1580）進士，時年二十五〔註39〕，知生於嘉靖三十四年（1555），字君衡，鄞縣（今

〔註37〕明·王圻：〈稗史彙編引〉，見《四庫全書存目叢書》子部冊139，書同註14，頁534。

〔註38〕周暉：〈金陵瑣事小序〉，見《筆記小說大觀》16編冊3，頁1351。

〔註39〕臺灣學生書局編輯部輯：《明代登科錄彙編》（台北：臺灣學生書局，1969年12月），冊19〈萬曆八年登科錄〉，頁10310。

浙江寧波）人。書言人物佚事，多及隱逸者，分為「霞想」、「鴻冥」、「恬尚」等 10 類。

43～46、《虎薈》、《讀書鏡》、《辟寒部》、《珍珠船》，陳繼儒撰。繼儒生於明世宗嘉靖三十七年（1558），卒於思宗崇禎十二年（1639），字仲醇，號眉公，松江華亭（今上海松江）人。其之於筆記，著作頗多，有雜記人事、文物、器物諸事的《太平清話》，評詩文、書畫、人事的《狂夫之言》、《妮古錄》，辯證詞義、事理的《羣碎錄》、《枕譚》，記人物佚事的《見聞錄》，載神仙故事的《香案牘》等。自撰筆記外，他人筆記亦多有校訂，如宋・孔平仲《談苑》、明・劉元卿《賢奕編》、明・耿定向《先進遺風》等。

《虎薈》6 卷，志怪筆記，書前作者自序，言丁酉（1597）至戊戌（1598）病瘧整一年，其間友人授以《虎苑》，欲使避瘧，見書所引不及百事，所以廣搜逸籍故聞，編纂而成。〔註40〕知書承《虎苑》，載虎諸事，然未若《虎苑》依主題別類，僅分卷羅列，故有同類故事散見不同卷次者。

《讀書鏡》10 卷，志人筆記，評述人、事可為借鏡者，內容條列而無題名。書前作者〈自敘〉無記年，別有沈師昌〈讀書鏡敘〉、顧佩書范應官〈題陳眉公讀書鏡〉，皆署「庚子」年〔註41〕，是年西元 1600 年。

《辟寒部》4 卷，輯召暖避寒諸事以成編，羅列而無題名。

《珍珠船》4 卷，雜俎類筆記，卷無分類，逐條羅列而無題名。

47、《益智編》41 卷，孫能傳撰，雜俎類筆記。孫能傳，生卒年不詳，字一之，四明（今浙江寧波）人。書前孫能正〈刻益智編小引〉言「天奪予仲，遺此一編」，署「萬曆癸丑長夏」，是 1613 年夏季時，孫能傳已不在世，〈引〉又言「以水衡之役，居先封公憂，歸劍東，遂沉志丘園，以從所好，而竟弗能，假逾艾之年，以了讀書事，區區是編之存，非其志矣」〔註42〕，知孫能傳居父喪歸鄉時年約 51～55 歲，推其約生於世宗嘉靖三十七至四十一（1558～1562）年之間。書 41 卷分為 12 類：卷 1～2「帝王類」、卷 3「宮掖類」、卷 4～6「政事類」、卷 7～8「職官類」、卷 9～11「財賦類」、卷 12～23「兵戎

〔註40〕明・陳繼儒：《虎薈》，見《筆記小說大觀》4 編冊 5，書同註 1，頁 3063。

〔註41〕明・沈師昌：〈讀書鏡序〉，《四庫全書存目叢書》史部（濟南：齊魯書社，1996年 8 月），冊 288，頁 408～409。明・范應官作，顧佩書：〈題陳眉公讀書鏡〉，書同上，頁 410。

〔註42〕明・孫能正：〈刻益智編小引〉，見《四庫全書存目叢書》子部冊 143，書同註14，頁 665。

類」、卷 24～27「刑獄類」、卷 28～31「說詞類」、卷 32～36「人事類」、卷 37～38「邊塞類」、卷 39～40「工作類」、卷 41「雜俎類」，類下再分 1～5 項不等之細目，共 74 目，目下所列故事則不撰題名。

48、《花當閣叢談》8 卷，徐復祚撰，雜俎類筆記。徐復祚，生於明世宗嘉靖三十九年（1560），卒於思宗崇禎三年（1630），字陽初，號暮竹，晚號三家村老，常熟（今屬江蘇）人。書 8 卷不分類，所記各有題名，多言制度、人物佚事、軍戰之事等。卷 1 之首有「邨老曰」以代序，言：邨中有酒社，每會諸社長常徵引俚鄙之語，因老健忘不能記憶，所以雜取諸家叢說資於談議者，以備遺忘而為應對。〔註43〕文中且穿插有「邨老曰」。又，徐復祚有《三家村老委談》4 卷，載 147 則人物逸事，依次亦見於《花當閣叢談》卷 3 至卷 6，其中卷 2 少〈治姦御史〉1 則，卷 4 多〈先王父〉、〈永嘉土地〉、〈盧次楩〉、〈黃先生〉、〈盛尚書〉、〈邵武巡檢〉、〈聶司務〉、〈趙司成〉、〈黃憲副〉、〈楊鐵崖〉、〈李卓吾〉11 則。

49、《客座贅語》10 卷，顧起元撰，雜俎類筆記。顧起元，生於明世宗嘉靖四十四年（1565），卒於思宗崇禎元年（1628），字太初，一字璘初、鄰初，號遯園居士，江寧（今江蘇南京）人。書 10 卷不分類，所記各有題名，前有作者自序，記年「萬曆丁巳」（1617），言病中客來，知其好訪求桑梓間故事，往往多為說之，其中有驚奇誕怪者，亦有可助於考訂載籍者，因怕忘記而記載下來，故而成編。〔註44〕

50、《五雜俎》16 卷，謝肇淛撰，雜俎類筆記。謝肇淛，生於明穆宗隆慶元年（1567），卒於熹宗天啓四年（1624），字在杭，別號武林，長樂（今福建福州）人，所著詩文，常署「陳留謝肇淛」，陳留（今河南開封）為謝氏郡望。書 16 卷分為天、地、人、物、事 5 部，「天部」、「地部」各 2 卷，「人」、「物」、「事」各 4 卷，卷下所列諸事，不著題名，內容遍及天文地理、經濟文化、典章制度、小說故事等。

51、《前定錄》2 卷，蔡善繼撰，志怪筆記。蔡善繼，生卒年不詳，字伯達，別號五岳，烏程（今浙江吳興）人，萬曆辛丑（1601）進士，萬曆四十

〔註43〕 明・徐復祚：《花當閣叢談》卷 1「邨老曰」，見《續修四庫全書》，書同註15，冊 1175，頁 2。

〔註44〕 明・顧起元：〈客座贅語序〉，見顧起元撰，譚棣華、陳稼禾點校：《客座贅語》（《元明史料筆記叢刊》，北京：中華書局，2007 年 8 月），頁 1。

四年（1616）任泉州知府。書分上、下卷，上卷書 78 事，下卷載 93 事，各有題名，多言卜相預言、幽冥、夢境等應驗事。

52、《玉芝堂談薈》36 卷，書名有作《談薈》，徐應秋撰，雜俎類筆記。徐應秋生年不詳，是萬曆丙辰（1616）進士，卒於熹宗天啓元年（1621），字君義，號雲林，西安（今浙江衢縣）人。書 36 卷，卷無卷名，所列諸事以類相從而各有題名，又，題名下非獨記一事，事理相同、情節相同者一一羅列其中，不另做它題，如卷 9〈水晶屛上美人〉，記畫中女成眞人故事 5 則，詠其事之詩 2 則，畫中動物牛、獅子、馬等皆成眞者 8 則，人入畫中 1 則，竹葉作舟能行水 1 則，紙馬載人 1 則，都是虛物成眞。〔註45〕

53、《湧幢小品》32 卷，朱國禎撰，雜俎類筆記。朱國禎生年不詳，卒於思宗崇禎五年（1632），字文寧，號平涵，別號虹庵居士，烏程（今浙江吳興）人。據〈跋〉，書「編起己酉之春，至辛酉冬月」〔註46〕，是西元 1609～1621 年之間。其 32 卷約略以類相從而別卷次，如卷 7 列序科舉諸事，卷 15 記天文地理，卷 30 多言外邦夷族，然無卷名，所記每則各有題名。

54～60、《笑府》、《廣笑府》、《情史》、《古今譚概》、《增廣智囊補》、《雅謔》、《笑林》，馮夢龍撰。馮夢龍，生於明神宗萬曆二年（1574），卒於清世祖順治三年（1646，明亡後兩年），字猶龍，又字子龍，號龍子猶、墨憨齋主人等，明長洲（今江蘇蘇州）人。

《笑府》13 卷，笑話集。依次分爲「古艷」、「腐流」、「世諱」、「方術」、「廣萃」、「殊稟」、「細娛」、「刺俗」、「閨風」、「形體」、「謬誤」、「日用」、「閏語」13 部，每則笑話各有題名。

《廣笑府》13 卷，笑話集。分爲「儒箴」、「官箴」、「九流」、「方外」、「口腹」、「風懷」、「貪吝」、「尚氣」、「偏駁」、「嘲謔」、「諷諫」、「形體」、「雜記」、並附「隱語」，每則笑話各有題名。所記多見於《解慍編》，類別歸屬及其題名皆相同，部分並見《笑府》。

《情史》24 卷，又名《情史類略》、《情天寶鑒》，雜俎類筆記。全書以「情」爲主題，24 卷分爲「情貞類」、「情緣類」、「情私類」等 24 類，類下或再分細目，如卷 8「情感類」有「感人」、「感鬼神」、「感物」3 項子目，以卷 22 分

〔註45〕明・徐應秋：《玉芝堂談薈》，見《筆記小說大觀》續編冊 5，書同註 1，頁 2737。
〔註46〕明・朱國禎：《湧幢小品・跋》，見《四庫全書存目叢書》子部冊 106，書同註 14，頁 169。

15 目為最多，而卷 1、2、3、5、7、9、11、17 後並有「補遺」。所記故事各有題名。

《古今譚概》，又名《譚概》、《古今笑》、《古今笑史》，雜俎類筆記。書之章節不以「卷」分，作「某部第某」，分為「迂腐部第一」、「怪誕部第二」、「癡絕部第三」等 36 部，〈自序〉署「庚申春朝書於墨憨齋」〔註47〕，是年西元 1620 年，〈序〉以「龍子猶曰」起言，其後每部卷首皆以「子猶曰」釋題，再列敘故事，每則各有題名。

《增廣智囊補》28 卷，雜俎類筆記。據作者〈自序〉，書初成於「丙寅」（1626）年，時「輯成《智囊》二十七卷」。〔註48〕為馮夢龍採輯經史百家、稗官野史中智術計謀之事編就，28 卷別為 10 部：卷 1〜4「上智部」、卷 5〜8「明智部」、卷 9〜10「察智部」、卷 11〜12「胆智部」、卷 13〜15「術智部」、卷 16〜18「捷智部」、卷 19〜20「語智部」、卷 21〜24「兵智部」、卷 25〜26「閨智部」、卷 27〜28「雜智部」，每部之下再分 2 至 4 項不等之細目，如「上智部」別有「見大」、「遠猶」、「通簡」、「迎刃」4 項，「察智部」則有「得情」、「結好」2 項，又，每部之前有總敘，以「馮子曰」敘起，每一細項之前並有引語，其下故事，各有題名。

《雅謔》1 卷，浮白齋主人撰，笑話集，見《中國笑話大觀》、《中國笑話書》收 111 則故事，各有題名。浮白齋主人者，有許自昌、馮夢龍二說，據王利器《中國笑話大觀》論述，當是馮夢龍。〔註49〕

《笑林》1 卷，浮白主人撰，笑話集。今見《中國笑話大觀》、《中國笑話書》收 94 則，各有題名。

61、《秋涇筆乘》1 卷，宋鳳翔撰，志人筆記。宋鳳翔，字羽皇，秀水（今浙江嘉興）人，萬曆壬子（1612）舉人。書載史傳雜事，並及於神怪，條列而無題名。

62、《棗林雜俎》6 集，談遷撰，雜俎類筆記。談遷生於明神宗萬曆二十二年（1594），卒於清世祖順治十四年（1657），原名以訓，字觀若，明亡後

〔註47〕 明・馮夢龍：《古今譚概・自序》（欒保群點校本，北京：中華書局，2010 年 8 月），目次後第 4 頁。

〔註48〕 明・馮夢龍：《增廣智囊補・自序》，見《筆記小說大觀》正編冊 3，書同註 1，頁 1332。

〔註49〕 王利器、王貞珉：《中國笑話大觀》（北京：北京出版社，2001 年 1 月），頁 189。

改名遷，字孺木，自稱江左遺民，海寧（今浙江海寧）人。書不以卷分，而以「集」別，為：「智集」、「仁集」、「聖集」、「義集」、「中集」、「和集」6 集，集下分「逸典」、「幽冥」、「叢贅」等 12 目，所列各有題名。原舊稿 2 帙，高弘圖為之〈序〉，署「崇禎甲申」，是年 1644 年，明亡後，再有增訂。〔註50〕

63、《夜航船》20 卷，張岱撰，雜俎類筆記。張岱，生於明神宗萬曆二十五年（1597），卒於清聖祖康熙十八年（1679），一名維城，字宗子、石公，號陶庵，又號蝶庵，山陰（今浙江紹興）人。書 20 卷分為「人物部」、「考古部」、「方術部」等 20 部，部下分有 137 類，所列每則各有題名。成型故事出現在「天文部」、「地理部」、「倫類部」、「政事部」、「禮樂部」、「日用部」、「九流部」、「四靈部」、「荒唐部」。

64、《昨非庵日纂》20 卷，鄭瑄撰，雜俎類筆記。鄭瑄，侯官（今福建福州）人，崇禎四年（1631）進士。書 20 卷分為「官澤」、「永操」、「種德」等 20 類，類下逐條羅列而無題名。

65、《玉光劍氣集》30 卷，張怡撰，雜俎類筆記。張怡，生於明神宗萬曆三十六年（1608），卒於清聖祖康熙三十四年（1695），初名鹿徵，字瑤星，上元（今江蘇南京）人。書 30 卷分為「吏治」、「德量」、「類物」等 30 類，類下逐條羅列而無題名。

66、《笑禪錄》1 卷，潘游龍撰，笑話集。作者生平未詳。書錄 18 篇，每篇以「舉」、「說」、「頌曰」三段為一組，先「舉」佛經之說，或理或事，再「說」以故事，續以「頌曰」作結。

67、《識餘》4 卷，惠康野叟撰，雜俎類筆記。作者其人不詳。書 4 卷分為「文考」、「物考」、「詩考」、「事考」、「說臆」、「說古」、「說今」、「說經」、「醫說」、「說異」10 類。

68、《精選雅笑》1 卷，豫章醉月子撰，笑話集。見《中國笑話大觀》、《中國笑話書》收 34 則，各有題名。

69、《笑海千金》1 卷，撰者不詳，笑話集。見《中國笑話大觀》、《中國笑話書》收錄 13 則，各有題名。

70、《新刻時尚華筵趣樂談笑酒令》5 卷，記飲酒行令之詩、文，撰者不詳，卷 4〈談笑門〉載笑話 69 則，每則各有題名。

〔註50〕 明・高弘圖：〈棗林雜俎序〉，見明・談遷撰，羅仲輝、胡明校點校：《棗林雜俎》（北京：中華書局，2006 年 4 月），頁 1。

第二節　明人筆記所見類型

明人筆記蒐得故事類型 227 個，可別之為兩部分，一是故事在明朝之前尚未得見於書面紀錄，為明朝首見的故事類型，另一則是明朝之前已見紀錄的故事。茲將明人筆記得見的故事類型依上述兩部分分項羅列於下，並依明人筆記的類型特色，簡化 AT 分類類別作「動物（及物品）故事」、「幻想故事」、「宗教神仙故事」、「生活故事」、「惡地主故事」、「笑話」與「其它」。

明代首見紀錄的故事類型，依本論文「國際型故事研究」的探討方向，再區分為國際間能見流傳的「國際型」故事，以及僅流傳在中國的「傳統型」故事。以下先列國際型故事類型。表中的「型名」、「型號」，以金榮華先生《民間故事類型索引》為主要依據，其次參以丁乃通《中國民間故事類型索引》。其中型號若經刪改，初定於阿爾奈與湯普遜（即 AT）者，則於「原型號」項直接標註原有的編號，如「老鼠搬蛋」故事，型號「112B」，「原型號」下標註「112*」，表示 AT 原型號作 112*；若改自丁乃通編定的型號，則以「ATT」標示之，如「蜈蚣救主」故事，型號「554D」，「原型號」下標註「ATT：554D*」，表示丁乃通編作型號 554D*。

表 2-1：明人筆記中初見之國際型故事類型表

	型　名	型　號	原型號
一、動物故事			
1	吃自己的內臟	21	
2	老鼠搬蛋	112B	112*
3	貓裝聖人	113B	
4	忘恩獸再入牢籠	155	
5	忘恩獸吃掉救命恩人	155A	
6	蝙蝠取巧被排斥	222A	
二、幻想故事			
1	真假新娘（新郎）	331A	926A
2	潑婦鬼也怕	332A	1164
3	蜈蚣救主	554D	ATT：554D*
4	天賦異稟十兄弟	654B	ATT 歸入 653
5	精怪摘瘤又還瘤	747A	503

	型　　　名	型　號	原型號
三、宗教神仙故事			
1	出米洞	751F	
四、生活故事			
1	假新郎成眞丈夫	855	
2	假意審石頭　眞心助小販	926D.1	ATT：926D1*
3	假意生氣眞捉賊	926D.2	
4	誰偷了藏在屋外的錢	926D.4	
5	尼姑扶醉漢	927B	AT：927 情節 b,c
6	害人反害己	939B	837
7	橫財不富命窮人	947A	ATT：841A*併入
8	劣子臨刑咬娘乳	996	838
五、惡地主的故事			
1	分莊稼	1030	
六、笑話			
1	傻瓜護樹拔回家	1241C	
2	把自己丟了	1284	1284；1531A
3	搔癢搔錯了腿	1288	
4	錯將酒瀝作尿滴	1293	
5	守財奴的物盡其用	1305D.1	
6	兄弟合買鞋	1332D.1	
7	鄉下人進城	1337	
8	倒楣的竊賊	1341C	
9	只是撿了一條繩子	1341C.2	1800
10	偷米不著反失褲	1341D	ATT：1341C 情節 g
11	我乃大丈夫也	1366	ATT：1366*
12	一追一躲皆假裝	1419D	
13	袋子裡的是米	1419F.1	ATT：1419F*； ATU：1419F

	型　名	型　號	原型號
14	口吃的少女	1457	
15	妙賊妙計　先說後偷	1525A	
16	小偷躲進箱中讓賊偷	1525H.4	
17	來僕不敬罰揹磨	1530B.1	ATT：1530B1*
18	夢得寶藏騙酒食	1533C	ATT：1645B1
19	縣官審案　霸佔引起爭執的物件	1534E	926D
20	哄上哄下　騙進騙出	1559D	ATT：1559D*
21	飢餓的學徒騙引師傅	1567E	
22	殺驢借雞	1572J	ATT：1572J*
23	不受奉承的人	1620B	
24	假占卜歪打正著	1641	
25	比手劃腳會錯意	1660A	AT：924A； ATU：924
26	爲沒有的東西爭吵	1681D.1	ATT 併入 1430
27	傻瓜學舌鬧笑話	1696E	
28	傻瓜學詩　詠錯對象	1696F	
29	聽錯話而引起滑稽後果	1698G	
30	聾子探病	1698I	
31	我沒空說謊	1920B	
32	牛皮吹破　愈吹愈小	1920D	
33	懶人之懶	1951	
34	巨中更有巨霸人	1962A	AT：1962A； ATT：1962A.1
七、其它			
1	強中更有強中手	2031	

其次爲明代筆記首見傳統型故事類型，型號標記方式與前表相同：

表 2-2：明人筆記中初見之傳統型故事類型表

型　　名	型　號	原型號
一、動物故事		
1　老鼠偷喝酒或油	112A	ATT：112A*
2　虎盡子責養寡母	156D	ATT：156D*
二、宗教神仙故事		
1　不昧巨金改變命運	750B.3	ATT：809A*
2　金手指	775A	
3　落水鬼仁念放替身	776	
4　貪心不足金變水	834	
三、生活故事		
1　是誰冒認布匹	926G.2	
2　跑得慢的那個人是賊	926G.3	
3　異母兄弟和炒過的種子	939A.1	ATT：511B*
4　囓耳訟師	997	ATT：1534E*
四、惡地主的故事		
1　長工條件低　暗中藏玄機	1000C	
五、笑話		
1　你打我兒　我打你兒	1215A	ATT：1215*
2　守財奴以看代吃以虛代實	1305G	ATT：1704C
3　肉貴於命	1305H	ATT：1704D
4　又跌一跤	1349P	ATT：1349P*
5　如果是我	1375A	ATT：1375A*
6　悍妻之喪有賀詞	1375G	ATT：1516E*
7　打噴嚏	1406A	
8　跳窗的原來是自己(交換了鞋)	1419B.1	ATT：1419B*
9　放響屁	1520	
10　被鎖在櫃櫥裡的小偷	1525T.1	ATT：1525T*

	型　　　名	型　　號	原型號
11	巧計連環騙財物	1526C	
12	意在炫耀	1572K	ATT：1459A**
13	今日不宜動土	1684	ATT：1562C
14	請左右鄰居搬家	1689A.1	
15	聾子和近視	1698E	ATT：1698E*
16	比賽眼力看橫匾	1703B	
17	把自己鎖住了	1703D	
18	和尚倒楣被冒充	1807B	ATT：1807B*
19	最好的醫生	1862E	
20	我家的更大些	1920K.1	

　　以上明人筆記首見的故事類型共 87 個，爲「動物故事」8 個，「幻想故事」5 個，「宗教神仙故事」5 個，「生活故事」12 個，「惡地主的故事」2 個，「笑話」54 個，「其它」1 個。種類以笑話爲多，遠多於其它類別故事之總和。

　　再次是明朝之前已見紀錄的故事類型，計 140 個。表中除了「型名」、「型號」、「原型號」之外，並列出該型故事可知的「首見朝代」：

表 2-3：明人筆記所見承自前朝故事類型表

	型名	型號	原型號	首見朝代
一、動物及物品故事				
1	狐假虎威	47D.1	101*	先秦
2	狼與鶴	76		三國
3	老虎求醫並報恩	156		南朝
4	猛虎感恩常隨侍	156A		唐
5	虎求助產並報恩	156B	156B*	晉
6	老虎報恩　搶親作媒	156E		唐
7	猴子學人上了當	176A	ATT：176A*	晉
8	義犬捨命救主	201E	201E*	晉
9	義犬救主　爲主復仇	201F	ATT：201F*	晉

	型名	型號	原型號	首見朝代
10	鶴和小人	222C		漢
11	禽鳥裝死脫牢籠	239A		宋
12	家畜護主被誤殺	286A	178A	晉
13	人體器官爭功勞	293		宋
14	茶和酒爭大	293B		唐
二、幻想故事				
1	妖洞救美	301A		晉
2	術士鬥法	325A		東晉
3	凡夫尋仙妻	400		晉
4	鳥妻（仙侶失蹤）	400A	AT：400*；ATT：400A	晉
5	畫中女	400B		唐
6	田螺姑娘	400C		東晉
7	動物變成的妻子	400D		唐
8	靈犬殺敵娶嬌妻	430F.1		晉
9	神奇妻子美而慧　老實丈夫受刁難	465		唐
10	義葬死者不為財	505B		漢
11	蜘蛛鳥雀掩逃亡	543	967	漢
12	龍宮得寶或娶妻	555D	ATT：555*	六朝
13	煮海寶	592A.1	ATT：592A1*	唐
14	仁慈的少婦與魔鞭	598C	ATT：480D	東晉
15	三片蛇葉	612		漢
16	禽言獸語好事多	671		宋
17	聽得懂鳥語的人	673A		南朝
18	以夢為真　以真為夢	681A		先秦
19	黃粱夢	725A	681	晉
20	旅客變驢	733	ATT：449A	唐
21	神人還物藏魚腹	736A		漢
22	財各有主命中定	745A		漢
23	荒屋得寶	745B	ATT：326E*	晉
24	生雖不能聚　死後不分離	749A	970；970A	晉

	型名	型號	原型號	首見朝代
三、宗教神仙故事				
1	窮秀才年關救窮人	750B.2		元
2	井水變成酒　還嫌無酒糟	750D.1		元
3	惡地主變馬消罪孽	761		唐
4	前世有罪孽　投胎為畜牲	761A		唐
5	漁夫義勇救替身	776A		宋
6	天雷獎善懲惡媳	779D		宋
7	惡媳變成鳥	779D.1		晉
8	惡媳變烏龜	779D.2		晉
9	陰錯陽差訛為神	784		漢
10	陸沉的故事	825A	ATT：825A*	先秦
11	無福之人金變蛇	834A		唐
12	仙境一日　人間千年	844A	470；471A	晉
13	仙境遇豔不知年	844B	470*	晉
四、生活故事				
1	巧媳婦妙對無理問	876		隋
2	姑娘詩歌笑眾人	876B	ATT：876B*	晉
3	戀人殉情	885B		南朝
4	貞節婦為夫復仇(孟姜女)	888C	ATT：888C*	先秦
5	悍婦被嚇不復妒	901D	ATT：901D*	魏晉
6	所得警言皆應驗	910	910；910K	南朝
7	團結力量大	910F		魏晉
8	愚公移山	911A	ATT：911A*	先秦
9	小孩問答勝秀才	921J		隋
10	孩子到底是誰的（灰闌記）	926		漢
11	雨傘到底是誰的	926A.1	ATT：926*	漢
12	拾金者的故事	926B.1	ATT：926B1*	元
13	鐘上塗墨辨盜賊	926E	ATT：926E*	宋

	型名	型號	原型號	首見朝代
14	抓住心虛盜賊的其他方法	926E.1	ATT：926E1*	宋
15	鞭打畚箕求物證	926F	ATT：926F*	梁
16	誰偷了驢馬	926G	ATT：926G*	梁
17	誰偷了雞或蛋	926G.1	ATT：926G1*	梁
18	一句話破案	926H	ATT：926H*	宋
19	假證人難畫真實物	926L	ATT：926L*	唐
20	試抱西瓜斥誣告	926L.2		宋
21	解釋怪遺囑	926M.1	ATT：926M*	宋元
22	這些錢幣是什麼時候鑄造的	926N	ATT：926N*	宋
23	財物不是我的	926P	ATT：926P*	隋唐
24	他嘴裡沒灰	926Q	ATT：926Q*	隋唐
25	蒼蠅破案	926Q.1	ATT：926Q1*	秦漢
26	偽毀贗品騙真賊	929D		晉
27	命中注定的妻子	930A		唐
28	鸚鵡不幸應惡夢	934A.2		六朝
29	對自己命運負責的公主	943	923B	宋
30	塞翁失馬	944A	ATT：944A*	漢
31	富貴由天不由人	947B		北朝
32	少女燭油擒群盜	956B.1		漢
33	被感動的竊賊	958A.1	ATT：958A1*	宋
34	水泡為證報冤仇	960		宋
35	得寶互謀俱喪命	969	763	宋
36	及時抵家的丈夫	974		隋唐
37	兒子一言驚父親　從此孝養老祖父	980		宋
38	弄巧成拙　劣子遵遺言	982C		唐
39	少婦在父親兄弟和丈夫兒子間的選擇	985		先秦
40	先救別人的孩子	985A		漢

	型名	型號	原型號	首見朝代
41	女子從軍　代父出征(花木蘭)	985B	884B	北朝
42	箱中少女變虎熊	986A	896	唐
43	善用小錢成鉅富	989		三國(佛經)
44	財富生煩惱	989A	754	唐
45	餓時糟糠甜如蜜	991	ATT：910*	宋
46	富家子終於知艱辛	998	ATT：935A，935A*	宋
五、笑話				
1	長竿進城	1248A		魏
2	杞人憂天	1251		先秦
3	刻舟求劍	1278		先秦
4	守株待兔	1280A	ATT：1280*	先秦
5	守財奴命在須臾猶議價	1305D.2		宋
6	守財奴吝嗇成性	1305E.1	ATT：1704A	元
7	傻子買鞋	1332D	ATT：1332D*	先秦
8	不識鏡中人	1336B	1336A 併於此	魏晉
9	煮竹蓆	1339F		魏晉
10	痴人祛盜	1341C.1		唐
11	夫妻打賭不說話	1351		南朝
12	擇偶論歲數	1362C	ATT：1362C*	宋
13	極端嫉妒的妻子	1375B	ATT：1375B*	唐
14	想學怎樣不怕老婆的丈夫	1375C	ATT：1375C*	宋
15	大官也怕老婆	1375D	ATT：1375D*	宋
16	妻妾鑷髮	1375E	ATT：1375E*	宋
17	藏在盒子裡的妻子	1426		魏晉
18	夫妻共作白日夢	1430		先秦
19	美婦巧戲登徒子	1441B	AT：882A*、1730 ATT：1725A、1730	唐

	型名	型號	原型號	首見朝代
20	教人怎樣避免被偷	1525W		魏
21	冒認親人騙商家	1526		宋
22	騙人的傳家寶(巧騙和傻瓜)	1539		宋
23	鞋值多少錢	1551A	ATT：1551A*	宋
24	未完成的夢	1645C		唐
25	傻瓜的白日夢	1681D	AT：1681*	南朝
26	自信已經會隱形的傻瓜	1683A	ATT：1539A	魏晉
27	三思而後言	1684A	1562	宋
28	傻瓜忘詞	1687		魏
29	容易恍惚的人	1687A	ATT：1687A*	隋
30	傻瓜忘物	1687B	ATT：1687*	隋
31	鑰匙還在我處	1689B.2		唐
32	何不食肉糜（讓他們吃糕點好啦）	1689C	1446	晉
33	不懂方言起誤解	1699A.1		隋
34	喝酒的理由(酒鬼的笑話)	1705A		宋
35	醫駝背	1862D		魏
36	酒徒傳奇	1886A		晉
37	大家來吹牛	1920A		宋
38	如果不信我的謊那麼就罰錢	1920C.1		宋
39	巨人還有更巨人	1920I		隋
40	漫天撒謊　比誰最老	1920J		先秦
41	巨魚失水困沙灘	1960B		晉
42	巨鳥	1960J		先秦
六、其它				
1	一裂裳之地	2400A		元

　　以上為明人筆記首見的國際型、傳統型故事類型，以及已見於明代之前的故事類型，再依類型分類統計如下表：

表 2-4：明人筆記所見故事類型統計表

	明前已見	明首見—國際	明首見—傳統	（總）
動物及物品故事	14	6	2	22
幻想故事	24	5	0	29
宗教神仙故事	13	1	4	18
生活故事	46	8	4	58
惡地主的故事	0	1	1	2
笑話	42	34	20	96
其它	1	1	0	2
（總計）	140	56	31	227

　　明人筆記記載的故事類型，若分由明代首見、明前已見的故事類型總數視之，已見於前朝的有 140 個，首見紀錄的是 87 個，可知明代新類型的故事增加幅度不少，有 62%之多。而各別以種類看，明代之前已見的故事類型以生活故事類較多，有 46 個，明代首見的生活故事僅增加 12 個；至於明代首見類型較多的則是笑話類，有 54 個類型，較明朝以前增加 129%，據此知笑話類型是明人故事類筆記常見的記載主題。又，中國的動物故事向來就少，明人筆記承襲前朝的動物故事有 14 個類型，明代首見的增加 8 個，亦有 57%的增幅，也可知明人在記載故事時，對於動物類故事有較大的接受度與包容性。

　　以下將以明代首見的國際型故事爲主，呈現這些類型可知的流傳現象，並探究其傳播線索。

第三章 明人筆記初見之國際型動物
故事

本文以 AT 分類法蒐羅明人筆記裡的故事，就所得類型之類別，簡化 AT 原有類目，歸為「動物故事」、「幻想故事」、「宗教神仙故事」、「生活故事」、「惡地主故事」、「笑話」與「其它」共七類，故以下以此分章，各章再據細部類目（參附錄一）分節論述之。文中對類型編號的稱述，「AT」表示阿爾奈和湯普遜《民間故事類型索引》原有編號〔註1〕，「ATT」表示丁乃通《中國民間故事類型索引》新增編號〔註2〕，「ATU」表示烏特《國際民間故事類型索引》增改編號〔註3〕，「ATK」表示金榮華先生《民間故事類型索引》增改之編號〔註4〕。

此章探討明代首見的國際型「動物故事」，分述 6 個類型。

第一節 野獸故事

吃自己的內臟（型號21）

類型「吃自己的內臟」一般的說法是：

> 狐狸騙狼，或是小動物騙肉食動物吃牠自己的內臟，或身體的某部

〔註1〕 Stith Thompson, *The Types of the Folktale* (FFC184), Helsinki, Academia Scientiarum Fennica, 1981.

〔註2〕 Nai-Tung Ting, *A Type Index of Chinese* (FFC223), Helsinki, Academia Scientiarum Fennica, 1978.

〔註3〕 Hans-Jörg Uther, *The Types of International Folktales* (FFC284～286), Helsinki, Academia Scientiarum Fennica, 2004.

〔註4〕 金榮華：《民間故事類型索引》（增訂本），台北：中國口傳文學學會，民國103年4月。

份。〔註5〕

劉元卿（1544～1609）《賢奕編》有一則老虎被騙,吃了自己腦子的故事:

> 獸有猱,小而善緣,利爪。虎首癢,輒使猱爬搔之,不休,成穴,
> 虎殊快不覺也。猱徐取其腦啖之,而汰其餘以奉虎,曰:「余偶有所
> 獲腥,不敢私,以獻左右。」虎曰:「忠哉!猱也!愛我而忘其口腹。」
> 啖已,又弗覺也。久而虎腦空痛發,跡猱,猱則已走避高木。虎跳
> 踉大吼乃死。〔註6〕

國際間,歐洲、亞洲、非洲都見流傳,尤其於歐亞大陸相鄰地區流傳甚
廣（詳表3-1）。〔註7〕故事說法或是:狐狸和狼,或是熊、豬、老虎,一起掉
進陷阱裡,牠們餓了,狐狸拿出先前藏在身上的動物內臟來吃,騙狼說牠是
割開肚子拿自己的內臟吃,狼也學狐狸,結果死了。〔註8〕在北歐,有故事是
說:有一顆堅果掉在公雞頭上,讓牠以為是世界末日,或是要戰爭了,所以
引起各種動物的逃散。絕望之餘,牠們同意要互相殘食,當中狐狸就誘騙狼
吃自己的內臟。〔註9〕

近代中國見到的故事,主要流傳於甘肅、青海、雲南一帶的少數民族,
如雲南普米族的〈機靈的兔子（一）〉〔註10〕,甘肅裕固族的〈兔子的嘴為啥
是豁的〉〔註11〕、藏族〈兔子報仇〉〔註12〕等。

〔註5〕 書同註4,頁100,類型21。

〔註6〕 明·劉元卿:《賢奕編》卷3〈譬喻第14·點猱媚虎〉,見《筆記小說大觀》4
編冊4,頁2665。故事又見於明·馮夢龍:《古今譚概》〈專愚部第4·物性之
愚〉第5則,見《筆記小說大觀》20編冊7,頁4010。

〔註7〕 (1)書同註1,頁26,類型21。(2)書同註3,冊1,頁29～30,類型21。(3) Hasan
M. El-Shamy, *Type of the Folktale in The Arab World*, Bloomington, Indiana
University, 2004, p.21, Type21.

〔註8〕 書同註3,冊1,頁29。

〔註9〕 （美）斯蒂·湯普森著,鄭海等譯:《世界民間故事分類學》（上海:上海文
藝出版社,1991年2月）,頁265。這個故事複合類型20C「害怕世界末日來
臨,動物駭跑」。

〔註10〕曹金祥講述,陶學良搜集整理:〈機靈的兔子（一）〉,見《中國民間故事全集》
（臺北:遠流出版社,民國78年6月）,冊10,雲南民間故事集（四）,頁
541～544。

〔註11〕才昂什吉講述,楊進祿採錄:〈兔子的嘴為啥是豁的〉,見《中國民間故事集
成·甘肅卷》（北京:中國ISBN中心出版,2001年6月）,頁293～295,故
事複合類型8C「膠水為藥封狼眼」。

〔註12〕龍智博講述並記錄:〈兔子報仇〉,見《中國民間故事集成·甘肅卷》,書同前
註,頁367～368。

故事所說都是較弱小的動物騙較強大的動物吃自己的內臟。明代劉元卿《賢奕編》這一故事的標題作〈黠猱媚虎〉，突顯的是猱的狡猾與促狹。馮夢龍《古今譚概》將之歸類於〈專愚部〉的「物性之愚」〔註13〕，則馮夢龍著眼的是老虎的愚昧。而西方故事，背景是動物們互相殘食、或是在陷阱裡餓肚子的情況下，弱小動物騙了強大的動物，讓自己免於險境，這是贊揚弱小動物的機智。近代中國少數民族的講法，弱小的動物幾乎都是兔子，兔子突然遇到老虎、熊而想出對策，或是常受老虎欺負，所以要報仇，著眼處與西方說法一樣，也是突顯弱小動物的機靈。

第二節　野獸和家畜故事

（一）老鼠搬蛋（型號112B）

這一類型的說法是：

老鼠偷雞蛋，由一隻老鼠將蛋抱住後翻身仰臥，另一隻老鼠就咬住其尾巴拖走。〔註14〕

江盈科（1553～1605）《雪濤閣集》卷14〈小說〉有一段老鼠偷蛋的敘述：

鼠欲竊卵，恐無完卵也，一仰一俯，仰者抱，俯者銜而曳焉，而卵乃不壞，鼠之巧也。〔註15〕

在歐洲，「老鼠搬蛋」故事較早的紀錄見於法國‧拉封登（Jean de La Fontaine, 1621～1695）的《寓言》（Fables）〔註16〕，故事是：

兩隻老鼠出門覓食，找到一顆蛋。……這時候有別的動物出現了，原來是狐狸。這個不速之客讓他們頭痛。該怎樣保護蛋呢？……偷吃的高手遠在五百步之外，他們有充分的時間可以回到家裡。所以一隻仰躺在地上，將蛋抱在懷裡，另一隻則拉著對方的尾巴，稍微流了一些冷汗，有點跌跌撞撞地走了。〔註17〕

〔註13〕　明‧馮夢龍：《古今譚概》〈專愚部第4‧物性之愚〉第5則，書同註6，頁4010。

〔註14〕　書同註4，頁153，類型112B。AT原型號作112*。

〔註15〕　明‧江盈科：《雪濤閣集》卷14〈小說‧巧御物〉第3則。見黃仁生輯校：《江盈科集》（長沙：岳麓書社，1997年4月），頁692。

〔註16〕　書同註4，頁153，類型112B。

〔註17〕　（法）拉‧封登著，吳憶帆譯：《拉‧封登寓言故事》（台北：志文出版社，民國93年元月），頁228。

此外，在拉脫維亞、愛爾蘭、法國、希臘等歐洲國家與美國都見傳述〔註18〕。

於時間先後上，江盈科記敘此一故事的時代要早於拉封登。而在敘事的差異上，江盈科記之是讚嘆物類各用巧妙的習性或方法求得食物，像穿山甲以吐舌來誘食螞蟻，而老鼠一俯一仰合作，成功偷走了蛋，結局還說「鼠之巧也」。不過雖是讚嘆老鼠搬蛋的巧妙，但故事就老鼠偷食物的動機說起，還是將人印象中老鼠偷竊食物的形象投射其中。至於拉封登這則寓言，則是單純以動物說故事，老鼠是找食物，狐狸出現，刺激老鼠保住蛋的反應，故事多了互動上的精彩。

近代中國所見故事，則是以人遭遇的事件為主，融入「老鼠搬蛋」故事，不單純是動物故事了，如青海的〈老鼠拉雞蛋〉講鄰居為遺失的雞蛋吵架，結果蛋是老鼠偷走的。〔註19〕又，安徽的〈鄭板橋畫蘭〉，說鄭板橋看到老鼠偷雞蛋，故意責問守門的衙役，結果他竟然認罪，於是鄭板橋體認到官威嚇人，棄官而去。〔註20〕

（二）貓裝聖人（型號113B）

類型「貓裝聖人」說的是：

> 貓裝聖人，登錄群鼠為門人，然後每天在群鼠聽其講道後列隊出門時，抓住最後一個吃掉。〔註21〕

馮夢龍（1574～1646）《笑府》有一則貓與老鼠的敘事：

> 貓項下偶帶數珠，老鼠見之，喜曰：「貓吃素矣。」率其子孫詣貓言謝。貓大叫一聲，連啖數鼠。老鼠急走乃脫。伸舌曰：「他吃素後越凶了。」〔註22〕

在國外，可知故事流傳於印度、斯里蘭卡、緬甸，也流傳於黑海與環地中海一帶的亞洲、歐洲、非洲國家（詳表3-1）。〔註23〕在時間上，最早在古

〔註18〕 (1)書同註1，頁45，類型112*。(2)書同註3，冊1，頁83，類型112*。
〔註19〕 李奶奶講述，吳景周採錄：〈老鼠拉雞蛋〉，見《中國民間故事集成‧青海卷》（北京：中國ISBN中心出版，2007年4月），頁873。
〔註20〕 施玉清採錄：〈鄭板橋畫蘭〉，見《中國民間故事集成‧安徽卷》（北京：中國ISBN中心出版，2008年10月），頁183～185。
〔註21〕 書同註4，頁154，類型113B。
〔註22〕 明‧馮夢龍編纂，竹君校點：《笑府》卷12〈日用部‧吃素〉第3則，（福建：海峽文藝出版社，1992年6月），頁235。
〔註23〕 (1)書同註1，頁46，類型113B。(2)書同註3，冊1，頁85，類型113B。(3)書同註7-(3)，頁42～43，類型113B。

印度的《佛本生故事》即見講述，其內容概要是：菩薩有一世轉生為鼠王。有一隻豺想要吃老鼠，來到老鼠洞附近，展現單足立起、面向太陽、張嘴喝風的模樣。老鼠問牠，牠說單足站立是怕大地承受不了，面向太陽是要向太陽致敬，張嘴喝風，所以不吃東西。於是鼠王以為豺正在修道，每天早晚帶著鼠群去侍候牠。而在老鼠離開時，豺總是悄悄抓住最後一隻吃掉。漸漸地老鼠發現牠們族群怎麼越來越少？於是鼠王在離開豺身邊時走最後觀察，當牠發現豺要抓牠時，轉身一跳，揪住豺的脖子，咬斷氣管，於是群鼠轉身回來，一起吃了豺。〔註24〕

　　在中國文人筆下的故事，說貓是偶然帶著珠串、或是叼走人遺落的念珠〔註25〕，老鼠見了自己產生誤解，以為貓吃素、變慈悲了，接近貓而被吃掉。貓的聖者形象不是刻意營造，而是意外的巧合，不同於本生故事所說的想吃老鼠的豺或貓，是故意裝扮成聖者模樣誘騙老鼠。再者，明代所見故事，記述者重心不在宗教之宣揚，所以除卻佛教本生故事的輪迴描述模式，而以笑話看待老鼠輕易自以為是以至喪命的短見。

　　近代中國山東的漢族，西藏的少數民族仍見「貓裝聖人」的故事採集記錄，如藏族〈貓喇嘛講經〉〔註26〕、珞巴族〈老鼠上當斃命〉〔註27〕，說法都是貓刻意假裝聖者誘食老鼠。

　　故事裡不管貓是刻意裝聖者，或是被誤會成聖者，牠吃老鼠的本性還是不變，諷刺假道學，空以外在欺騙世人，骨子裡依然非善類，甚者可能更狠於前，所以有「他吃素後越兇了」、「這像慈悲人若相交他，皮毛骨肉都被他吃盡了」〔註28〕的故事結語。

〔註24〕　郭良鋆、黃寶生譯：《佛本生故事選・貓本生》（北京：人民文學出版社，2001年8月），頁81～82。

〔註25〕　明・佚名：《新刻時尚華筵趣樂談笑酒令》卷4〈談笑門・假作慈悲〉，見《中國古代酒文獻輯錄》（北京：全國圖書館文獻縮微複製中心，2004年9月）冊4，頁205。

〔註26〕　耿予方搜集整理：〈貓喇嘛講經〉，見《中國民間故事全集》，書同註10，冊40，西藏民間故事集，頁488～497。

〔註27〕　牛布講述，冀文正採錄：〈老鼠上當斃命〉，見《中國民間故事集成・西藏卷》（北京：中國ISBN中心出版，2001年8月），頁287～288。

〔註28〕　同註25。

第三節　人和野獸故事

（一）忘恩獸再入牢籠（型號 155）

類型「忘恩獸再入牢籠」說的是：

> 一個人或一隻羊，從獵人的牢籠中救出一條蛇或一匹狼，但蛇或狼
> 在脫險後卻要吃掉救命恩人，於是雙方請人評理。起初的兩個評理
> 者都站在兇獸這一邊，認爲可以吃；最後一位評理者則誘稱要瞭解
> 當時實況，把蛇或狼哄回了牢籠。〔註29〕

這樣的故事今日還常被講述，在中國可追溯自明代馬中錫（1446～1512）
的〈中山狼傳〉，其故事大要是：

> 一隻被獵人追殺的狼，逃亡途中遇到揹著書袋的東郭先生，請求救
> 命，書生將狼裝進書袋，背在身上，救了狼一命。狼脫險後肚子餓，
> 要求吃掉書生。書生一直躲避，眼看天色將晚，等狼群一來，對自
> 己更不利，於是提出詢問三老的意見，來決定自己該不該給狼吃。
> 先遇到老杏樹和老牛，都說他們有功於人，臨老沒用了，就要被砍
> 掉、被殺掉，所以覺得狼應該吃掉書生。最後終於遇到一位老人，
> 狼巧辯書生將牠綁在袋中，壓上書本，是想害死牠以取利，所以要
> 吃掉書生。老人要他們重現一次實況才能做判斷。狼答應了，於是
> 再次被綁入袋中，這時老人讓書生拿七首殺了狼。〔註30〕

在西班牙，Petrus Alfonsus（1062～1110）的 Disciplina Clericalis 已見這類型
故事的記載〔註31〕，較馬中錫的記述要早 4 個世紀。視〈中山狼傳〉故事安排：
追捕狼的獵人是趙簡子〔註32〕，救狼的書生有墨者背景，時代設定是在春秋。則
故事若是趙簡子的傳說，又有忘恩負義者再得教訓的寓意，不會在明代才突然出
現。顯然馬中錫的故事當有所本，趙簡子與墨者是他將故事中國化的痕跡。

國外「忘恩獸再入牢籠」的故事流傳極廣，遍及亞洲、歐洲、美洲、非
洲的諸多國家（詳表 3-1）〔註33〕。鄰近中國的，有印度〈婆羅門教徒與老

〔註29〕書同註4，頁 172，類型 155。
〔註30〕明・馬中錫：《東田集》卷5〈雜著・中山狼傳〉，見《四庫全書存目叢書》集
　　　　部，冊 41，頁 585～588。
〔註31〕書同註4，頁 172～173，類型 155。
〔註32〕趙簡子，趙鞅，春秋晉國人，「趙氏孤兒」趙武之孫。
〔註33〕(1)書同註1，頁 56，類型 155。(2)書同註3，冊1，頁 107～108，類型 155。
　　　　(3)書同註7-(3)，頁 60～62，類型 155。(4)書同註4，頁 174，類型 155。

虎和六個公斷人〉〔註34〕、泰國〈恩將仇報〉〔註35〕、馬來西亞〈罪有應得〉〔註36〕、菲律賓〈聰明的裁判員〉〔註37〕等，故事說法大致相同。

近代中國，主要流傳於西南少數民族，如青海哈薩克族的〈以惡報善〉〔註38〕、西藏藏族的〈老虎的下場〉〔註39〕、雲南傣族〈聰明的小兔〉〔註40〕等。傣族的故事說：人救老虎將被吃，請託的裁判有牛、老鷹、狐狸、人、兔子，救人的卻不是人，而是兔子。如此發展，表達了人有時比動物更無情的現實。

（二）忘恩獸吃掉救命恩人（型號 155A）

這類型故事說的是：

> 有人救了一頭狼或其他猛獸，而猛獸被救後竟把救牠的人或餵養牠的人吃了。〔註41〕

在明代，屠本畯（1542～1622）《艾子外語》有則相近的故事：

> 泰山西麓惡獸曰孤獨，如熊而人言，善哄人，虞者獵較，籠獨檻車，將麋焉。遇熱腹先生過之，獨於檻中乞哀曰：「我生不辰，大命將戕。公是熱腹，無得冷腸！拯我斧鑕，出我鑊湯！」先生聞語，大起悲涼，乘虞間暇，若己傍徨，爰啓鐍鑰，輒解羈鞚。獨方出檻，爪牙大張，遽搏先生，將見殞亡。先生曰：「捄汝瀕危，而反哄我，爲善者懼矣！」獨曰：「狼子野心，何厭之有，不知退避，以當吾

〔註34〕 不題撰人：《印度童話・婆羅門教徒與老虎和六個公斷人》（台中：義士出版社，民國56年1月），頁90～98。

〔註35〕 沙瑪・加隆講，樂文華譯：〈恩將仇報〉（泰國），見祁連休、樂文華、張志榮選編：《東南亞民間故事選》（湖北：長江文藝出版社，1985年4月），頁46～48。

〔註36〕 筱林等譯：《百靈鹿的故事・罪有應得》（馬來亞少年叢書第二集），出版社、出版年不詳，書有1952年5月〈序〉，頁1～3。

〔註37〕 萊雅、拉姆米禮士：《很久很久以前・聰明的裁判員》，見錫錕譯述：《鳳凰鳥（菲律賓民間故事）》（北京：中國民間文藝出版社，1982年5月），頁93～95。

〔註38〕 阿斯卡爾、馬雄福搜集整理：〈以惡報善〉，見《中國民間故事全集》，書同註10，冊39，青海民間故事集，頁216～220。

〔註39〕 旺堆次仁講述記錄：〈老虎的下場〉，見《中國民間故事集成・西藏卷》，書同註27，頁266。

〔註40〕 尼宛搜集整理：〈聰明的小兔〉，見《中國民間故事全集》，書同註10，冊10，雲南民間故事集（四），頁473～476。

〔註41〕 金榮華：《歷代筆記故事類型索引》，未刊稿，類型155A。

前！釋汝而去，饑渴何賴？」竟哂熱腹先生。艾子曰：「遊閒好義招祟，熱腹好仁遭哂，甚矣仁義難輕施也。籍令兩君若弗聞也者而過之，人議忍而不情；與之周旋，又議憨而多事，有好心無好報，然哉！」〔註42〕

非洲阿爾及利亞流傳有相似的故事，說三個人救活了一隻死獅子，獅子卻將他們給吞吃下肚了。〔註43〕在近代中國，山東、四川亦見。〔註44〕

第四節　禽鳥故事

蝙蝠取巧被排斥（型號222A）

「蝙蝠取巧被排斥」故事一般的說法是：

蝙蝠投機取巧，從自己的利害出發，有時自稱是鳥類，有時否認；有時自稱是獸類，有時否認。後來鳥類和獸類知道了牠的言行，就都排斥了牠，這也就是為什麼牠祇好到了夜裡才出來飛行。〔註45〕

明代樂天大笑生《解慍編》（書有嘉靖刻本，嘉靖年在1522～1566）有一則〈蝙蝠推奸〉故事：

鳳凰慶壽，百鳥皆賀，而蝙蝠不往，曰：「我有足能走，屬獸者也。」及麒麟慶壽，百獸皆賀，而蝙蝠又不往，曰：「我翼能飛，屬禽者也。」後麟、鳳相會，各語及蝙蝠事，乃嘆曰：「世間自有這般推奸避事的禽獸，真是無可奈何！」〔註46〕

這一類型故事西方《伊索寓言》已見，故事大要是：鳥類和獸類發生戰爭，蝙蝠以自己介於鳥和獸之間，選擇中立，在一旁觀戰。當他看到獸類要打贏了，就加入獸群中戰鬥。一會兒鳥類反敗為勝，蝙蝠便倒戈加入鳥群。後來鳥類和獸類簽訂和平條約，斥責蝙蝠，兩邊都不承認蝙蝠是自己的同類，而將牠趕了出去，因此蝙蝠總住在昏暗的洞穴或角落，只有黃昏或黎明才敢

〔註42〕明·屠本畯：《艾子外語》（台北：世界書局，民國48年9月），頁2。
〔註43〕書同註7-(3)，頁62，類型155A§。
〔註44〕丁乃通編著，鄭建成等譯：《中國民間故事類型索引》（武漢：華中師範大學出版社，2008年4月），頁20，類型155A。
〔註45〕書同註4，頁206，類型222A。
〔註46〕明·樂天大笑生：《解慍編》卷9〈偏駁·蝙蝠推奸〉，見《續修四庫全書》冊1272，頁376。

現身。〔註47〕在國際間，故事流傳於東南亞、中歐和南歐多國，北美印地安人和非洲奈及利亞亦見（詳表3-1）。〔註48〕

　　近代中國漢族、少數民族皆見流傳，而區域偏重在北方與西南方省分。〔註49〕如山西〈可憐的蝙蝠〉〔註50〕、雲南景頗族的〈蝙蝠〉〔註51〕、西藏門巴族的〈蝙蝠成了免差戶〉〔註52〕等。

　　再以故事看，明代〈蝙蝠推奸〉的敘述背景是要為鳳凰和麒麟慶壽，這鳳凰和麒麟的身分明顯是故事的中國化；而《伊索寓言》說的是鳥類和獸類的戰爭，身分較一般且普遍，不能代表流傳地區的特色。其次，〈蝙蝠推奸〉故事僅說蝙蝠不為鳥王或獸王慶壽；而《伊索寓言》故事說蝙蝠穿梭鳥、獸之間，往獲勝的一方靠攏，動態往來比較明顯。又，〈蝙蝠推奸〉結局蝙蝠只是被看不起，說：「有這般推奸避事的禽獸，真是無可奈何」；《伊索寓言》裡，結局讓蝙蝠受到教訓，並將故事連結於解釋蝙蝠活動習性的由來。是以見明代文人筆下的故事呈現了中國特色，卻不若西方故事描述之活潑。

第五節　小　結

　　以動物為主要題材的故事，向來在傳統中國式故事裡並不普遍。中國可見的是人與動物的故事，而且人一直是故事的主要角色，發言權都只在「人」，動物是以其習性或動作與人產生互動，幾乎不會有人與動物對話的現象，例如《搜神記》〈蘇易〉的故事：

> 蘇易者，廬陵婦人，善看產，夜忽為虎所取。行六里，至大壙，厝易置地，蹲而守。見有牝虎當產，不得解，匍匐欲死，輒仰視。易悟之，乃為探出之，有三子。生畢，虎負易送還，並送野肉於門內。〔註53〕

〔註47〕（希臘）伊索著，徐靜雯譯：《伊索寓言》（台北：小知堂，民國91年8月），第121則〈鳥、獸與蝙蝠〉，頁139。

〔註48〕(1)書同註1，頁72，類型222A。(2)書同註3，冊1，頁140～141，類型222A。

〔註49〕書同註4，頁206～207，類型222A。

〔註50〕冀光明搜集整理：〈可憐的蝙蝠〉，見《中國民間故事全集》，書同註10，冊27，山西民間故事集，頁437～443。

〔註51〕恩昆·昆、恩昆·相昆、張彥翼搜集整理：〈蝙蝠〉，見《中國民間故事全集》，書同註10，冊8，雲南民間故事集（二），頁232～233。

〔註52〕益西平錯講述，冀文正採錄：〈蝙蝠成了免差戶〉，《中國民間故事集成·西藏卷》，同註27，頁273。

〔註53〕晉·干寶撰，李劍國輯校：《新輯搜神記》（北京：中華書局，2008年5月），

人見老虎難產，自己會意而協助，老虎的答謝是啣物報恩，兩方不靠對話應對。又，〈白水素女〉田螺為人妻的故事，田螺是天女的化身，從田螺再變成人形，才有為人煮飯、與人對談的情節。〔註54〕

明代首見的國際型動物故事，〈中山狼傳〉（類型155「忘恩獸再入牢籠」）顯然與傳統中國式動物故事敘述方式有異，人與狼、與老杏樹、老牛的直接對話，當是外來故事帶入的痕跡。又，《艾子外語》說的惡獸吃人故事（類型155A「忘恩獸吃掉救命恩人」），也是人與野獸間有直接對話的情節，但如此自然的與動物對話，中國人還是不習慣的，所以故事先交代出惡獸孤獨會說人話的前提。至於《雪濤閣集·小說·巧御物》說的老鼠偷蛋（類型112B「老鼠搬蛋」），是人來描述物類為尋求食物的巧妙習性或方法，動物自始至終都沒有發言，著者江盈科最後再有一番評論：「小人之用巧，皆若是耳。夫惟麒麟不履生草，不食生蟲，而未嘗饑，此謂德勝，不以巧勝。」〔註55〕將老鼠類比為小人，麒麟是有德者，更是將動物擬人化了。

其它幾則，《賢奕編》的〈黠猱媚虎〉（類型21「吃自己的內臟」）、《笑府》的貓與老鼠故事（類型113B「貓裝聖人」）、《解慍編》的〈蝙蝠推奸〉（類型222A「蝙蝠取巧被排斥」），則是純粹從動物講起的故事。然而這三篇故事的編纂，前者歸在〈譬喻〉類中，後兩者屬於笑話集，將動物題材作為「譬喻」訓誡，或在「笑話」中說動物故事，還是透露出「人」重於「物類」的傳統觀感。

以下再從故事特性與流傳時代等線索，推究故事傳播的大概狀態：

一、首見中國

「老鼠搬蛋」（型號112B）。故事在中國，最早的紀錄是江盈科的《雪濤閣集》，在西方是法國拉封丹的《寓言》。江盈科比拉封丹早70年出生，而且兩人所處的時代正是西方傳教士進出中國的時代，這是可能傳播的途徑。又，中、西方故事對老鼠合作搬蛋的起因有不同說法，江盈科是說老鼠偷蛋，怕蛋破掉，拉封丹則說是老鼠怕狐狸搶食，那麼在狐狸搶食前，老鼠要如何搬蛋，才不會破掉？可知單純怕蛋破掉之說，是比較原始的型態。

　　　　　頁456。
〔註54〕同前註，頁116～117。
〔註55〕同註15。

二、境外傳入

「貓裝聖人」（型號 113B）、「忘恩獸再入牢籠」（型號 155）、「蝙蝠取巧被排斥」（型號 222A）。

「貓裝聖人」最早見於古印度《佛本生故事》，唐朝時，雖在義淨翻譯的《根本說一切有部毘奈耶破僧事》已見，但其來源清楚，是佛經的譯作，說法保有佛經故事某角色是某對象轉世的說解〔註56〕。明朝時，《笑府》的故事沒有角色轉世的對應說，是故事中國化的首見。

「忘恩獸再入牢籠」類型，西班牙的故事記載較馬中錫要早 4 個世紀。故事裡「人與動物對等的互動、對話」，不是中國式故事常見的情節，可知是外傳而來。

「蝙蝠取巧被排斥」故事，《伊索寓言》已有，時代早於中國，現今國際間流傳地也偏重在中歐、南歐，且在中國傳述於少數民族者多過於漢族。是以知故事來自境外。而《解慍編》的敘述，借鳳凰代表鳥類，借麒麟代表獸類，是故事中國化的呈現。

三、各自發展

「吃自己的內臟」（型號 21）、「忘恩獸吃掉救命恩人」（型號 155A）。

「吃自己的內臟」故事主要流傳地較集中於中歐、東歐到西亞、中亞、北亞相鄰的一帶。明代說法是猴子幫老虎抓癢抓出了老虎的腦，再騙老虎吃掉。西方故事是弱小動物性命受威脅，所以誘騙強大動物吃掉自己內臟。兩者說法不同，較像是不同故事用了相同情節的情況。

至於「忘恩獸吃掉救命恩人」，故事與「忘恩獸再入牢籠」有相同的「人救野獸，野獸得救後反倒要吃掉救命恩人」的情節，不同的是故事沒有詢問三老者的後續，而是人直接被吃掉。這樣的故事流傳不廣，中國之外，目前可知非洲的阿爾及利亞有故事記錄，這可能是「忘恩獸再入牢籠」故事廣泛被講述之餘，偶爾講述者不講「一再詢問人該不該被吃」的後續，直接總結，因而產生的變異。如此的故事發展，倒不一定是誰影響誰了。

〔註56〕 唐·義淨譯：《根本說一切有部毘奈耶破僧事》，見《大正新修大藏經》（台北：新文豐出版公司，民國 72 年元月）冊 24，律部 3，頁 201～202。原文最後說「時彼火焰老貓者，提婆達多是」。提婆達多，也譯作調達，釋迦牟尼的堂兄，佛經中常以與佛相對立的角色出現。

表 3-1：明人筆記初見之國際型動物故事已知流傳地區表

說明：

一、此表呈現的流傳地區，係依照下列《索引》（以出版先後為序）資料所列：

1、（美）湯普遜（Stith Thompson）：《民間故事類型索引》（*The Types of the Folktale*）（1981 年出版）。

2、（德）烏特（Hans-Jörg Uther）：《國際民間故事類型索引》（*The Types of International Folktales*）（2004 年出版）。

3、Hasan M. El-Shamy：《阿拉伯世界民間故事索引》（*Type of the Folktale in The Arab World*）（2004 年出版）。

4、金榮華：《民間故事類型索引（增訂本）》（2014 年出版）。

二、故事以中國為主，故流傳地區先列亞洲，再以地區相鄰之關係，依次列歐洲、非洲、美洲、大洋洲。

三、後文表 4-1、5-1、6-1、7-1 之各類故事已知流傳地區表，同此說明。

亞洲

		吃自己的內臟（21）	老鼠搬蛋（112B）	貓裝聖人（113B）	忘恩獸再入牢籠（155）	忘恩獸吃掉救命恩人（155A）	蝙蝠取巧被排斥（222A）
	中國	∨	∨	∨	∨	∨	∨
	蒙古	∨		∨	∨		
	（藏語）	∨		∨			
東亞	日本						∨
	韓國				∨		
東南亞	寮國	∨					∨
	柬埔寨				∨		
	泰國				∨		
	緬甸		∨		∨		∨
	菲律賓				∨		∨
	馬來西亞				∨		∨
	印尼	∨			∨		∨

		吃自己的內臟（21）	老鼠搬蛋（112B）	貓裝聖人（113B）	忘恩獸再入牢籠（155）	忘恩獸吃掉救命恩人（155A）	蝙蝠取巧被排斥（222A）
南亞	阿富汗				v		
	巴基斯坦				v		
	印度	v		v	v		v
	（吉普賽人）	v					
	斯里蘭卡			v	v		
西亞	亞塞拜然				v		
	喬治亞	v			v		
	阿布哈茲	v		v			
	土耳其				v		
	敘利亞			v	v		
	巴勒斯坦			v	v		
	約旦				v		
	伊拉克			v	v		
	伊朗				v		
	沙烏地阿拉伯			v	v		
	葉門				v		
	（奧塞提亞人）				v		
	（庫德語）	v					
	（猶太人）	v		v	v		
中亞	哈薩克	v					
	卡拉卡爾帕克	v					
	塔吉克	v			v		
	卡爾梅克	v					
	卡拉恰伊切爾克斯共和國	v					
北亞	西伯利亞	v					
	俄國	v			v		
	布里雅特	v					
	圖瓦	v		v	v		
	（漢特人）	v					

歐洲

		吃自己的內臟（21）	老鼠搬蛋（112B）	貓裝聖人（113B）	忘恩獸再入牢籠（155）	蝙蝠取巧被排斥（222A）
北歐	芬蘭	∨			∨	∨
	瑞典				∨	
	（拉普人）				∨	
	（Wepsian）	∨			∨	
	挪威	∨			∨	
	丹麥				∨	
	冰島				∨	
	（愛斯基摩語）	∨				
	（法羅人）				∨	
	（弗利然人）	∨	∨		∨	
東歐	白俄羅斯	∨				
	烏克蘭	∨			∨	
	馬里埃爾	∨				
	（馬里人）	∨				
	莫爾多瓦共和國	∨				
	烏德穆特爾	∨			∨	
	楚瓦什共和國		∨			
東南歐	保加利亞	∨		∨	∨	
	馬其頓			∨	∨	
	希臘	∨	∨	∨	∨	∨
	（塞爾維亞—克羅埃西亞語）				∨	
南歐	西班牙	∨		∨	∨	∨
	（巴斯克人）（西班牙）				∨	
	葡萄牙				∨	∨
	義大利				∨	
	（薩丁尼亞語）（義大利）				∨	

		吃自己的內臟（21）	老鼠搬蛋（112B）	貓裝聖人（113B）	忘恩獸再入牢籠（155）	蝙蝠取巧被排斥（222A）
中歐	利伏尼亞				∨	
	愛沙尼亞	∨			∨	∨
	拉脫維亞	∨	∨			∨
	立陶宛	∨			∨	∨
	波蘭			∨	∨	
	斯洛伐克				∨	
	捷克				∨	∨
	德國	∨		∨	∨	∨
	匈牙利	∨			∨	∨
	羅馬尼亞				∨	
	克羅埃西亞				∨	
	斯洛維尼亞	∨			∨	
西歐	愛爾蘭		∨		∨	
	荷蘭				∨	
	法國				∨	∨
	法蘭德斯（比利時北部）				∨	

非洲

		吃自己的內臟（21）	貓裝聖人（113B）	忘恩獸再入牢籠（155）	忘恩獸吃掉救命恩人（155A）	蝙蝠取巧被排斥（222A）
	非洲	∨				
北非	北非		∨	∨		
	埃及		∨	∨		
	突尼西亞			∨		
	阿爾及利亞	∨	∨	∨		
	摩洛哥	∨	∨	∨		
	蘇丹		∨	∨		

		吃自己的內臟（21）	貓裝聖人（113B）	忘恩獸再入牢籠（155）	忘恩獸吃掉救命恩人（155A）	蝙蝠取巧被排斥（222A）
西非	西非			∨		
	幾內亞			∨		
	奈及利亞			∨		∨
	貝南（貝寧）			∨		
中非	喀麥隆			∨		
	中非共和國			∨		
	剛果			∨		
南非	南非	∨		∨		
	馬達加斯加	∨		∨		
東非	東非			∨		
	厄利垂亞			∨		
	索馬利亞			∨		

美洲

		老鼠搬蛋（112B）	貓裝聖人（113B）	忘恩獸再入牢籠（155）	蝙蝠取巧被排斥（222A）
北美洲	美國	∨	∨	∨	
	（北美印第安人）				∨
	墨西哥			∨	
中美洲	瓜地馬拉			∨	
	尼加拉瓜			∨	
	哥斯大黎加			∨	
西印度群島	西印度群島			∨	
	多明尼加			∨	
	波多黎各			∨	
	（馬雅人）			∨	
南美洲	巴西			∨	
	祕魯			∨	
	智利			∨	
	（南美土著民族）			∨	

第四章 明人筆記初見之國際型幻想故事與宗教神仙故事

　　明人筆記首見的國際型「幻想故事」與「宗教神仙故事」有 6 個類型，在 AT 分類中的歸屬如以下各節所考述：

第一節　幻想故事

一、神奇的對手

（一）真假新娘（新郎）（型號331A）

類型「真假新娘（新郎）」說的是：

> 結婚當天出現了兩位長得一模一樣的新娘或新郎，他們互指對方是
> 妖精假冒。大家不能分辨，求助於縣官。縣官命二人比賽攀爬高柱；
> 或跳越方桌；或過紙橋而橋不破；或坐布塊過河而不沉；或縮身入
> 小罐，勝者為真。結果獲勝者正證明其為妖精所變。〔註1〕

王圻（1529～1612）《稗史彙編》一則〈小姑二身〉故事，描述妖怪變身新娘模樣，與新娘同時出現，令眾人難辨真假：

> 戊戌秋，有從江右來者，謂楊子曰：南浦男子張某，迎婦李小姑，
> 至中途樟樹下少憩，俄而起，异夫覺輿倍重，相與自訝之。比抵家，
> 二女自輿中同出，音容粧飾，兩小姑也，舉家大駭，里人觀者盈門。

〔註1〕金榮華：《民間故事類型索引》（增訂本）（台北：中國口傳文學學會，民國103
　　　年4月），頁288～289，類型331A。AT原型號作926A。

二女互相詬，彼指此爲妖，此指彼爲妖，小姑父母來，亦不能辨。
其母曰：「我女臂膊有黑痣。」解衣驗之，彼此皆有。聞之公庭，即
逮至，隔詰之，各辨說如出一口。或謂：此乃野獸之妖，須用狗汗
厭之。或謂：用張天師符能驅怪物。用此二術，終不能輸服。

新娘孰眞孰假，沒有得到解決，文中接續再說另一事件的處理方法：

趙廣漢爲京兆。有男子似此者，趙分幽兩處，各以十餘人守之，絕
其飲食。越五七日，一饑餓不能起，一強健如初。趙曰：「此妖也！」
〔註2〕

　　王圻的敘述結合了兩個事件，前段事件沒有獲得解決，後段事件沒有事
發經過，綜合起來是：妖怪變身特定對象，使人難辨眞假；而以常人不可能
做得到的事來考驗兩方，眞假立辨。清代袁枚《續子不語·治妖易治人難》
〔註3〕、樂鈞《耳食錄·錢氏女》〔註4〕的記錄，則各是完整的說法：娶親
迎回兩個相同的女子使眾人難辨，最後分辨的方法是，前者要求女子在布上
行走，後者要求女子跳過織布機，僞稱做得到的是眞，實則能達成者是妖。

　　國際間這一類型故事的流傳較集中在東南亞、南亞、西亞，以及北非（詳
表4-1）。〔註5〕柬埔寨見到的故事大要是：

妖怪變身新郎模樣，在新郎離家征戰時假冒他回到他家。等到眞正
的新郎回來，新娘分辨不出誰眞誰假。最後分辨眞假的是一隻兔子，
牠說誰能進入細頸瓶子裡就是眞正的新郎。妖怪還很高興的想著：
「這只有我能做到」，一下子鑽進瓶子裡。兔子趕忙塞緊瓶口，將瓶
子扔進河裡去。〔註6〕

〔註2〕明·王圻：《稗史彙編》卷174〈志異門·邪魅類·小姑二身〉，見《筆記小說
　　　　大觀》3編冊7，頁4842～4843。
〔註3〕清·袁枚：《續子不語》卷1〈治妖易治人難〉，見《筆記小說大觀》正編冊4，
　　　　頁2457。
〔註4〕清·樂鈞著，辛照校點：《耳食錄·卷2·錢氏女》〈濟南：齊魯書社，2004
　　　　年11月〉，頁16。
〔註5〕(1) Stith Thompson, *The Types of the Folktale*, Helsinki, Academia Scientiarum
　　　　Fennica, 1981, p.323, Type 926A. (2) Hans-Jörg Uther, *The Types of International
　　　　Folktales* (FFC284～286), Helsinki, Academia Scientiarum Fennica, 2004, Vol. I ,
　　　　p.559～560, Type 926A. (3) Hasan M. El-Shamy, *Type of the Folktale in The Arab
　　　　World*, Bloomington ,Indiana University , 2004, p.612～613, Type 926A.
〔註6〕吳樹文譯：〈兔子判案〉，見魯克編：《外國民間故事選》（北京：北京少年兒
　　　　童出版社，1985年8月），頁50～52。

近代中國漢族、回族、蒙古族、哈薩克族、維吾爾族有這一類型故事的採錄記錄，其中漢族地區流傳的故事，驗證眞假新娘的方法常連結至解釋婚俗的由來，如福建〈洞房花燭夜爲啥放鞭炮〉﹝註7﹞、安徽〈婚禮上放鞭炮的由來〉﹝註8﹞、天津〈新娘出嫁隨身帶小鏡子〉﹝註9﹞等。而少數民族所見，故事不固定從婚禮背景與新娘的身分說起，如青海哈薩克族的〈巴合提拜比官〉說的是妖怪變成相同的丈夫﹝註10﹞，內蒙古蒙古族的〈眞假女兒〉故事說是妖怪變成相同的女兒﹝註11﹞，如此故事有變異的空間，較可能產生異說。顯現故事流傳受民族與其民俗的限制，所以產生區域性的特色。

再談〈小姑二身〉故事，王圻最後別有論述：「然不獨此君子指小人爲小人，小人亦指君子爲小人，故孔稱跖爲盜跖，跖亦稱孔爲盜丘；蜀檄操爲賊操，操亦檄備爲賊備。橫口一時，霾翳白日，其爲怪何好，而獨於怪詫哉！」﹝註12﹞跳脫事件之外不談妖怪如此變身對事件或人的影響，反而從妖怪的觀點考量怪與不怪，這樣的論述，不容易出現在一般群眾講述的民間故事中，是知識分子對故事的不同解讀面向。

（二）潑婦鬼也怕（332A）

這類型故事常見的說法是：

> 有個農夫，他的妻子兇悍愛吵架。有一次，吵得他實在受不了，便跑向山中躲藏。他的妻子隨後追去，不愼跌入一個深洞。農夫回家安靜地過了幾天，放心不下妻子，帶了一根很長的繩索來到洞口，把繩索放下洞去援救，不料拉上來的竟是一個鬼怪。原來這個深洞是這個鬼怪的住所，農夫的妻子掉下去以後，和他吵鬧不休，使他受不了，見有繩索下垂，趕緊抓住逃了出來。爲了答謝農夫對他的

﹝註7﹞ 陳君如講述，葉奇安採錄：〈洞房花燭夜爲啥放鞭炮〉，見《中國民間故事集成・福建卷》（北京：中國 ISBN 中心出版，1998 年 12 月），頁 516～517。

﹝註8﹞ 黃徐氏講述，王俊明採錄：〈婚禮上放鞭炮的由來〉，見《中國民間故事集成・安徽卷》（北京：中國 ISBN 中心出版，2008 年 10 月），頁 746～747。

﹝註9﹞ 崔奶奶講述，崔秀敏採錄：〈新娘出嫁隨身帶小鏡子〉，見《中國民間故事集成・天津卷》（北京：中國 ISBN 中心出版，2004 年 11 月），頁 524。

﹝註10﹞ 焦沙耶、張運隆等蒐集整理：〈巴合提拜比官〉，見《中國民間故事全集》（臺北：遠流出版社，民國 78 年 6 月）冊 39，青海民間故事集，頁 227～231。

﹝註11﹞ 其木格講述，烏恩奇翻譯：〈眞假女兒〉，見《中國民間故事集成・內蒙古卷》（北京：中國 ISBN 中心出版，2007 年 11 月），頁 655～656。

﹝註12﹞ 同註2，頁 4843。

救援，這個鬼怪去使人生病，而由農夫去醫好，於是農夫成了名醫，也發了財。過了一些時間，鬼怪告訴農夫，他的回報到此結束，今後他再使人生病，農夫不可再去醫治了。不久，鬼怪要讓國王的女兒病死，農夫奉召前往治病。他進了公主的房間，那鬼怪便對他怒目而視，並責備他為什麼要來。農夫靈機一動，對鬼怪說：「我不是來替公主治病的，而是來告訴你，我的妻子已爬出深洞，現在正要到這裡來！」鬼怪聽了，慌忙逃走，公主的病也就好了。〔註13〕

王圻（1529～1612）《稗史彙編》一則〈六虎〉故事，描述了鬼怕潑婦的情節：

延平吳氏姊妹六人皆悍虐殘忍，時號六虎。就中五虎尤甚，凡三適人，皆不終，平生手殺婢十餘人，每至夜分，常聞堂廡間喧呼擊朴之聲，同室者皆懼，五虎怒曰：「狂鬼敢爾耶！」合戶移榻於中庭，乃持刃獨寢，於是徹旦寂然。人謂五虎之威，鬼尤畏之。〔註14〕

與「潑婦鬼也怕」常見的說法相較，〈六虎〉描述較為精簡，僅敘述潑婦之悍虐，怒喝一聲，鬼即不敢作聲，故事主線在潑婦身上。

約12世紀時，古印度《鸚鵡的七十個故事》已見「潑婦鬼也怕」故事，其大要是：

有個婆羅門，他的妻子叫卡辣，名字的意思是「下毒的人」，人如其名，附近的動物都很怕她，有個精怪本來住在婆羅門家旁邊的樹裡，就是怕這個卡辣，所以逃到森林裡去。這個婆羅門也因為受不了自己的太太而離家，路上遇到精怪，精怪看他又累又餓，要給他東西吃，婆羅門不敢答應，他怕一接受精怪招待後會難脫身。精怪說：「不用擔心，我以前就住在你家旁邊的樹裡，因為你太太實在太可怕了，所以我才離開。你相信我，我不會虧待你的。公主生病了，以你的能力也許可以治好公主，我只跟你一起到國王那裡去，然後就還你自由。」果然婆羅門治好公主，並娶了她，精怪也離開了。

有一天，精怪突然回來帶走公主。婆羅門到了精怪的地方要救公主，精怪一直恥笑辱罵他，婆羅門一句話也不回應，緩緩的走到精怪身邊說：「我以前的太太就跟在我後面，我先一步來通知你。」話才講

〔註13〕 書同註1，頁291，類型332A。
〔註14〕 明・王圻：《稗史彙編》卷48〈倫敘門・劣婦類・六虎〉，書同註2，頁2802。

完，精怪馬上放開公主，轉身逃走了。〔註15〕

故事敘述主線有二，先是描述潑婦行徑，精怪受不了潑婦而離開；而後偏重在潑婦之夫與精怪間的交集，最後潑婦之夫以潑婦要來了嚇走精怪。兩階段描述妖怪怕潑婦，是這類型的固定模式，伊朗〈阿里‧穆罕默德的媽媽〉〔註16〕，也是這樣的說法。

這一型故事在歐洲流傳相當廣，其次是與歐洲相鄰的亞洲地區，非洲的埃及，美洲的美國、墨西哥、智利、阿根廷等亦見（詳表4-1）。〔註17〕在近代中國，也見於西部省份的少數民族，與國際間流傳地區有地緣相關性，如新疆哈薩克族的〈遇見狂怒的人，神仙都害怕〉〔註18〕、〈妖怪也怕潑婦〉〔註19〕等，故事也是兩階段描述妖怪怕潑婦的模式。

再看《稗史彙編》的〈六虎〉，有相同鬼怕潑婦情節，故事敘述模式卻不同，僅描述潑婦有悍虐殘忍的性格，所以其婚姻不遂，有傷害奴僕行徑，而具體事蹟是連鬼也怕潑婦。與常見的類型332A故事相比，這是可以作為前半段潑婦行為的基礎說明，但是所見故事沒有類似的鋪陳；再者後半段妖怪的出逃、人與妖怪的交涉以救公主，也不是傳統中國式故事的敘述方式，所以在近代中國傳述得少，有流傳上的限制。在意義上，兩者也有差異，332A型故事以潑婦說起，然後側重妖怪連續的反應，以及落荒而逃的趣味性，嘲諷中帶有幽默；而〈六虎〉結語「人謂五虎之威鬼尤畏之」，雖然也是嘲諷，不過故事編在《稗史彙編》「倫敘門，劣婦類」，可見編纂者是帶有譴責意味的。

因此，基於敘述模式的不同與文化的差異，推測〈六虎〉故事的出現是人情相通的巧合，所以僅只「鬼怕潑婦」情節相同而發展各異。

〔註15〕金莉華譯：《鸚鵡的七十個故事——古印度民間敘事》（台北：中國口傳文學學會，民國101年10月），第45、46個故事〈精怪和婆羅門的老婆〉，頁121～123。

〔註16〕傅林統改寫，許義宗主編：《世界民間故事精選》（臺北：黎明文化，民國72年2月），冊9《笑蘋果哭蘋果》，頁115～123。

〔註17〕「潑婦鬼也怕」故事，AT原型號作1164，見：(1)書同註5-(1)，頁367。(2)書同註5-(2)，冊2，頁56～57。(3)書同註5-(3)，頁710。

〔註18〕那瑪講述，加麻勒坎採錄，王祝斌翻譯：〈遇見狂怒的人，神仙都害怕〉，見《中國民間故事集成‧新疆卷》（北京：中國ISBN中心出版，2008年2月），頁1352～1354。

〔註19〕賈瑪里汗搜集：〈妖怪也怕潑婦〉，見《中華民族故事大系》（上海：上海文藝出版社，1995年12月）冊6，頁431～436。故事之後註明流傳地在新疆。而《中國民間故事全集》也收了這一故事，列在第39冊《青海民間故事集》。

二、神奇的幫助者

蜈蚣救主（型號 554D）

「蜈蚣救主」故事一般的說法是：

> 一位書生養了一條蜈蚣或一隻蟾蜍。一天，他在路上聽到有人叫他
> 的名字，就答應了一聲。當晚投宿客店，店主人聽說這事後警告他，
> 叫人的是一條惡蛇，深夜會來吃他。當惡蛇來時，他養的蜈蚣或蟾
> 蜍和蛇大戰，最後同歸於盡。[註20]

謝肇淛（1567～1624）《五雜俎》有段蜈蚣咬蛇救主的敘述：

> 嶺南多蛇，人家承塵屋罳，蛇日夜穿其間而不嚙人，人亦不懼也。
> 聞有人面蛇者，知人姓名，晝則伺行人於山谷中，呼其姓名，應之
> 則夜至殺其人。然主家多畜蜈蚣，蛇至近，則蜈蚣籠中奮擲，縱之
> 出，遂往咋蛇。或曰子美詩：「薄俗防人面」，蓋謂此也。[註21]

《五雜俎》此則敘事收編在〈物部〉一類，主要記載野獸、飛禽、家畜、昆蟲等物類，兼及其相關的傳說或事件，記敘的筆法不若故事描述之鋪陳。

近代中國東南沿海省份，及河南、陝西、四川、青海、吉林等地都見講述，流傳在漢族、黎族、毛南族和朝鮮族間。如浙江〈蜈蚣與書生〉[註22]、四川〈兩兄弟與雷蚣蟲〉[註23]、吉林〈叫人蛇〉[註24]。而廣東黎族的故事還連結了蛇為什麼會有毒的解說：蜈蚣以毒液咬死大蟒蛇，人們設酒答謝蜈蚣，蜈蚣喝多了，醉吐，連毒液都吐出來，山裡的蛇聞到酒香爭著來吃，有吃到的蛇，就是現在有毒的蛇。[註25]

中國之外，韓國有此類型故事，救主的物類有蟾蜍和烏龜的變異，如〈烏龜報恩〉的故事，大要是：一女子救養烏龜，後來女子要以自己作祭物，換

[註20] 書同註1，頁403，類型554D。ATT原型號作554D*。

[註21] 明・謝肇淛：《五雜俎》卷9〈物部1〉，第154則敘事，見《明代筆記小說大觀》（上海：上海古籍出版社，2005年4月）冊2，頁1689。

[註22] 徐志芳講述，陳麗麗採錄：〈蜈蚣與書生〉，《中國民間故事集成・浙江卷》（北京：中國ISBN中心出版，1997年9月），頁636～637。

[註23] 戴淑平講述，戴壽銀採錄：〈兩兄弟與雷蚣蟲〉（故事複合400D），《中國民間故事集成・四川卷》（北京：中國ISBN中心出版，1998年3月），頁574～576。

[註24] 宋劍環講述，徐明舉採錄：〈叫人蛇〉，見《中國民間故事集成・吉林卷》（北京：中國ISBN中心出版，1992年11月），頁405～406。

[註25] 陳歌今、陳穎飛搜集整理：〈蛇為什麼有毒〉，見《中國民間故事全集》，書同註10，冊3，廣東民間故事集，頁510～512。

取金錢救生病的父親。在她被送到祭台時，烏龜出現抵抗怪魔，最後犧牲自己，救了恩人。〔註26〕故事一樣是人救物類，物類犧牲自己救恩人，而遭遇災難的過程則有差異。

再探「蜈蚣救主」故事，《五雜俎》此段敘事開頭有「嶺南多蛇」的說詞，多山、有蛇、有蜈蚣的嶺南一帶，應當就是這類型故事的發源地，見故事流傳地區大部分集中在東南的浙江、福建、廣東、海南，以及居住在這地帶的黎族、毛南族，即可與之相印證。此外，山中向來是較危險的地區，野獸雜處、天候變化快、又多瘴癘之氣，人往往一疏忽便容易遭遇災禍，所以故事傳述，告誡山行者要謹慎，對不明的事件要多留意。後來常見的故事裡人先有救蜈蚣的善行，所以得到蜈蚣的報恩。處於多變或未知的環境，心存敬意與善心，才有化險為夷的可能，反映一般民眾看待未知境遇的普遍心理。

三、神奇的能力

天賦異稟十兄弟（型號654B）

類型「天賦異稟十兄弟」說的是：

> 眾兄弟分別有千里眼、順風耳、不怕水、不怕火、不怕熱、不怕餓、大肚能吃、長腿善跑等技能。他們其中一人闖了禍，或是為了反抗官府，每人用他的獨特本領，應付了各種不同的情況。〔註27〕

屠本畯（1542～1622）《憨子雜俎》說有兄弟數人，天生有異於常人能耐的故事：

> 古者兄弟七人，皆絕技，曰健大一、硬頸二、長腳三、遠聽四、爛鼻五、寬皮六、油炒七。健大看得須彌山可列家門屏幛，擔却歸。上帝怒，敕豐隆霹追之，併獲硬頸二，以斧斫其頸，斧數易，而頸無恙。長腳三距海一萬八千里，一日夜抵家報信。遠聽四早聞，偕爛鼻五赴難。西海龍王遣數千將敵之，五以鼻涕向下一摑，盡糊其將之眼。於是龍王親征，獲第六，直扯橫拽，而皮不窘。獲第七，投入油鐺，炒七日七夜，而體不燋。七人者，終無成，老于牖下。〔註28〕

〔註26〕　〈烏龜報恩〉，見傅林統改寫，許義宗主編：《世界民間故事精選》，書同註16，冊2《三個少年的願望》，頁169～175。

〔註27〕　書同註1，頁462，類型654B。ATT將這類型故事歸併在型號653「才藝高強的四兄弟」。

〔註28〕　明‧屠本畯：《憨子雜俎》（台北：世界書局，民國48年9月），第2則，頁1。

　　這一型故事，國外目前僅見於義大利《五日談》第一天的第五個故事，大要是：

> 國王爲了實現諾言，將女兒嫁給醜陋的男巫。男巫帶著公主住到他的宮殿，是在人跡罕至的森林裡，接著他扛回幾個他殺的人要給公主吃，嚇得公主嘔吐不止。第二天男巫出門打獵，正好一個老婦人走到這兒來，餓得向公主討食物吃，公主向老婦人說了她的困境。老婦人說：「我有七個兒子，都有非凡的能力，老大用耳朵貼在地面，就能聽見三十里外的動靜；老二一吐口水，就能發起一股滑膩膩的洪水；老三往地上扔一根針，地上就能長出無數鋒利的刀片；老四只要種下一根枝條，頓時變成盤根錯節的森林；老五只要讓一滴水落到地上，就能變成滔滔大河；老六只要丟下一顆石子，就能變成一座堅固的城堡；老七箭法純熟無比，在一里地外也能射中一隻母雞的眼睛。我讓我的兒子來救妳出去。」第三天，老婦人和她的兒子來帶走公主，老大負責聽男巫的動靜，在一次又一次男巫追來的時候，分別由老二到老六設起障礙阻擋男巫，最後大家躲在老六的堅固城堡裡，男巫架了梯子要爬進來，由老七發箭射中男巫的眼睛，再趁機砍下他的腦袋。最後七兄弟送公主回國，得到國王的賞賜。〔註29〕

《五日談》作者吉姆巴地斯達·巴西耳（Giambattista Basile）生卒年在 1575到 1632 年，此書第一次出版的日期在 1634 到 1636 年間，則屠本畯記敘的七個天賦異稟兄弟的故事略早於《五日談》。

　　在國外，這類由奇異能力的人合力解決難題的故事題材不是最新，如類型 653「同胞兄弟皆奇才」，描述幾個兄弟學有不同本領，像是能觀察天上人間的萬事萬物、神偷、神射手、超級裁縫，他們靠這些本領合力殺毒龍救公主，這樣的故事在古印度《尸語故事》已有。〔註30〕然而，「天賦異稟十兄弟」與「同胞兄弟皆奇才」雖有相同的「兄弟各有特殊才藝」情節，但是前者眾兄弟的本領是天生的，後者的特殊本領是學習得的；又，「天賦異稟十

〔註29〕（義）吉姆巴地斯達·巴西耳著，馬愛農、馬愛新譯：《五日談》（長春：時代文藝出版社，1996 年 6 月），第一天的第五個故事〈跳蚤〉，故事複合型號621「跳蚤皮」，頁 36～42。

〔註30〕書同註1，頁 458～460，類型 653。

兄弟」故事是憑藉自身本領應付各種不同狀況以避禍，敘述模式與殺毒龍救公主不同。

　　再看《憨子雜俎》故事裡兄弟的天賦本領，「健大、硬頸、長腳、遠聽、爛鼻、寬皮、油炒」，傳統中國式故事少有這樣形象的角色，而提及這些角色特性不免要與《西遊記》裡孫悟空的形象相連結。從宋代民間說書有《大唐三藏取經詩話》，到明代吳承恩編著成《西遊記》，故事有傳述的痕跡，孫悟空可以不怕刀砍斧剁、火燒雷打、筋斗雲一翻十萬八千里……〔註31〕，又可以幻化無數個孫悟空，故事敘述也是憑藉本領應付各種驚險狀況，如此的形象轉化成兄弟各有天生不同本領，是頗有可能的。因此，在明代才出現此前未見的「天賦異稟十兄弟」故事。

　　近代中國這一型故事不少見，漢族、少數民族皆見流傳，如湖南的〈十兄弟〉〔註32〕、吉林朝鮮族〈六兄弟〉〔註33〕、雲南納西族〈騎立稱王〉〔註34〕等。在《憨子雜俎》裡的故事，先是老大搬來須彌峰，所以天帝要抓他來治罪，而兄弟各以不同的能力抵擋懲處或是捉拿，最後說七兄弟終究沒什麼作爲，老死鄉間。故事以虛構起，大鬧一番後以無事作結，近似笑話、趣談的描述筆法。而近現代採集的故事，與奇異兄弟相對立的一方，大部分都是地方惡勢力，或是擔心兄弟能力威脅自己的君主，無理的要求或是刻意要除去奇異的兄弟，所以兄弟起來反抗，在最後一次交手時，也將對立的一方除去，故事風格一變。

四、其它神奇故事

精怪摘瘤又還瘤（小仙的禮物）（型號 747A）

　　這類型故事常見的說法是：

> 一個脖子長了大瘤的善心人，無意中遇到一群精怪在唱歌跳舞。精
> 怪邀這人參加，玩得很盡興，因此邀這人明天再去，並取下他脖子
> 上的大瘤作爲擔保品。另一個脖子上長大瘤的人聞知後便代替前

〔註31〕見明·吳承恩：《西遊記》（台北：聯經出版事業公司，民國80年5月）第七回〈八卦爐中逃大聖，五行山下定心猿〉頁76。

〔註32〕陽叔媛講述，鍾國棟採錄：〈十兄弟〉，見《中國民間故事集成·湖南卷》（北京：中國 ISBN 中心出版，2002年12月），頁600～601。

〔註33〕金光熙講述，吉雲採錄：〈六兄弟〉，見《中國民間故事集成·吉林卷》，書同註24，頁454～456。

〔註34〕和廷春講述，白庚勝採錄：〈騎立稱王〉，見《中國民間故事集成·雲南卷》（北京：中國 ISBN 中心出版，2003年5月），頁1061～1062。

往，希望也能摘除大瘤，但是由於他的無禮或貪婪，精怪不要他再
去，便把第一天取下的大瘤歸還，結果那人脖子上的大瘤不僅沒有
被摘除，反而多增加了一個。〔註35〕

馮夢龍（1574～1646）《笑府》有則神摘掉人脖子上的瘤的故事：

> 一人項有懸疣，因取涼，夜宿神廟。神問：「此何人？」左右答云：
> 「蹴氣毬者。」神命取其毬來。其人失疣，不勝踴躍而出。次日，
> 又一疣者聞其故，亦往廟宿。神問之，左右仍對如前，神曰：「可將
> 昨毬還他。」〔註36〕

這一類型最早在13世紀日本的《宇治拾遺物語》已見，故事說：

> 一個臉上有瘤的老爺爺到深山砍柴，遇到一群鬼怪在燈下跳舞，老
> 爺爺加入祂們，他的舞蹈被鬼怪稱讚，約老爺爺要再來，鬼怪怕他
> 不來，留下他臉上的瘤作抵押。老爺爺鄰居有個臉上也長瘤的老爺
> 爺，聽到他的遭遇，就到山上去參加妖怪的宴會，可是他太害怕了
> 一直發抖，手腳又不靈活，妖怪抱怨他跳得太差，把之前抵押的瘤
> 丟給了他，於是老爺爺臉上就有兩顆瘤。〔註37〕

之後，14世紀阿拉伯的文學故事、17世紀義大利和愛爾蘭的文學亦見這類型
故事的紀載〔註38〕。國際間，東亞到南亞，西亞至歐洲，以及北非、美洲多
國，都見流傳（詳表4-1）。〔註39〕近代在臺灣、廣東、廣西、湖北、河北、
吉林、黑龍江、新疆、西藏等地的漢族和少數民族皆有採集紀錄。

故事的差異主要表現在兩處：第一個變異是「精怪為何幫人摘瘤」。最多
的是如《宇治拾遺物語》所說，人加入精怪的活動，精怪讚賞他的勇氣或技
藝，所以摘瘤作為報酬，或是作為約定再來的抵押品，可見於德國《格林童

〔註35〕 書同註1，頁507～508，類型747A。AT原型號作503。

〔註36〕 明‧馮夢龍編纂，竹君校點：《笑府》卷10〈形體部‧懸疣〉，（福建：海峽文
藝出版社，1992年6月），頁200～201。

〔註37〕 《宇治拾遺物語》故事的中譯說法節引自黃玉緞：〈「精怪摘瘤又還瘤」故事
試探〉，見《2011海峽兩岸民俗暨民間文學學術研討會論文選》（台北：中國
文化大學中文系，桃園：桃園創新技術學院通識教育中心，台北：中國口傳
文學學會聯合出版，民國101年7月），頁194。

〔註38〕 （美）斯蒂‧湯普森著，鄭海等譯：《世界民間故事分類學》（上海：上海文
藝出版社，1991年2月），頁60。

〔註39〕 (1)書同註5-(1)，頁170～171，類型503。(2)書同註5-(2)，頁288～289，類
型503。(3)書同註5-(3)，頁253，類型503。

話・矮人送禮》〔註 40〕、英國〈伊斯摩亞背上的肉瘤〉〔註 41〕、吉林〈瘤子砍柴〉〔註 42〕等。另外則是如《笑府》的故事，誤以為瘤是某物，所以借走，見景頗族〈兩個大脖子商人〉〔註 43〕、貴州〈鬼還口袋〉〔註 44〕。第二個變異處在「精怪還瘤的理由」。因為仿效者表現太差，所以被抱怨而給予瘤；借物說法的，便是還物給人，兩說都嘲弄了仿效者。而《格林童話》所見，人想得到更豐厚的報酬，再來找精怪，精怪於是加個駝背給他，故事表達了對貪心者的教訓。

　　這類型故事在古今中外的各地不乏講述，馮夢龍的記載，時代沒有早於日本或歐洲國家，不過也顯現其在明代已流傳於中國的事實。

第二節　宗教神仙故事

出米洞（型號 751F）

「出米洞」故事一般的說法是：

> 有一個山洞，每天會流出白米供山中僧人或來避難者煮食，有幾人就流出幾人份的量。後來有一人貪心，想有多餘的米拿去賣，便把洞鑿大一點，或是有人不知愛惜，任意糟蹋，於是就再也沒有米流出來了。〔註 45〕

王臨亨（1548～1601）《粵劍編》有則石洞流出白米的故事：

> 石室，在端州城東北七八里，與七星巖相近。嶄然石骨，亦與星巖類。其上有小石屋數百間，每間有一石床，光潔無纖塵，要是羣真窟宅也。中一洞，方廣可十餘丈，石笋林立，多似人形。其傍一石竇，故老相傳，曩有一羽士修煉於此，饘粥不繼，竇中涓涓下米粒，

〔註 40〕（德）格林兄弟著，魏以新譯：《格林童話全集》（北京：人民文學出版社，1994 年 4 月），第 182 則〈矮人送禮〉，頁 559～560。

〔註 41〕見傅林統改寫，許義宗主編：《世界民間故事精選》，書同註 16，冊 4《小仙女的搖籃》，頁 43～49。

〔註 42〕胡西慶講述，張玉恒採錄：〈瘤子砍柴〉，見《中國民間故事集成・吉林卷》，書同註 24，頁 477～478。

〔註 43〕鷗鷯渤搜集整理：〈兩個大脖子商人〉，見《中華民族故事大系》，書同註 19，冊 10，頁 138～139。

〔註 44〕張紹聰講述，張紹祥搜集整理：〈鬼還口袋〉，見《藍靛花——宣威民間故事》（貴州：貴州民族出版社，1992 年 7 月），頁 282～283。

〔註 45〕書同註 1，頁 530，型號 751F。

日可升許，足供羽士食。久之，羽士化去。其徒謂實小，所出有限，
更鑿之，米絕，不復生矣。其實至今猶在。洞口一石儼具舟形，土
人呼爲番舶。中有一神，主人間嗣續事，最靈異。祠旁一石，祈子
者以手摩之，多驗。石爲之滑。〔註46〕

這類型故事，近代在臺灣、福建、廣東、廣西、湖北、江西、安徽、山
東、四川、寧夏等地的漢族與少數民族間都見流傳。臺灣基隆的故事，還附
會在當地的仙洞與白米甕地名上，〔註47〕類此故事與地名相附合，還見於四
川〈米倉山〉〔註48〕、寧夏回族的〈米鉢山的傳說〉〔註49〕等。故事最後常
是人貪心將洞鑿大、或是人漸漸的浪費且糟蹋糧食，導致米不再流出，說法
極富教化意義。

國際上，南非朋杜族有此類型故事：

有個人，他有一隻母牛和小牛勉強可以維生。有一天他聽到鳥兒
跟他說殺了母牛就可以得到一百隻牛，妻子勸他不要亂想，他執
意殺了母牛，但卻沒得到一百頭牛。過幾天又聽到鳥兒叫他殺掉
小牛，可以得到一百頭牛，結果小牛殺了依然沒有得到牛。沒有
了牛，他帶著妻兒到處找食物。他向造物主祈求，造物主指引他
到一處由烏鴉看管的牛舍，讓他們可以得到牛奶過生活，條件是
要餵養烏鴉，善待烏鴉。可是過了一陣子，那人想將牛群占爲己
有，所以預謀獵殺烏鴉，結果烏鴉沒打中，牛和食物都消失了。
他只好帶著家人再去找食物。造物主這次指引他到一株神奇的藤
蔓處，藤蔓會長出不同的蔬菜水果，他們就在這裡待了好幾個月。
有一天，他又想修剪藤蔓，好讓藤蔓長出更多的食物。結果才砍
去枯枝，藤蔓就死了，於是他們又沒了食物。他再求造物主，造
物主引導他們走到一塊大岩石前，岩石有道裂口，從裂口處流出

〔註46〕 明·王臨亨撰，凌毅點校：《粵劍編》（北京：中華書局，1997年11月），頁65。

〔註47〕 (1)江肖梅：《臺灣故事》（上）〈仙洞的白米壺〉，見《國立北京大學中國民俗
學會民俗叢書》06輯，冊118（臺北：東方文化書局，民國63年春季），頁
51～52。(2)吳瀛濤：《臺灣民俗》（台北：眾文圖書，民國83年5月），頁368
～369。

〔註48〕 冉德忠講述，劉清堯採錄：〈米倉山〉，《中國民間故事集成·四川卷》，書同
註23，頁338～339。

〔註49〕 王彥講述，張錦、王正偉搜集整理：〈米鉢山的傳說〉，見《中華民族故事大
系》，書同註19，冊1，頁761～762。

玉米粥、豆子等食物，只是流得很慢。這人覺得裂隙太小，要鑿
大一點。造物主看到他這樣做，讓裂縫閉合起來，這時他一轉頭，
家人也不見了，什麼都沒有了。〔註50〕

這一故事在岩石流出糧食的段落前，主角已有三次貪得無厭的紀錄：殺牛想
得更多牛、殺烏鴉想據有牛群、砍藤蔓想得更多食物，加強貪心者不滿足的
貪心程度，以鋪陳出貪多者終無所獲的結果。而明代《粵劍編》「流米洞」故
事是最簡單的「石洞流米」、「人貪心而無所得」構成的故事，南非的說法顯
然複雜了些。目前國際間僅見南非有這一類型之流傳，則或許是情節相近、
故事訴求相同，所以被加入這較繁複的敘事中；又或者是當初鄭和下西洋的
團隊將故事帶至南非，傳了下來。

　　石洞流米故事是民眾對糧食需求的盼望，可能產生在貧瘠之地或饑荒之
時。王臨亨《粵劍編》是記載廣東的風土民情，廣東的山地和丘陵地占了全境
地貌的一半以上，農耕受限，也限制了人民生存。故事的產生有相應的背景因
素。而既借神奇的石洞流米滿足生存的需求，人若貪心或糟蹋糧食，必定遭受
懲罰而不再得到糧食，故事這訓誡意味在中外很一致。另外，石洞流出的東西
有的不是米，南非故事流出的是玉米粥等食物，可知是飲食習慣而使故事有變
異。而還有流出錢、金子的說法，見福建〈出錢石〉〔註51〕、納西族〈金窩的
故事〉〔註52〕，比起金錢，米糧才是生存的基本要件，當是故事後起的變化。

第三節　小　結

　　明代首見的國際型幻想故事與宗教神仙故事，從流傳時代與故事特性等
線索，推究故事的傳播狀態大概如下：

一、首見中國

　　有「蜈蚣救主」（型號554D）、「天賦異稟十兄弟」（型號654B）和「出米
洞」（型號751F）。

〔註50〕佛娜・阿台瑪（Verna Aardema）撰，陳森譯：《南非黑人的民間故事》（台北：
　　　　華欣文化事業，民國63年12月），頁51～57。
〔註51〕薛火生講述，吳更採錄：〈出錢石〉，《中國民間故事集成・福建卷》，書同註7，
　　　　頁246～247。
〔註52〕和時杰整理：〈金窩的故事〉，見《中華民族故事大系》，書同註19，冊9，頁
　　　　783～784。

「蜈蚣救主」目前僅見流傳於中、韓，明代故事是蜈蚣纏鬥蛇精以救主，韓國故事是烏龜或蟾蜍抵抗妖怪救主人，兩者情節單元素不同，然而明代故事明確出現在多山多蛇的嶺南地區，較可能是故事原型的發源地。

「天賦異稟十兄弟」故事，國外見於義大利《五日談》，其時代與屠本畯《憨子雜俎》相近而略晚。這一型故事與類型 653「同胞兄弟皆奇才」說法類近而有差異，前者是兄弟憑藉天生的本領應付難題以保全兄弟的平安，後者是兄弟學得特殊本領合力殺毒龍救公主。「同胞兄弟皆奇才」早見於印度，西方各國也流傳頗廣，或者是「同胞兄弟皆奇才」說法傳入中國後，與《西遊記》孫悟空多變的形象以及故事模式相融合，而成中國式的憑藉神奇能力解決難題故事。

「出米洞」故事見於中國和非州，非州故事是連續祈求食物事件中的一環，而明代故事僅是石洞流米，說法較非洲故事精簡扼要，故事發展常由簡至繁，可推故事是中國首見。

二、境外傳入

「精怪摘瘤又還瘤」（型號 747A）。

「精怪摘瘤又還瘤」故事，可知最早在 13 世紀日本的《宇治拾遺物語》已見，故事裡兩個相當條件的對象有相反的遭遇或結果，這樣的敘述模式常出現在日本的故事中。因此以時代相差頗久，以及故事敘述的方式推究，不太可能是相同文化因素的各自發展，而是自境外傳入的故事。

三、人情相同，各自發展

「潑婦鬼也怕」（型號 332A）。

人有良善溫順、有兇惡殘酷，各地皆然，「潑婦鬼也怕」故事針對潑婦而說，是人情的相同。而明代故事以潑婦為主，單純呈現鬼怕潑婦情節；西方則由潑婦帶出故事，而後轉為描述潑婦之夫與妖怪的交手，再以笑話潑婦名稱能嚇跑鬼作總結，兩者說法各有不同。

四、首創地區不詳

「真假新娘」（型號 331A）。

「真假新娘」故事特殊情節是「妖怪變新娘」，變形情節在中國不少見，不過變身新娘擾亂婚禮，卻是首見，明代說法還有妖怪變身男子者。而以流傳國家看，這一故事流行地區較偏重在歐亞大陸一帶。就所知線索，較難推論故事發源何處。

表 4-1：明人筆記初見之國際型幻想故事與宗教神仙故事已知流傳地區表（備註：相關說明同表 3-1）

亞洲

		真假新娘（331A）	潑婦鬼也怕（332A）	蜈蚣救主（554D）	天賦異稟十兄弟（654B）	精怪摘瘤又還瘤（747A）	出米洞（751F）
	中國	∨	∨	∨	∨	∨	∨
	蒙古					∨	
東亞	日本	∨				∨	
	韓國			∨		∨	
東南亞	寮國	∨					
	柬埔寨	∨					
	緬甸					∨	
	印尼	∨					
南亞	巴基斯坦		∨				
	印度	∨	∨			∨	
	尼泊爾	∨					
	孟加拉	∨					
	（吉普賽人）					∨	
	斯里蘭卡		∨				
西亞	土耳其		∨			∨	
	敘利亞					∨	
	黎巴嫩	∨	∨				
	巴勒斯坦		∨				
	伊拉克	∨	∨				
	伊朗		∨			∨	
	沙烏地阿拉伯		∨			∨	
	（庫德語）		∨				
	（猶太人）		∨				
	（呂底亞語）		∨				

		真假新娘（331A）	潑婦鬼也怕（332A）	蜈蚣救主（554D）	天賦異稟十兄弟（654B）	精怪摘瘤又還瘤（747A）	出米洞（751F）
北亞	西伯利亞		ˇ				
	俄國		ˇ				
	圖瓦	ˇ					

歐洲

		真假新娘（331A）	潑婦鬼也怕（332A）	天賦異稟十兄弟（654B）	精怪摘瘤又還瘤（747A）
北歐	芬蘭		ˇ		ˇ
	瑞典		ˇ		ˇ
	（拉普人）		ˇ		ˇ
	（Wepsian）		ˇ		
	挪威		ˇ		
	丹麥		ˇ		
	（法羅人）				ˇ
	（弗利然人）		ˇ		ˇ
東歐	白俄羅斯		ˇ		
	烏克蘭		ˇ		
	馬里埃爾		ˇ		
	（馬里人）		ˇ		
	卡累利阿共和國		ˇ		
東南歐	塞爾維亞		ˇ		
	（塞爾維亞—克羅埃西亞語）		ˇ		
	克羅埃西亞		ˇ		
	保加利亞	ˇ	ˇ		ˇ
	馬其頓		ˇ		
	希臘		ˇ		ˇ

		真假 新娘 （331A）	潑婦 鬼也怕 （332A）	天賦異稟十 兄弟 （654B）	精怪摘瘤 又還瘤 （747A）
南歐	西班牙		∨		∨
	（巴斯克人） （西班牙）				∨
	（嘉泰羅尼亞人） （西班牙）		∨		∨
	葡萄牙		∨		∨
	義大利		∨	∨	∨
中歐	愛沙尼亞		∨		
	拉脫維亞		∨		∨
	立陶宛		∨		∨
	波蘭		∨		∨
	德國		∨		∨
	捷克		∨		∨
	斯洛伐克		∨		
	匈牙利		∨		∨
	奧地利				∨
	羅馬尼亞		∨		
	斯洛維尼亞				∨
西歐	愛爾蘭				∨
	蘇格蘭				∨
	英國				∨
	荷蘭		∨		∨
	法國				∨
	法蘭德斯 （比利時北部）		∨		∨
	瓦隆（比利時北部）				∨

非洲

		真假新娘（331A）	潑婦鬼也怕（332A）	精怪摘瘤又還瘤（747A）	出米洞（751F）
北非	埃及	✓	✓		
	阿爾及利亞			✓	
	摩洛哥	✓		✓	
	蘇丹	✓			
西非	維德角		✓		
中非	剛果			✓	
南非	南非				✓

美洲

		潑婦鬼也怕（332A）	精怪摘瘤又還瘤（747A）
北美洲	加拿大（法語區）		✓
	美國		✓
	美國（西班牙語區）	✓	✓
	美國（葡萄牙語區）	✓	
	墨西哥	✓	✓
中美洲	哥斯大黎加		✓
	巴拿馬		✓
西印度群島	西印度群島		✓
	（馬雅人）		✓
南美洲	委內瑞拉		✓
	巴西	✓	✓
	波利維亞		✓
	智利	✓	✓
	阿根廷	✓	

第五章　明人筆記初見之國際型生活故事與惡地主故事

　　明人筆記首見的國際型「生活故事」與「惡地主故事」有 9 個類型，依 AT 分類類目分述如下。

第一節　生活故事

一、選女婿和嫁女兒的故事

假新郎成真丈夫（型號 855）

類型「假新郎成真丈夫」常見的說法是：

> 一名富有的男子長得很醜，因此相親和迎親時都由另一名長相端正的老實青年冒充他。迎親那天，假新郎到了女家後，忽然天下大雨，山洪阻斷了歸路，於是祇好留在女家。一連幾天，這名青年雖與新娘同房，但晚上都在椅子上穿著衣服而睡，也不和新娘談話。新娘和丈人覺得奇怪，最後查明真相，覺得這青年正直樸實，當初相親原是以他為對象的，便承認他才是真正的新郎。〔註1〕

馮夢龍（1574～1646）《情史》一則〈吳江錢生〉，說的即是主角受人之託代人娶親，結果自己娶得此女的故事：

> 萬曆初，吳江下鄉，有富人子顏生，喪父未娶。洞庭西山高翁女有

〔註1〕金榮華：《民間故事類型索引》（增訂本）（台北：中國口傳文學學會，民國 103 年 4 月），頁 580～581，類型 855。

美名，顏聞而慕之，使請婚焉。高方妙選佳壻，必欲覯面，而顏貌甚寢，乃飾其同爨表弟錢生以往。高翁大喜，姻議遂成。顏自以爲得計。及娶，而高以太湖之隔，必欲親迎，且欲誇示佳壻於親鄰也。顏慮有中變，與媒議，復浼錢往。既達，高翁大會賓客，酒半而狂風大作，舟不能發，高翁恐誤吉期，欲權就其家成禮，錢堅辭之。及明日，風愈狂，兼雪，眾賓俱來慫恿。錢不得已而從焉，私語其僕曰：「吾以成若主人之事，明神在上，誓不相負。」僕唯唯，亦未之信也。合巹之三日，風稍緩，高猶固留，錢不可，高夫婦乃具舫自送，僕者棹小舟疾歸報信。顏見風雪連宵，固已氣憤，及聞錢權作新郎，大怒。俟錢登岸，不交一語，口手并發。高翁聞而駭然，解之不得，乃堅叩於旁之人，盡得其實。於是訟之縣官。錢生訴云：「衣食於表兄，惟命是聽。雖三宵同臥，未嘗解衣。」官使穩婆驗之，固處子也。顏大悔，願終其婚。而高翁以爲一女無兩番花燭之理。官乃斷歸錢而責媒，錢竟與高女爲夫婦。錢貧儒，賴婦成家焉。

[註2]

這樣的事件在馮夢龍的擬話本小說《醒世恆言》裡亦見，故事是〈錢秀才錯占鳳凰儔〉[註3]。

國際上，這類型故事流傳在亞洲和歐、美等地（詳表 5-1）[註4]，其說法細節各異，大致爲二：

1、新娘愛上了冒充新郎的年輕人，知道眞相後，和這年輕人私奔了。

2、新娘在婚禮後，心有所疑，測問「新郎」在前一夜和她的談話，「新郎」推說忘記了，於是事情穿幫，新娘乃設法尋回那個眞正和她完成婚禮的年輕人。

近現代在臺灣以及大陸諸多省分都有這一型故事的采錄紀錄，主要流傳在漢族地區，亦見於水族、東鄉族與朝鮮族。故事有的如同〈吳江錢生〉說

[註2] 明·馮夢龍：《情史》卷 2〈情緣類·吳江錢生〉，見《古本小說集成》（上海：上海古籍出版社，1990 年 8 月），冊 549，頁 118～120。

[註3] 明·馮夢龍撰，廖吉郎校注，繆天華校閱：《醒世恆言》（台北：三民書局，民國 96 年元月）卷 7〈錢秀才錯占鳳凰儔〉，頁 130～154。

[註4] Stith Thompson, *The Types of the Folktale*, Helsinki, Academia Scientiarum Fennica, 1981, p.288, Type 855. (2)Hans-Jörg Uther, *The Types of International Folktales* (FFC284～286), Helsinki, Academia Scientiarum Fennica, 2004, Vol. I, p.483～484, Type 855。

法，如臺灣的〈弄假成眞〉〔註5〕、甘肅東鄉族的〈麻切巴娶親〉〔註6〕。而另有外加「不貪失金，失主報恩」框架，包容「借假新郎娶親」情節於其中的變異說法：一窮孩子撿到錢如數歸還，亦不要賞金，失主贈以信物。此事被家人知道，氣得將孩子趕出門，他到處流浪、或學手藝過生活。多年後有一次被主人家要求代醜子娶親，遇風雨阻礙未能及時迎回新娘，女方父母作主，權在女家成禮，可成親後他一直不肯就寢，被女家問出事情經過，正當此時，女方父親發現他身上的信物，認出他是當年義還失金的小夥子，堅決讓他娶了自己的女兒。此說見於福建〈砍柴団中狀元郎〉〔註7〕、江蘇〈劉百萬招女婿〉〔註8〕、山西〈拾馬褥〉〔註9〕等。

這是則關於婚嫁的故事，不同國家、不同民族的婚姻習俗差異性較大，會影響故事的傳述，所見故事在中國主要流傳於漢族，以及與漢族較接近的少數民族地區。此外，中外故事最主要的差異是：在中國，故事最後都是由父親決定女兒嫁給誰，反應父權社會的實際現象；西方故事說法則是女子自己決定要嫁誰，顯示女性有一定程度的自主性。

二、聰明的言行

（一）假意審石頭　真心助小販（型號926D.1）

「假意審石頭，眞心助小販」故事說的是：

> 一個挑油叫賣的小販，被街上的一塊石頭絆倒，油都打翻了。他去找縣官申訴，縣官宣佈要公審那塊石頭。審石頭時，來了大批好奇的觀眾，縣官即要大家出一點錢來彌補小販的損失。〔註10〕

在明代，吳訥（1372～1457）《棠陰比事補編》收有一則這樣的辦案故事：

> 國朝易貴，成化間守辰州府，有寠人擔紙，息肩路旁，倦而寐熟，

〔註5〕吳瀛濤：《臺灣民俗》（台北：眾文圖書，民國83年5月），頁427～428。

〔註6〕馬爺講述，郝蘇民采錄：〈麻切巴娶親〉，見《中國民間故事集成・甘肅卷》，（北京：中國ISBN中心出版，2001年6月），頁732～734。

〔註7〕王桂芳講述，何宏、龔華生采錄：〈砍樵団中狀元郎〉，見《中國民間故事集成・福建卷》（北京：中國ISBN中心出版，1998年12月），頁773～778。

〔註8〕陳阿大講述，馬壽生、馬忠耿采錄：〈劉百萬招女婿〉，見《中國民間故事集成・江蘇卷》（北京：中國ISBN中心出版，1998年12月），頁650～652。

〔註9〕楊希賢講述，楊玉星采錄：〈拾馬褥〉，見《中國民間故事集成・山西卷》（北京：中國ISBN中心出版，1999年3月），頁651～652。

〔註10〕書同註1，頁672，類型926D.1。

為人盜去。訴於貴。即使人攜失紙處一石，到府階下，杖焉。擁入觀者如市。閉門，量所出有，以資竇人。復詰曰：「汝紙有識乎？」曰：「有。」遂俾候住在外數日。出公牘，泛買諸竇人紙。彼送至，令各書名於上。乃召竇人認之，果得原紙，從而追究，盜紙伏罪。
〔註11〕

這事件的發展可分為前後兩個階段：先是縣官藉由審石頭，讓圍觀者資助失主的損失；而後縣官藉故四處買紙，再從中找得與失主失物有相同記號的紙張，因而抓到真兇。故事結合類型 926D.2「假意生氣真抓賊」〔註12〕。晚於吳訥，同樣的事件又見收於張景（1523 年進士）的《補疑獄集》〔註13〕。

近現代採集到的故事，有單就審石頭資助小攤販或窮困者損失的說法，如福建的〈唐世濟審石頭〉〔註14〕、山東〈單小進士〉〔註15〕、貴州水族〈審石頭〉〔註16〕。也有如明代故事兩階段的發展，是寧夏回族的〈伊瑪目的故事・審石頭〉，說寡母被害，現場有打翻在石頭上的香油，被害者脖子上亦沾有油指印，於是縣官審石頭，罰在公堂笑鬧著出錢資助孤兒，每人將錢丟入水中，就有一人丟下的錢泛起油花，抓來審問，果然是兇手。〔註17〕另外，吉林的〈金知府的傳說・判石頭〉，說有個賣豆腐腦的攤販，撞到石頭打翻了豆腐腦，當地兩個土豪劣紳想藉這件事刁難專辦貪官污吏、地痞豪紳的新縣官，縣官知道是這兩人的主意，將問題再丟回給他們處理，要他們來斷石頭，斷不了就罰錢，同時也讓圍觀的官吏財主出錢資助小販。〔註18〕如此刻意凸顯土豪劣紳身分，

〔註11〕 明・吳訥輯：《棠陰比事補編・易貴辨紙》，見《筆記小說大觀》6 編冊 4，頁 1942。

〔註12〕 書同註 1，頁 673，類型 926D.2。

〔註13〕 明・張景撰：《補疑獄集》，見《景印文淵閣四庫全書》冊 729，收在《疑獄集》之 5～10 卷（原晉・和凝撰《疑獄集》在 1～4 卷）。此故事題名〈易貴杖石買紙〉，在卷 10，頁 857。

〔註14〕 伊岫云講述，鄭樹鈺採錄：〈唐世濟審石頭〉，見《中國民間故事集成・福建卷》，書同註 7，頁 157～158。

〔註15〕 丁和平講述，常明華採錄：〈單小進士〉，見《中國民間故事集成・山東卷》（北京：中國 ISBN 中心出版，2007 年 4 月），頁 836～837。

〔註16〕 韋三吉講述，聞朗、張巢搜集整理：〈審石頭〉，見《中國民間故事全集》（臺北：遠流出版社，民國 78 年 6 月），冊 12，貴州民間故事集（一），頁 337～339。

〔註17〕 馬成山講述，謝榮搜集整理：〈伊瑪目的故事・審石頭〉，見《中華民族故事大系》（上海：上海文藝出版社，1995 年 12 月），冊 1，頁 991～993。

〔註18〕 郭萬富講述，郭鳳山採錄：〈金知府的傳說・判石頭〉，見《中國民間故事集

讓他們受到懲罰，反應了近代民眾意識崛起的故事改編成果。

　　國際間，目前僅在韓國見有這類型故事的流傳，說的是布商打盹失布，縣官審石頭罰圍觀嘲笑著資助商人損失，在繳來的布中找到失者相同印記的布，從而找到真兇。〔註19〕則這一故事說法與明代所見同樣有兩階段的情節發展，而其複合 926D.2「假意生氣真抓賊」的段落，較之易貴買紙的安排，更能呈現「假意生氣」的發展，後出轉精，可以推知是較晚出的說法。

（二）假意生氣真捉賊（型號 926D.2）

　　這類型故事常見的說法如下：

> 一個外地人靠在路旁一塊石頭（或木板）上小睡時，被人偷走了他的白頂黑身小毛驢、或是一隻腿上有暗記的雞、或是一車青布、一擔紙。縣官要公開審問那塊石頭，問它誰是小偷。當圍觀的群眾覺得縣官的言行可笑而笑出來時，縣官假意生氣，要他們每人交一隻雞、或一匹青布，以免責打；或是故意找一個人的錯，罰他以一頭白頂黑身小毛驢贖罪。他們把東西交來以後，失主確認了是他的失物或其中有他的失物，便問交東西來的人，東西是那裡買來的，因而抓到了竊賊。〔註20〕

明末張怡（1608～1695）《玉光劍氣集》有一段這樣的故事：

> 張公天衢，弘治中令封丘，有布商失布，莫可按，曰：「偶置石狻猊上而失之。」公命輋狻猊來鞭之。闔門，罰入觀者以布，察所輸布號而得盜，人號「斷石公」。〔註21〕

　　在張怡之前，吳訥《棠陰比事補編》、張景《補疑獄集》的易貴斷失紙的故事，就有藉故買來與失物相同的東西，從中找到真兇的情節（詳前段 926D.1「假意審石頭，真心助小販」），只是故事有另一個資助小販損失的發展，與張怡這一則故事只描述審石頭抓真兇的說法略異。在明代，還有公案小說《龍圖公案》〈石牌〉，說的也是斷布商失布案〔註22〕。

成‧吉林卷》（北京：中國 ISBN 中心出版，1992 年 11 月），頁 62～63。

〔註19〕林鄉編譯：《虎哥哥（朝鮮民間故事）‧審望頭石》（北京：中國民間文藝出版社，1984 年 8 月），頁 60～62。

〔註20〕書同註1，頁 673，類型 926D.2。

〔註21〕明‧張怡撰，魏連科點校：《玉光劍氣集》（北京：中華書局，2006 年 8 月），卷 7〈吏治〉第 70 則，頁 326。

〔註22〕《龍圖公案》卷四〈石牌〉，見王以昭主編：《罕本中國通俗小說叢刊》第一

　　近現代在臺灣、海南、山西、吉林、遼寧皆有故事紀錄，流傳在漢族和朝鮮族間。說法幾乎都是縣官藉由審石頭等非人的相關物件，引民眾圍觀，再假意氣民眾失序，罰圍觀民眾交出失者失物一樣的東西，而從中認出失物抓到真正的賊，見臺灣〈偷雞案〉〔註23〕、海南〈巧知府審石狗公〉〔註24〕、遼寧朝鮮族〈審望頭石〉〔註25〕。亦有非透過審石頭，但一樣假意氣某人某事沒做好，罰他交出特定記號的失物，借以找到真賊，見山西〈巧擒劫驢犯〉〔註26〕。

　　這類型故事亦流傳在韓國，見於李朝末年的《青丘野談》卷四〈清州倅權術捕盜〉，其內容概要如下：

> 一僧人賣紙維生，紙被盜，辦案者借他事辦衙門官屬失職，要他們各繳納紙一束。而後讓僧人在眾多紙中認出失物，進而追查出真賊。
>
> 〔註27〕

李朝建立於西元 1392 年，建國五百餘年，則末年已是清末時期，可知故事傳述，沒有早於中國。近代見到的韓國故事，失者在墳墓遺失布匹，審理者審墓前的石頭人，讓圍觀民眾繳納布匹，抓到真兇。〔註28〕故事在墳墓失布的細節，以及審理守墓石頭人的情節單元素，近代遼寧朝鮮族〈審望頭石〉故事有一樣的說法。

（三）誰偷了藏在屋外的錢（型號 926D.4）

「誰偷了藏在屋外的錢」，一般的說法是：

> 一人出外工作數年，積了一些銀子回家。到了村外，心想，離家多時，不知妻子是否可信。於是把錢藏在村外，空手回去。正如此人所慮，在他外出期間，妻子有了私情，聽見丈夫叫門，便讓情夫躲

　　　　輯（台北：天一出版社，民國 63 年 9 月），葉三十三～三十五。

〔註23〕吳瀛濤：《臺灣民俗》〈偷雞案〉，書同註5，頁 442～443。

〔註24〕馬輝林講述、鄧家仲采錄：〈巧知府審石狗公〉，見《中國民間故事集成‧海南卷》（北京：中國 ISBN 中心出版，2002 年 9 月），頁 561～562。

〔註25〕吉雲整理、李京變翻譯：〈審望頭石〉，見《中華民族故事大系》冊4，書同註17，頁 214～216。

〔註26〕羅漾尼講述、范金榮采錄：〈巧擒劫驢犯〉，見《中國民間故事集成‧山西卷》，書同註9，頁 115～116。

〔註27〕《青丘野談》，見東國大學校附設韓國文學研究所編：《韓國文獻說話全集》（韓國：太學社發行，1981 年 6 月），冊 2，頁 344～346。

〔註28〕辛坦譯：〈聰明的法官〉，見魯克編：《外國民間故事選》（北京：北京少年兒童出版社，1985 年 8 月），頁 5～7。

入床下。晚上夫妻對話，妻子問出丈夫在外所積存的銀數和藏銀地點，待丈夫熟睡後，使情夫潛出往取。第二天，丈夫發現藏銀被竊，向官報案。縣官詢知其家養狗，便囑丈夫以遠出返家爲由，宴請親友；另外派人前往觀察，看那狗見了誰來會貼耳搖尾向前迎接，那人必是在丈夫離家期間常去他家者。觀察結果，果得一人，案子乃破。或是法官囑丈夫假意出榜賣妻，妻子之情夫持銀來購，而其妻也同意隨此人離去，案子遂破。〔註29〕

在明代，馮夢龍的《增廣智囊補》有這一型藏銀被偷走的故事：

溧水人陳德，娶婦林，歲餘。家貧，傭於臨清，林績麻自活，久之，爲左鄰張奴所誘，意甚相愜。歷三載，陳德積數十金，囊以歸。離家尚十五里，天暮且微雨，德慮懷寶爲累，乃藏金於水心橋第三柱之穴中，徒步抵家。而林適與張狎，聞夫叩門聲，匿床下。既夫婦相見勞苦，因敍及藏金之故，比晨往。而張已竊聽，啓後扉出，先掩有之矣。林心不在夫，既聞亡金，疑其誑，怨詈交作。時署縣事者晉江吳復，有能聲，德爲訴之。吳笑曰：「汝以腹心向妻，不知妻別有腹心。」拘林至，嚴訊之，林呼枉。德心憐妻，願棄金。吳叱曰：「汝詐失金戲官長乎！」置德獄中，而釋林以歸。隨命吏人之點者，爲丐容，造林察之。得張與林私問慰狀，吳並擒治，事遂白。〔註30〕

略早於馮夢龍或其同時，孫能傳的《益智編》亦記載兩則相似故事，所不同者，孫能傳的記錄僅說「『是必爾妻有外遇也。』覈之，果然」〔註31〕、「『暮夜無知，所告惟妻耳，蓋必其妻先有所私，從旁竊聽……』乃逮妻刑鞫，所如公言」〔註32〕，如此是顯現斷案官吏之政績，而略去了驗證過程，不若馮夢龍敍述之精采。此外，故事也見於《包龍圖判百家公案》，其第9回〈判姦夫竊盜銀兩〉，說的是失主自己猜測失銀與妻有關，訴請包公判理，包公判女子有罪，由官方賣之以補償失銀，最後在來買女子者所出錢財中認出失銀，抓到竊賊。〔註33〕

〔註29〕書同註1，頁676，型號926D.4。

〔註30〕明·馮夢龍：《增廣智囊補》卷10〈察智部·詰姦·吳復〉，見《筆記小說大觀》正編冊3，頁1403。

〔註31〕明·孫能傳：《益智編》卷26〈刑獄類三·折獄下〉，第24則，見《四庫全書存目叢書》子部冊144，頁89。

〔註32〕同前註，第25則。

〔註33〕明·安遇時編集：《包龍圖判百家公案》（上海：上海古籍出版社，1990年8月），頁59～66。

這一型故事最早見於印度佛經《根本說一切有部毘奈耶雜事》，其大要如下：

> 丈夫夜藏銀，被躲在床下的妻子情夫知道而取走。丈夫失銀，求助智者。智者問清事情經過，知道他的妻子有問題，又問得他家有養狗，於是令其回家跟妻子說，先前曾許願，平安回家將供養八位婆羅門，自己供養四人，讓妻子供養四人。在供養那一日，智者派一人前去觀察，先看狗的反應，再看妻子與人的互動，果然有一人狗見不吠，妻子也與之有說有笑，異於其他人。細問此人，果是盜銀賊。〔註34〕

《毘奈耶雜事》是唐代翻譯的佛經，故事原生地在印度，則應當是故事傳入中國後，歷經辦案故事開始流行的宋代，陸續有被講述的機會，在明代才被記載在筆記以及公案小說中。

除了印度外，故事還見於柬埔寨和韓國〔註35〕。近現代的中國則流傳於廣東、廣西和海南島，其中廣東〈包公審石橋〉、廣西京族〈計叔的故事·審樹〉，用的是佛經裡「狗認熟人」的方法辨識偷銀賊，前者先以審石橋誘大家來觀審，再讓來的人都先餵狗，結果觀察到狗對其中一人特別友善，此人即是盜銀賊〔註36〕；後者是在宴客時藉狗辨認出嫌疑犯，再假托審樹，說樹供出的偷銀賊是某某人〔註37〕。至於海南的〈巧知府計捉通奸賊〉，則是同於公案小說的說法〔註38〕。

（四）尼姑扶醉漢（型號927B）

這類型故事常見的說法如下：

> 一名年輕尼姑把一名醉漢扶進庵中，還讓醉漢躺在她的床上休息。
> 這事引起眾人非議，告進衙門，縣官便傳詢尼姑。尼姑的說明是：「醉

〔註34〕 唐·義淨譯：《根本說一切有部毘奈耶雜事》，見《大正新修大藏經》（台北：新文豐出版公司，民國72年元月》冊24（律部3），頁337～338。
〔註35〕 書同註1，頁677，型號926D.4。
〔註36〕 陳國蘭講述，關天方采錄：〈包公審石橋〉，見《中國民間故事集成·廣東卷》（北京：中國ISBN中心出版，2006年5月），頁59～60。
〔註37〕 蘇錫權講述，蘇維光、符達升搜集：〈計叔的故事·審樹〉，見《中華民族故事大系》冊15，書同註17，頁382～384。
〔註38〕 李祥明講述，符清文采錄：〈巧知府計捉通奸賊〉，見《中國民間故事集成·海南卷》，書同註24，頁561。

漢妻弟尼姑舅，尼舅姐是醉漢妻」。縣官琢磨了很久，才明白那個醉
漢原來是尼姑的父親，案子也就此了結。像這樣說明親屬關係的，
尚有婦女哭子，別人問她哭什麼人，她說：「他爺是我爺女婿，我爺
是他爺丈人。」〔註39〕

江盈科（1553～1605）的《諧史》，見有一則妙稱親屬關係的故事：

> 一個婦人青衫紅裙，口裡哭著親親，問她哭著甚人，婦答曰：「他
> 爺是我爺女婿，我爺是他爺丈人。」蓋母哭子也。其文法亦巧矣。

〔註40〕

在 AT 類型裡，相關的敘述本是型號 927 故事當中的情節段落，說的是被
告要能說出法官解不出的謎語，就能獲釋，當中的謎語有關於親屬關係之稱
呼，像是「從前我是女兒，現在我是母親」〔註41〕，故事可見於西班牙〔註42〕。
這樣的情節在中外流傳不知孰先孰後，不過中國人注重親屬關係，親屬間的
稱呼也很嚴謹，有故事形成的相應條件，所以看到的是以此情節獨立發展的
故事。

江盈科這則故事，偏重突出婦人「他爺是我爺女婿，我爺是他爺丈人」的
妙答，背景僅是以婦人哭親人帶出，是較簡單的敘事。近現代在山東、江蘇、
安徽、寧夏、貴州採錄的故事，背景敘述有較豐富的對比鋪陳，常是說尼姑扶
醉漢進尼姑庵，被人指指點點還告上官府，尼姑解釋道：「醉壺的妻侄是表哥，
表哥的姑母配醉壺」，見山東〈尼姑背「醉壺」〉〔註43〕；或是「醉漢妻弟尼姑
舅，尼姑舅姐醉漢妻」，見江蘇陸瑞英的〈尼姑背醉漢〉〔註44〕等。又有另一
故事，說縣官保釋一個小偷，還派轎子來抬他，百姓覺得納悶，縣官說：「賊
的妻子，妻子的兄弟，兄弟的妻子，官喊舅娘」，見貴州〈縣官保賊〉〔註45〕。

〔註39〕書同註1，頁 696，型號 927B。

〔註40〕明・江盈科：《江盈科集・諧史》第 63 則。見黃仁生輯校：《江盈科集》（長
沙：岳麓書社，1997 年 4 月），頁 880。

〔註41〕書同註 4-(1)，頁 324。

〔註42〕Stith Thompson, *Motif-Index of Folk-Literature*, Bloomington, Indiana University
press, 1975, Vol.3, p.447, Motif-H807.

〔註43〕王桂春講述，張鳳英采錄：〈尼姑背「醉壺」〉，見《中國民間故事集成・山東
卷》，書同註 15，頁 784。案：「醉壺」是故事裡醉漢的外號。

〔註44〕陸瑞英演述，周正良、陳泳超主編：《陸瑞英民間故事歌謠集》（北京：學苑
出版社，2007 年 5 月），頁 137～138。

〔註45〕羅功德講述，周智昌采錄：〈縣官保賊〉，見《中國民間故事集成・貴州卷》（北
京：中國 ISBN 中心出版，2003 年 5 月），頁 865～866。

三、命運的故事

（一）害人反害己（型號939B）

這類型故事說的是：

> 一僧或一丐常受一財主的妻子布施，時間久了，財主很厭煩，便做些放了毒藥的餅給僧人。僧人當時沒有吃，卻是在回去的路上把餅給了一個饑餓的年輕人。結果年輕人吃後身亡，而他正是財主的兒子。〔註46〕

在明代，馮夢龍（1574～1646）的《古今譚概》裡有則這樣的故事：

> 金華有豪民李甲，尠眾肥家。居近古刹，有二僧頗為村人所欽仰，往求施，人多喜捨，亦時時受甲妻之密惠。甲知之，銜忌尤深。一日，二僧以事至其家，甲故為殷勤之態，而私令僕幹作四餅，實毒其中，以出勸二僧。僧方飯飽，不下嚥，乃懷其餅歸寺。明旦，二小兒綵衣垂髮，入寺遊觀。問之，則甲之兩子也。驚曰：「此李公愛子，可以果餌延之。」命其徒遍捵於房，弗得，惟餅在几上，即取以飼之。二兒各食其一，仍懷其一還家。入門，大呼腹痛，並仆地躑躅以死。甲莫喻其故，詢其僕，捵其身，餘餅在焉，乃知中毒而亡，吞聲飲泣而已。〔註47〕

國際間這類型故事的流傳較集中在中歐、南歐、東南歐，及於西亞、北非相鄰的地區（詳表4-1）。〔註48〕據湯普遜《世界民間故事分類學》談論的神權懲戒為惡者之故事題材，大約在中世紀就有這樣的故事，文中並引述愛沙尼亞流傳的這一型故事，其大要是：惡霸在給乞丐的麵包裡下毒，乞丐窩在小客棧過夜時，來了個旅客，剛好旅店沒麵包了，乞丐將乞來的麵包給這個旅客吃，不想旅客是那惡霸的兒子，吃了父親下毒的麵包中毒而死。〔註49〕

在《古今譚概》之外，馮夢龍並將這樣的故事編在《警世通言》〈呂大郎

〔註46〕金榮華：《歷代筆記故事類型索引》，未刊稿，類型939B。

〔註47〕明‧馮夢龍：《古今譚概》〈貧儉部第13‧客禍〉，見《筆記小說大觀》20編冊7，頁4387～4388。

〔註48〕此類型故事，AT原型號作837，見：(1)同註6-(1)，頁282。(2)同註6-(2)，頁470。(3)同註6-(3)，頁457～458。

〔註49〕見（美）斯蒂‧湯普森著，鄭海等譯：《世界民間故事分類學》，同註38，頁158。在故事之前，湯普遜的論述是：「中世紀的虔誠文獻充斥著不可思議的懲罰案例，……在波羅的海各國似乎最易接受這類宗教說法」。

還金完骨肉〉的入話裡〔註 50〕。故事害人卻害到自己孩子的情節頗具震撼，極有可傳性，但在明代之後卻少見故事再有流傳記錄，不太盛行之原因，可能關係到「毒殺和尚」、「大人犯錯小孩遭殃」兩個情節。中國見到的吝嗇故事，再吝嗇通常都吝嗇在己身，還沒出現因吝嗇而殺人的，而且還是殺了出家人。其次，大人自己犯過，卻讓稚子承受，雖然沒了孩子也是打擊到大人，但若是讓惡毒的人自己遭殃，在情理上會讓人比較能接受。

（二）橫財不富命窮人（型號 947A）

類型「橫財不富命窮人」說的是：

> 一人好吃懶做，敗家後淪為乞丐。他的妻子早已被休，再婚後發財致富。有一天，這人在他前妻的家門口乞討，被他前妻認出，於是特地蒸一袋饅頭送他，暗中在每個饅頭中藏一塊銀子，只要他餓了取食，即可發現。不料此人懶惰成性，拿著一袋饅頭嫌重，便在過河時給船夫充作渡資，或是換了其他的食物。〔註 51〕

馮夢龍（1574～1646）《古今譚概》一則〈張生失金〉，說錢財自找主人的故事：

> 嘉靖時，杭人張姓者，自幼為小商，老而積金四錠，各束以紅線，藏於枕。忽夜夢四人白衣紅束，前致辭曰：「吾等隨子久，今別子去江頭韓餅家。」覺而疑之，索於枕，金亡矣，躊躇歎息。之江頭詢韓，果得之。張告韓曰：「君曾獲金四錠乎？」韓驚曰：「君何以知？」張具道故。韓欣然出金示張，命分其半。張固辭謝，遂出門。韓留觴之，舉一錠分為四，各裹餅中，臨行贐之，張受而行。中途值乞者四，求之哀，各濟以餅一。四乞者計曰：「此餅巨而冷，不可食，何不至韓易小而熱者乎！」遂之韓，韓笑而易之。〔註 52〕

約其同時，徐復祚的《花當閣叢談·財必有主》，也是「食物藏金贈失主，最後還回得主中」故事〔註 53〕。這樣的事件，馮夢龍有將之穿插於《醒世恆言》

〔註 50〕　明·馮夢龍編撰，徐文助校注，繆天華校閱：《警世通言》（台北：三民書局，民國 97 年 6 月）卷 5〈呂大郎還金完骨肉〉入話，頁 48～52。

〔註 51〕　書同註 1，頁 719，類型 947A。ATT 類型 841A*併入此號。

〔註 52〕　明·馮夢龍：《古今譚概·雜志部第 36·張生失金》，見《筆記小說大觀》20 編冊 8，頁 5388～5389。

〔註 53〕　明·徐復祚：《花當閣叢談》卷 4〈財必有主〉，見《筆記小說大觀》16 編冊 2，頁 991～992。

的〈施潤澤灘闕遇友〉故事，作爲其中的一段情節〔註54〕。

　　這類型故事的情節較早在歐洲中世紀已見〔註55〕。國際間亞洲、歐洲、非州都有這類型故事的紀錄，主要流傳在地緣上相連的東南亞、南亞、西亞、東南歐、南歐與北非（詳表5-1）〔註56〕。今舉丹麥的故事概要如下：

　　　　兩個要好的牧羊人，一個希望馬上有錢，一個覺得自己年輕還不需要，老了再有錢就好。談話間突然出現一個老者，給希望有錢的牧羊人一個錢袋，裡頭放入一枚金幣，說：這袋子能生出許多金幣，但要注意這第一枚金幣不可用掉，不然就生不出錢來了。然後老者告訴另一個年青人：你去學手藝，學成後願望就能實現了。

　　　　得到金幣的牧羊人，做起生意，成了財主，也娶了妻子。他過著富裕的生活，花錢如流水，妻子怕他花光錢財，便偷偷在院子的空心松樹裡藏金幣。但是來不及說出藏金的事，妻子就死了。後來他不知什麼時候已經將生錢的金幣用掉，接著他生意失敗、房子倒塌，漸漸地變窮，成了流浪漢，靠乞討過日子。

　　　　另一個牧羊人去學手藝，雖不是很富有，但他勤奮工作，也不愁生活。後來蓋了房子，位置就是當初那個成了財主的牧羊人原來宅院的原址上，那棵藏金的大松樹就在他的院子裡。這時他請一個沒飯吃的人吃飯，談話間才知道是當年牧羊時的老朋友，朋友也認出這是他以前住的地方。這時主人砍松樹要作爲工作臺，發現藏金，他將藏金全數還給朋友，朋友覺得錢讓他變成現在這樣，所以堅決不要了。於要他讓妻子做了麵包，在麵包裡藏金幣，送給朋友。這人走著走著口很渴，走到附近農家，農家人請他喝啤酒，他將麵包留下作爲付啤酒的錢。農家人想起曾向人借麵包，直接將這麵包還給人，而就是得到藏金的這一家。〔註57〕

〔註54〕明‧馮夢龍撰，廖吉郎校注，繆天華校閱：《醒世恆言》，書同註3，類型947A故事在頁370～376。

〔註55〕書同註1，頁719，類型947A。

〔註56〕(1)書同註4-(1)，頁334，類型947A。(2)書同註4-(2)，頁587～588，類型947A。(3) Hasan M. El-Shamy, *Type of the Folktale in The Arab World*, Bloomington, Indiana University, 2004, p.650～651, Type 947A.

〔註57〕〈麵包裡的金幣〉，見嚴大椿、周仁義等譯：《太陽東邊月亮西邊——世界民間故事大全‧北歐篇》（上海：少年兒童出版社，1992年12月），頁119～123。

丹麥這則故事是從兩個條件相對的人物說起，歸結於「食物藏金贈失主，最後還回得主中」，與明代的故事從單一主線鋪陳的說法不同。

　　現今臺灣、福建、廣東、四川、青海、新疆、吉林等地都有這類型故事的流傳，其中吉林〈八缸金子〉〔註58〕同於明代說法，自己辛苦攢的錢要另尋他主，故事最後讓失金者認得金的孩子作乾兒子，想是寄託了說故事者對失金者的補償心理。另有歸結於民間祭灶習俗的說法：男子註定乞丐命，家人幫他娶了富貴命的妻子，但他卻將妻子休了，後來果然淪落為乞丐。而妻子再嫁，生活富足，偶然遇見前夫，在送給他的食物裡藏金，但他卻將食物抵押給人，前夫知道藏金事，羞愧撞牆而死，前妻可憐他，在廚房立了神位祭拜，假稱祭灶神，於是大家競相模仿。見臺灣〈灶君的來歷〉〔註59〕、福建〈祭灶的傳說〉〔註60〕、四川〈敬灶王神〉〔註61〕。另外同樣也有從相對的兩個人說起的故事，這兩人或是朋友、或是兄弟，本來條件相當，為說明其中一人得金的原因，故事複合型號613「精怪大意洩秘方」，從精怪洩漏的秘方裡得到財寶，見青海〈想長和想短〉〔註62〕；有複合型號745B「荒屋得寶」，在無人敢住的鬼屋裡得財寶，見青海〈掛秤〉〔註63〕；並有複合型號856「姑娘私奔弄錯人」，再複合745B的故事說法，得到私奔姑娘帶出的錢財，再得到鬼屋裡的寶藏，所以變富有，見臺灣〈太陽偏和枝無葉〉〔註64〕、〈乞丐命〉〔註65〕。

〔註58〕　宋淑賢講述，李鳳歧采錄：〈八缸金子〉，見《中國民間故事集成・吉林卷》，書同註18，頁501～503。

〔註59〕　〈灶君的來歷〉，見《中國民間故事全集》，書同註16，冊1，臺灣民間故事集，頁155～157。

〔註60〕　吳味雪講述，何則生采錄：〈祭灶的傳說〉，見《中國民間故事集成・福建卷》，書同註7，頁473～474。

〔註61〕　肖勝香講述，樊其湘采錄：〈敬灶王神〉（故事複合型號943），見《中國民間故事集成・四川卷》（北京：中國ISBN中心出版，1998年3月），頁451～453。

〔註62〕　李文蔚講述，馬文彪采錄：〈想長和想短〉，見《中國民間故事集成・青海卷》（北京：中國ISBN中心出版，2007年4月），頁604～607。

〔註63〕　馮元來講述，楊正榮采錄：〈掛秤〉，見《中國民間故事集成・青海卷》，同前註，頁799～801。

〔註64〕　江肖梅：《臺灣故事》（上）〈太陽偏和枝無葉〉，見《國立北京大學中國民俗學會民俗叢書》06輯，冊118（台北：東方文化書局，民國63年春季），頁19～23。故事又見於吳瀛濤：《臺灣民俗》〈兩個乞丐〉，書同註5，頁397～400。

〔註65〕　王詩琅搜集整理：〈乞丐命〉，見《中國民間故事全集》，書同註16，冊1，臺灣民間故事集，頁281～285。

四、其它生活故事

劣子臨刑咬娘乳（型號996）

「列子臨刑咬娘乳」常見的說法如下：

> 母親從小縱容兒子小偷小摸，兒子長大後膽子愈來愈大，終於犯了
> 大罪被判死刑。他恨母親從小不教他學好，在法場上求娘給他吃一
> 口奶水而將娘的奶頭咬了下來。〔註66〕

明代陳繼儒（1558～1630）的《讀書鏡》，即敘述了這樣一則死刑犯和他
母親的故事：

> 宣和間，芒山有盜，臨刑，母來與之訣。盜對母云：「願如小兒時一
> 吮母乳，死且無憾。」母與之乳，盜嚙斷乳頭，流血滿地，母死。
> 盜因告刑者曰：「吾少也，盜一菜一薪，吾母見而喜之，以至不檢，
> 遂有今日，故恨殺之。」嗚呼異矣，夫語教子嬰孩不虛也。〔註67〕

與陳繼儒同時，1605年來華的義大利籍傳教士高一志（1566～1640），其
中文著作《童幼教育》亦見相同故事，說法如下：

> 西史載：昔有童幼，橫逆不止，士師執之，依國律，命服上刑，期
> 至，將戮于市，童求見父，假欲永訣，許之，至父前，則附耳若有
> 私言者，乃噬其鼻，曰：「向者爾知我不肖，而未嘗責，乃至陷我至
> 此耶！」〔註68〕

故事在西方，早在古希臘的《伊索寓言》已見，其核心情節是：孩子幼
時偷盜得到母親稱讚，長大犯罪落網，臨刑前說要和母親說話，卻咬掉母親
的耳朵。〔註69〕國際間的流傳地較集中於西亞與環地中海的歐洲、非洲國家
（詳表5-1）。〔註70〕

〔註66〕 書同註1，頁768，類型996。AT原型號作838。

〔註67〕 明・陳繼儒：《讀書鏡》卷1，第14則第2條，見《筆記小說大觀》5編冊4，
頁2448～2449。在明代，故事又見於鄭瑄：《昨非庵日纂》卷5〈詒謀〉第25
則第2條，見《筆記小說大觀》22編冊4，頁2154。

〔註68〕 （明際義大利籍）高一志：《童幼教育・教之翼第六》，見鐘鳴旦、杜鼎克、
黃一農、祝平一等主編：《徐家匯藏書樓明清天主教文獻》（台北：方濟出版
社，民國85年12月）冊1，頁292。

〔註69〕 （希臘）伊索著，羅念生譯：《伊索寓言・小偷和他的母親》，見《羅念生全
集》（上海：上海人民出版社，2004年6月）第6卷，頁168。

〔註70〕 見(1)書同註4-(1)，頁282，類型838。(2)書同註4-(2)，頁470～471，類型
838。(3)書同註56-(3)，頁459～460，類型838。

　　這是則很有警示意味的故事，合於《三字經》「養不教，父之過」的教訓，《三字經》作者有說是宋代的王應麟（1223～1296），故事若原生於中國，與《三字經》相證，早就流傳廣遠而多被記載，不會在明末才出現。而且《童幼教育》的說法，孩子臨刑前見到的是父親，故事以父親取代母親的身分差易，是目前僅見的一例異說，更是「養不教，父之過」的具體呈現，推測應當是高一志著作當時有意的中國化。陳繼儒筆記著作頗多，雜記人事、文物、器物等諸多事件，他所處的時代又與高一志相當，所以極有可能早聽得這一故事，而將之記載下來。

　　「列子臨刑咬娘乳」故事，近現代中國的漢族和少數民族也多見流傳，如上海〈咬奶頭〉〔註71〕、雲南佤族〈愛偷盜的孩子和他的母親〉〔註72〕等，說法大致相同，已成固定模式。

第二節　惡地主故事

分莊稼（型號1030）

類型「分莊稼」常見的說法是：

> 惡地主想獨佔田裡的收成，和佃農約定，他取農作物的上半截作為租金，因此農夫就種芋頭，使他一無所獲。地主見了，第二年改要農作物的根部，於是農夫改種麥子，地主仍無所獲。第三年地主要農作物的兩端，農夫相應改種玉蜀黍，他還是一無所有。
> 〔註73〕

馮夢龍（1574～1646）《笑府》一則兄弟分莊稼的故事，云：

> 有兄弟合種田者，禾既熟，議分之。兄謂弟曰：「我取上截，你取下截。」弟訝其不平，兄曰：「不難，待明年，你取上，我取下可也。」至次年，弟催兄下穀種，兄曰：「今年種了芋芳罷！」〔註74〕

〔註71〕王爕明講述，秦皋采錄：〈咬奶頭〉，見《中國民間故事集成・上海卷》（北京：中國ISBN中心出版，2007年5月），頁931～932。
〔註72〕趙文明搜集整理：〈愛偷盜的孩子和他的母親〉，見《中華民族故事大系》冊7，書同註17，頁791～792。
〔註73〕書同註1，頁792，類型1030。
〔註74〕明・馮夢龍編纂，竹君校點：《笑府》卷8〈刺俗部・合種田〉，（福建：海峽文藝出版社，1992年6月），頁149。

　　早於馮夢龍 300 年，西班牙 Juan Manuel（1282～1348）之 *El Conde Lucanor*
已記載有這類型的故事〔註 75〕，至今在國際間流傳極廣，遍及亞、歐、非、
美各洲（詳表 5-1）。〔註 76〕故事在西方，分莊稼的對象並不是以人為主，有
動物與動物分，有人與惡魔、野獸（通常是熊）分，茲舉德國《格林童話》
所述故事大要於下：

> 農夫跟魔鬼打交道，魔鬼要求農夫兩年收成的一半分給他，就要
> 給農夫財寶。農夫答應了，說：「為避免糾紛，地上的歸你，地下
> 的歸我。」這讓魔鬼很滿意。但農夫種得是蘿蔔，魔鬼只得到枯
> 黃的葉子，於是他要求下次要地上的作物。結果這次農夫改種小
> 麥，魔鬼一樣什麼也沒得到，還要交出寶物，氣得轉身鑽石縫裡
> 去了。〔註 77〕

　　近現代在中國西部少數民族地區採錄到的故事，亦有同國外不是人與人
分作物的說法，如新疆俄羅斯族的〈農夫和熊〉〔註 78〕是人與熊分莊稼，俄
羅斯有故事〈農民和狗熊〉〔註 79〕，種族相同、地域相鄰，知說法當是一脈
相承。又，雲南佤族〈岩江片的故事・種地〉是人與鬼分莊稼〔註 80〕。雲南
納西族〈山神爺〉故事，是農民與山神鬥智分莊稼，最後還將山神從座位上
拉了下來〔註 81〕，西方故事也有以神身分說起的，但差異在神是相當於農夫
的對抗笨魔的一方，〈山神爺〉故事明顯貶低神格，反應中國大陸推動的去迷
信思想。另外，不少是佃農與地主分莊稼的故事說法，見陝西〈財主與佃戶〉

〔註 75〕　書同註 1，頁 792，類型 1030。

〔註 76〕　(1)書同註 4-(1)，頁 350～351，類型 1030。(2)書同註 4-(2)，冊 2，頁 17～18，
類型 1030。(3)書同註 56-(3)，頁 698～699，類型 1030。

〔註 77〕　（德）格林兄弟著，魏以新譯：《格林童話全集》（北京：人民文學出版社，
1994 年 4 月），第 189 則〈農民和魔鬼〉，頁 577～578。故事又見於楊小洪、
孟學雷譯：〈農夫戲弄魔鬼〉，收於劉士毅、張雪杉主編：《外國傳統民間故事
選》（天津：百花文藝出版社，2001 年 4 月），頁 143～144。

〔註 78〕　尼娜・伊萬諾夫娜講述，安志英采錄，佟進軍翻譯：〈農夫和熊〉，見《中國
民間故事集成・新疆卷》（北京：中國 ISBN 中心出版，2008 年 2 月），頁 2103
～2104。

〔註 79〕　陳馥編譯：《俄羅斯民間故事選》（瀋陽：遼寧教育出版社，2001 年 2 月），第
21 則〈農民和狗熊〉，頁 42～43。

〔註 80〕　南臘佛寺長老講述，周建明翻譯，尚仲豪搜集整理：〈岩江片的故事・種地〉，
見《中華民族故事大系》冊 7，書同註 17，頁 667～668。

〔註 81〕　楊世宗搜集整理：〈山神爺〉，見《中華民族故事大系》冊 9，書同註 17，頁
859～860。

〔註82〕、四川〈三老爺〉〔註83〕、遼寧〈財主占便宜〉〔註84〕。

　　金榮華先生曾論述「分莊稼」的故事，談論故事角色的轉變與意義，農夫與熊是這類型故事早期說法的主要對象，故事在中國，明代馮夢龍將之變化成兩兄弟，而後再轉變爲佃農與地主。比於歐洲熊或笨魔的對手，越流傳現實性越強：農夫與熊、笨魔的鬥智，弱者以智勝強者，有譏笑笨熊的趣味。兄弟分農作，有傳統中國家庭裡兄長優勢地位的文化背景，是強者詐欺弱者。至於佃農與地主說法，是故事中國化的獨特性，「分莊稼」故事早期發展時候相應的歐洲中世紀，土地制度主要是莊園制，莊主不是以收農作物抵租金，而是農民向莊主服勞役，包括耕作莊主的田地，而中國長期以來佃農都是向地主繳納農作物，分莊稼故事套用上去是恰到好處，主要也是反應中國清朝中葉以後日益嚴重的貧富階級，故事便讓弱者以智戰勝強者。〔註85〕

　　除了對象的差異，金先生並論及故事的發展進程，在俄羅斯，農民與熊分莊稼，有複合類型154「恩將仇報人欺狐」的說法：熊要吃農夫，農夫以地面作物換取性命，但農夫種的是蘿蔔，熊被騙，氣得要報復。這時有狐狸幫農夫，故意製造聲響，讓熊以爲獵人來了。熊要農夫幫牠掩護，農夫趁機殺了熊。而後狐狸向農夫索求報酬，農夫卻放出狗追捕狐狸。〔註86〕這一故事可以劃分成兩個獨立段落，農夫和熊分莊稼，以及農夫忘恩負義欺騙狐狸，當中農夫與熊僅有一次交手，若獨立出現，顯然故事性較單薄，所以再讓兩方繼續交手，熊要求交換所得作物的分配，然而農夫更聰明，改種對自己有利的作物。兩次的交手，形成這類型故事的基本模式，再有意猶未盡的，更添一次：第三年，連續失利的一方要求作物的上、下端都要歸他，農夫則改種玉米，如山西的〈鬥黃皮蠍子〉〔註87〕。故事後出轉精，愈顯趣味，講述

〔註82〕李俊福講述，姚敬民采錄：〈財主與佃户〉，見《中國民間故事集成・陝西卷》（北京：中國ISBN中心出版，1996年9月），頁566～567。

〔註83〕何崇福講述，張洪流采錄：〈三老爺〉，見《中國民間故事集成・四川卷》，書同註61，頁577～579。

〔註84〕張義秋講述，胡良木搜集整理：〈財主占便宜〉，見《中國民間故事全集》，書同註16，冊30，遼寧民間故事集（一），頁395～396。

〔註85〕金榮華：〈《分莊稼》故事試探〉，見《愚公移山山還在──民間文學論集》（台北：中國口傳文學學會，民國102年5月），頁139～146。

〔註86〕沈志宏、方子漢譯：《俄羅斯童話》（上海：上海文藝出版社，1991年4月），頁13～15。

〔註87〕張先維講述，辛成海採錄：〈鬥黃皮蠍子〉，見《中國民間故事集成・山西卷》，書同註9，頁758～759。

中也傳遞了農作物樣貌的知識。〔註88〕

　　馮夢龍的〈合種田〉，哥哥欺騙弟弟，對象從虛構轉為實際，是故事後來能繼續在中國流傳的基礎。這也再次印證中國式故事人與動物難有相對等互動的事實（參第三章第五節）。

第三節　小　結

　　明代首見的國際型生活故事與惡地主故事，從流傳時代與故事特性等線索，推究故事的傳播狀態大概如下：

一、首見中國

　　「假意審石頭，真心助小販」（型號 926D.1）、「假意生氣真捉賊」（型號926D.2）、「尼姑扶醉漢」（型號 927B）屬之。

　　中國自宋代以來，通俗文學興起，辦案故事常為此類文學的敘述題材，類型 926 即是一系列辦案故事，「假意審石頭，真心助小販」編號 926D.1，「假意生氣真捉賊」編號 926D.2，知是同類故事的多元變化面向。這兩個類型故事目前僅見流傳於中、韓，中國出現在明朝，韓國所知的故事，前者所見記錄在近代，後者約出現於相當中國的清末時期，時代都是較晚的。

　　「尼姑扶醉漢」同於 AT 類型 927 裡的情節，以情節單元看，西班牙也見，不知何者為先。以故事看，中國嚴謹的親屬關係與注重，提供這類情節獨立發展成故事的有利條件，目前所知「尼姑扶醉漢」僅見於中國流傳。

二、境外傳入

　　「誰偷了藏在屋外的錢」（型號926D.4）、「害人反害己」（型號939B）、「劣子臨刑咬娘乳」（型號996）、「分莊稼」（型號1030）屬之。

　　「誰偷了藏在屋外的錢」，早期資料見於唐代翻譯佛經《根本說一切有部毘奈耶雜事》，知是印度傳來的故事。在佛經之後，明代筆記才又見記錄，當是與「假意審石頭，真心助小販」、「假意生氣真捉賊」故事相同，順應辦案故事之流行，而被講述流傳。

　　「害人反害己」，故事在中國流傳不廣，當中「吝嗇者毒殺和尚」等情節較不合於中國民情，是以推測故事當自境外傳入。

〔註88〕同註85。

「劣子臨刑咬娘乳」，西方《伊索寓言》已有，在明代筆記出現這一故事的同時，也見於來華傳教士的中文著作中，且陳繼儒所述的「臨刑者在眾人面前吸吮母乳」情節，較不符合中國民情，不會是故事的原始講述方式。是以斷知故事從國外傳入。

而「分莊稼」故事，西班牙的故事記錄早中國 3 個世紀，故事早期說法的主要對象是農夫和熊，這「人與動物對等較量」的情節，也不是中國故事可見的說法，所以知故事是境外傳入。

三、首創地區不詳

「假新郎成真丈夫」（型號 855）、「橫財不富命窮人」（型號 947A）屬之。

這兩個類型在亞洲、歐洲都見流傳，中國可知見於明代，西方故事的早期紀錄則不詳。其中「假新郎成真丈夫」是嫁娶的故事，因代娶而成真娶，有特殊性而被流傳，至於「橫財不富命窮人」，故事蘊含了命定觀，都是很中國化的，可是嫁娶引發的故事以及命定觀，不是中國獨有的現象與思想觀念，故尚無法推斷故事究竟首見於何地。

表 5-1：明人筆記初見之國際型生活故事與惡地主故事已知流傳地區表

（備註：相關說明同表 3-1。）

亞洲

		假新郎成真丈夫（855）	假意審石頭，真心助小販（926D.1）	假意生氣真捉賊（926D.2）	誰偷了藏在屋外的錢（926D.4）	尼姑扶醉漢（927B）	害人反害己（939B）	橫財不富命窮人（947A）	劣子臨刑咬娘乳（996）	分莊移（1030）
	中國	✓	✓	✓	✓	✓	✓	✓	✓	✓
	蒙古	✓								
東亞	日本							✓		✓
	韓國		✓	✓	✓					
東南亞	柬埔寨				✓					
	泰國							✓		
	緬甸							✓		
	印尼							✓		
南亞	印度	✓			✓		✓		✓	✓
	尼泊爾								✓	
	（吉普賽人）							✓		
	斯里蘭卡									✓
西亞	亞塞拜然						✓	✓		
	亞美尼亞						✓			
	土耳其						✓			
	敘利亞							✓	✓	
	巴勒斯坦						✓			
	伊拉克						✓	✓	✓	✓
	伊朗						✓			
	（阿拉姆語）							✓		

	假新郎成真丈夫（855）	假意審石頭，真心助小販（926D.1）	假意生氣真捉賊（926D.2）	誰偷了藏在屋外的錢（926D.4）	尼姑扶醉漢（927B）	害人反害己（939B）	橫財不富命窮人（947A）	劣子臨刑咬娘乳（996）	分莊稼（1030）
卡達						✓			
沙烏地阿拉伯									✓
（庫德語）							✓	✓	
（猶太人）						✓	✓	✓	✓
（呂底亞語）									✓
中亞 卡爾梅克	✓								
北亞 俄國	✓					✓	✓	✓	
雅庫特									✓
布里雅特	✓								

歐洲

		假新郎成真丈夫（855）	尼姑扶醉漢（927B）	害人反害己（939B）	橫財不富命窮人（947A）	劣子臨刑咬娘乳（996）	分莊稼（1030）
北歐	芬蘭				✓		✓
	瑞典			✓			
	Wepsian						✓
	挪威						✓
	丹麥				✓		✓
	（法羅人）						✓
	（弗利然人）			✓			
東歐	白俄羅斯				✓		✓
	烏克蘭			✓			✓

		假新郎成真丈夫（855）	尼姑扶醉漢（927B）	害人反害己（939B）	橫財不富命窮人（947A）	劣子臨刑咬娘乳（996）	分莊稼（1030）
	馬里埃爾	✓					✓
	（馬里人）	✓					✓
	卡累利阿共和國						✓
	韃靼						✓
	莫爾多瓦共和國						✓
	烏德穆特爾						✓
	楚瓦什共和國						✓
東南歐	塞爾維亞			✓	✓		✓
	（塞爾維亞—克羅埃西亞語）			✓	✓		✓
	克羅埃西亞			✓	✓		
	保加利亞			✓	✓	✓	✓
	馬其頓			✓	✓	✓	
	阿爾巴尼亞				✓		
	希臘			✓	✓	✓	
南歐	西班牙		✓	✓	✓	✓	✓
	（嘉泰羅尼亞人）（西班牙）	✓			✓		✓
	葡萄牙			✓	✓	✓	✓
	義大利	✓		✓	✓	✓	✓
	拉丁語						✓
	馬爾他					✓	✓
中歐	利伏尼亞					✓	✓
	愛沙尼亞			✓			✓
	拉脫維亞			✓	✓	✓	✓
	立陶宛	✓		✓			✓
	波蘭	✓		✓		✓	✓

		假新郎成真丈夫（855）	尼姑扶醉漢（927B）	害人反害己（939B）	橫財不富命窮人（947A）	劣子臨刑咬娘乳（996）	分莊稼（1030）
	德國			∨	∨	∨	∨
	捷克				∨	∨	∨
	斯洛伐克						∨
	匈牙利			∨		∨	∨
	奧地利						∨
	瑞士					∨	∨
	羅馬尼亞						∨
	斯洛維尼亞			∨			
西歐	愛爾蘭					∨	∨
	威爾士						∨
	英國						∨
	荷蘭					∨	∨
	法國	∨					∨
	法蘭德斯（比利時北部）						∨
	瓦隆（比利時北部）						∨

非洲

		害人反害己（938B）	橫財不富命窮人（947A）	劣子臨刑咬娘乳（996）	分莊稼（1030）
北非	埃及	∨	∨	∨	∨
	突尼西亞		∨	∨	∨
	阿爾及利亞		∨		∨
	摩洛哥	∨	∨		∨
	蘇丹	∨			∨
東非	索馬利亞			∨	
	坦尚尼亞	∨			

		害人 反害己 （938B）	橫財不富命 窮人 （947A）	劣子臨刑咬 娘乳 （996）	分莊稼 （1030）
	桑吉巴	∨			

美洲

		假新郎 成真丈夫 （855）	害人 反害己 （938B）	劣子臨刑 咬娘乳 （996）	分莊稼 （1030）
北美洲	加拿大（英語區）				∨
	美國	∨			∨
	美國（英語區）				∨
	美國（法語區）				∨
	美國（西班牙語區）				∨
	美國（非洲語區）		∨	∨	∨
	美國（黑人）				∨
	美國（印地安人）				∨
	（北美印第安人）				∨
西印度 群島	西印度群島		∨		∨
南美洲	智利				∨
	阿根廷				∨

第六章　明人筆記初見之國際型笑話（一）

　　明人筆記首見的國際型笑話計有 34 個類型，分為兩章討論，以「傻瓜的故事」、「夫妻間的笑話」和「女人的笑話」為第六章，分述 14 個類型；以「男人的笑話」和「說大話的故事」為第七章，分述 20 個類型。

第一節　傻瓜的故事

（一）傻瓜護樹拔回家（型號 1241C）

類型「傻瓜護樹拔回家」的基本結構是：

> 傻瓜種了一些樹，到了晚上就把它們都拔出來藏在屋內，第二天一
> 早再種回去，以免被人偷走。〔註1〕

在中國，這樣的故事所知初見於明朝陸容（1436～1496）的〈阿留傳〉，其說法如下：

> 阿留者，太倉周元素家僮也，性癡獃無狀，而元素終畜之。……舍
> 前植新柳數株，元素恐為鄰兒所撼，使留守焉。留將入飯，則收而
> 藏之。〔註2〕

〔註 1〕　金榮華：《民間故事類型索引》（增訂本）（台北：中國口傳文學學會，民國 103
　　　　　年 4 月），頁 826，類型 1241C。
〔註 2〕　明‧陸容：《式齋先生集》卷 15〈式齋稿卷 15‧書、雜著‧阿留傳〉（台北：
　　　　　國家圖書館藏，明弘治 14 年崑山陸氏家刊本），葉八。

陸容之後，也見於馮夢龍（1574～1646）的《笑府》。〔註3〕

　　此型故事至今仍在中外流傳，主角的名字在各地或是附會在特定詼諧、嘲謔人物身上，於內容則大致一樣。中國除見於漢族外，也流傳於新疆的維吾爾族〔註4〕。國外見於中亞的土耳其、烏茲別克等地。茲將土耳其流傳的一則列舉如下：

　　　　白天納斯列丁在自己的園子裡種了幾棵樹，晚上就把它們拔出來帶
　　　　回家去。有人問他：「霍加，這是什麼意思？」霍加解釋說：「唉，
　　　　我的親愛的，現在的世道不好，什麼事都可能發生。所以每個人應
　　　　該把自己的財物藏在自己身邊。」〔註5〕

（二）把自己丟了（不認識自己）（型號1284）

　　這一型故事的基本情節是：

　　　　一個人在換了新衣或被剃了髮鬚後，便以為那是另一個人而不知自
　　　　己去了哪裡。在有些故事裡，傻瓜看見自己佩帶的飾物被人撿去佩
　　　　掛，便弄不清誰是誰了。〔註6〕

　　明朝記錄這型笑話的有多人，大致都在嘉靖年間（16世紀）〔註7〕，茲錄較早的《解慍編》所述如下：

　　　　僧人犯罪，官令役夫押解配所，途受犯僧略賄。至夜，僧灌以酒，
　　　　伺其醉睡，因削其髮而逃。役夫酒醒，忙索犯僧，不見。及捫自首，

〔註3〕明・馮夢龍：《笑府》卷6〈殊稟部・守楊芊〉，見竹君校點：《笑府》（附《廣笑府》）（福建：海峽文藝出版社，1992年6月），頁118。

〔註4〕（維吾爾族）艾克拜爾・吾拉木編譯：《阿凡提故事大全》（銀卷）〈愚心篇・蘋果樹苗〉（烏魯木齊：新疆青少年出版社，2008年3月），頁248。

〔註5〕戈寶權譯：《納斯列丁的笑話》（土耳其的阿凡提的故事）第194則〈霍加怎樣種樹〉，（北京：中國民間文藝出版社，1983年9月），頁120。

〔註6〕書同註1，頁839，類型1284。

〔註7〕見(1)明・樂天大笑生：《解慍編》卷4〈方外・財酒誤事〉，見《續修四庫全書》冊1272，頁362。(2)劉元卿（1544～1609）：《賢奕編》卷3〈應諧第15・里尹昧我〉，見《筆記小說大觀》4編冊4，頁2669。(3)趙南星（1550～1627）：《笑贊》，第10則，見盧冀野校訂：《清都散客二種》（鄭州：中洲古籍出版社，1991年10月），葉四。(4)江盈科（1553～1605）：《雪濤閣集》卷14〈小說・喪我〉，見黃仁生輯校：《江盈科集》（長沙：岳麓書社，1997年4月），頁656～657。(5)馮夢龍（1574～1646）：《笑府》卷6〈殊稟部・解僧卒〉，書同註3，頁115。(6)馮夢龍：《廣笑府》卷4〈方外・財酒誤事〉，書同註3，頁332。(7)王圻：《稗史彙編》（書紀年在西元1609年）卷99〈文史門・文章類・寓言〉第2則，見《筆記小說大觀》3編冊6，頁3562。

秃而無髮，大驚呼曰：「和尚猶在！我卻何處去了？」〔註8〕

此型故事迄今在漢族地區仍被講述，主要流傳於臺灣〔註9〕、河南、河北、山西、湖北、浙江等地〔註10〕。

而國外的這型故事出現較中國爲早，目前紀錄是始見於三至五世紀之間的 *Philogelos* 一書〔註11〕。迄今流傳遍及五大洲，主要流傳地集中在歐亞大陸與北非等地（詳表6-1）。〔註12〕茲錄非洲的一則說法以見其變化：

> 「聰明」的阿巴爾那卡跟他的朋友一塊兒去旅行。他騎著一匹秃驢，脖子上圍條紅色的細紗帶，屁股上墊床紅色的被子。晚上，當大家都睡著以後，一個愛開玩笑的朋友悄悄地把阿巴爾那卡蓋在身上的紅被子拿開，把阿巴爾那卡的紅色細紗帶解下來圍到自己脖子上，又把阿巴爾那卡的驢拴到另一棵樹上，然後蓋上紅被子，靠著這棵樹重新躺下來。

> 第二天一早，阿巴爾那卡醒了，拍著腦袋瓜怎麼想也想不明白：「這個圍紅細紗帶的人是誰？這個蓋著紅被子靠著驢睡覺的人又是誰？噢！我明白了，這是阿巴爾那卡！那麼，我是誰呢？」

> 這麼想著，想著，阿巴爾那卡不由自主地嚎啕大哭起來。〔註13〕

（三）搔癢搔錯了腿（型號1288）、錯將酒瀝作尿滴（型號1293）

這兩型故事的基本情節，「搔癢搔錯了腿」是：

> 兩人同睡一處，其中一人忽然覺得腿癢難忍，就拿手去搔，但是使勁搔了很久還不解癢，原來是搔到另一人的腿上去了。在西方的故

〔註8〕　書同註7-(1)。

〔註9〕　劉甘滿講述，劉秀美採錄：〈傻兒子〉，見金榮華整理：《臺灣漢族民間故事》（台北：中國口傳文學學會，民國100年5月），頁101～102。

〔註10〕　祁連休：《中國古代民間故事類型研究》（修訂本）（石家莊：河北教育出版社，2011年9月），頁925～926。

〔註11〕　同註1，頁839，類型1284。

〔註12〕　AT 故事原型有 1531A，ATU、ATK 併於 1284。故事流傳地區見：(1)Stith Thompson, *The Types of the Folktale*, Helsinki, Academia Scientiarum Fennica, 1981, p.385, Type 1284; p.438, Type 1531A。(2)Hans-Jörg Uther, *The Types of International Folktales*, Helsinki, Academia Scientiarum Fennica, 2004, Vol.Ⅱ, p.100, Type 1284; p.261, Type 1531A。(3)Hasan M. El-Shamy, *Type of the Folktale in The Arab World*, Bloomington, Indiana University, 2004, p.725, Type 1284; p.835, Type 1531A。

〔註13〕　董天琦譯：《非洲童話》（上海：上海文藝出版社，1991年4月），頁148～149。

事裡，則是幾個傻瓜一起伸直了腿坐在樹下休息，結果分不清哪隻
腳是哪個人的。後來一個過路人用鞭打或針刺每一隻腳的方法幫他
們分辨出哪隻腳是哪個人的。〔註14〕

「錯將酒瀝做尿滴」是：

一人半夜起床撒尿，鄰人正在造酒，榨酒聲滴瀝不止，那人以為自
己還沒尿完，一直站到了天明。〔註15〕

在明代，馮夢龍（1574～1646）《笑府》紀錄的故事，是兩個類型合而為
一的說法：

三人同臥，一人覺腿癢甚，睡夢恍惚，竟將第二人腿上竭力抓爬，
癢終不減，抓之愈甚，遂至出血。第二人手摸濕處，認為第三人遺
溺也，促之起。第三人起溺，而隔壁乃酒家，榨酒聲滴瀝不止，以
為己溺未完，竟站至天明。〔註16〕

故事迄今仍流傳於浙江、湖北、河北、寧夏、遼寧等地。

國外的「搔癢搔錯了腿」故事，可知較早見於15世紀〔註17〕，近現代流
傳地區以歐洲傳佈較廣，並及於地區相近的西亞、中亞以及北非的埃及、利
比亞等地（詳表6-1）。〔註18〕在梵諦岡所見故事的大要是：有一群避雨的人
擠在一間小屋子裡，大家都分不清哪兩隻腳是自己的，於是有人就伸手去緊
捏每一隻腳，幫他們一一分清了，讓他們一個一個走出屋子。〔註19〕

而「錯將酒瀝做尿滴」較早見於16世紀初〔註20〕，目前可知流傳在東、
西歐，以及伊朗、美國等地。〔註21〕茲錄法國所見故事如下：

某個晚上，一位醉漢路過噴水池，一時內急，就近方便了起來。這
時，醉漢昏頭轉向，根本分不清撒尿聲或噴水聲，他一直以曖昧的

〔註14〕 書同註1，頁841，類型1288。

〔註15〕 書同註1，頁844，類型1293。

〔註16〕 明・馮夢龍：《笑府》卷上〈殊稟〉第1則，見王利器、王貞珉：《中國笑話
大觀》（北京：北京出版社，2001年1月），頁336。

〔註17〕 書同註12-(2)，頁103，類型1288。

〔註18〕 (1)書同註12-(1)，頁386，類型1288。(2)書同註12-(2)，頁103～104，類型
1288。(3)書同註12-(3)，頁726，類型1288。

〔註19〕 不題撰人：《梵諦岡童話・一批笨人》（台中：義士出版社，民國56年1月），
頁52～63。

〔註20〕 書同註12-(2)，頁108，類型1293。

〔註21〕 (1)書同註12-(1)，頁387，類型1293。(2)書同註12-(2)，頁108，類型1293。

姿勢站著等待聲音的結束。但是，過了很久，聲音仍然持續不斷。最後，連他自己也都覺得不可思議。……直到熱心的路人指點後，男子才結束荒謬的舉止。〔註22〕

（四）守財奴的物盡其用（型號 1305D.1）

這一型故事常見的說法是：

> 守財奴在臨死之際，和兒子們討論如何處理他的遺體。結果最小的兒子讓他十分高興，因為小兒子要把他的遺體賣給屠戶。〔註23〕

樂天大笑生《解慍編》（書有嘉靖刻本，嘉靖年：1522～1566）一則〈死後不賒〉，敘述有這樣一個吝嗇的人的故事，說法如下：

> 一鄉人極吝致富，病劇，牽延不絕氣，哀告妻子曰：「我一生苦心貪吝，斷絕六親，今得富足。死後可剝皮賣與皮匠，割肉賣與屠，刮骨賣與漆店。」必欲妻子聽從，然後絕氣。既死半日，復甦，囑妻子曰：「當今世情淺薄，切不可賒與他。」〔註24〕

故事流傳至清朝，說法略見變化，不是將死之人自己安排賣出皮、肉與骨，而是如上述的常見說法，父親臨終前詢問三個兒子要如何殯殮？老大、老二的回答都被父親罵太奢侈，老三的反應則是：

> 三子默喻父意，乃詭詞以應曰：「吾父愛子之心，無所不至，既經殫力於生前，並惜捐軀於死後，不若以大人遺體，三股均分，斬作一日之屠兒，以享百年之遺澤，何等不好？」翁乃大笑曰：「兒此語，適獲我心。」復戒之曰：「對門王三老，慣賴肉錢，斷斷不可賒。」〔註25〕

近代中國的漢族、土家族、蒙古族皆有此型故事採錄記錄，流傳地區偏重在東半部省份，且大多是「父問三子」的故事說法，如臺灣〈嗇翁的臨終〉〔註26〕、

〔註22〕　李常傳譯：《法國傳奇故事》（台北：幽默文學，民國80年9月），頁128～129。

〔註23〕　書同註1，頁846，類型1305D.1。

〔註24〕　明·樂天大笑生：《解慍編》卷7〈貪吝·死後不賒〉，書同註7-(1)，頁372。又，故事也見於明·馮夢龍：《廣笑府》卷7〈貪吝·死後不賒〉，書同註3，頁376。

〔註25〕　清·遊戲主人撰，袁明輯校：《笑林廣記》卷9〈貪吝部·賣肉忌賒〉（北京：中國社會出版社，1998年6月）。

〔註26〕　朱鋒搜集整理：〈嗇翁的臨終〉，見《中國民間故事全集》（臺北：遠流出版社，民國78年6月），冊1，臺灣民間故事集，頁315～316。

四川〈財迷〉〔註27〕、江蘇〈王家的秤大〉〔註28〕等。

中國之外，這一型故事也見於韓國漢文筆記，其說法如下：

> 古一人自手起家，家稍饒而惟甚吝。死後或恐治喪過濫，問第一子曰：
> 「我死之後，初終□需，汝之料量，當費幾何？」對曰：「衣衾棺槨，
> 營葬治山，小不下三四百金矣。」父瞋目大驚曰：「此何言也！汝乃
> 敗家之子也。」叱退之。問第二子曰：「汝意則當入幾何？」對曰：「人
> 一死則與土同歸，不必文具，以數匹布木，以薄板凡百，稱之則多不
> 過四五十金矣。」父曰：「汝則稍勝矣。」問第三子曰：「汝意則如何？」
> 對曰：「子意則父親死後，非但無分錢所□□，還有錢兩添益之道矣。」
> 父喜問曰：「汝有何計乎？」曰：「父親死後，淨洗爛烹，出往市場，
> 則可得四五兩錢，豈非錢兩添益之道乎！」父曰：「汝言最當然，切
> 勿給外上，俾無收拾之難，至可至可！」聞者駭惋。〔註29〕

韓國的故事也是以「父問三子」說起，是晚於明朝的說法，且以明清時期中韓往來之密切，知故事極可能是中國傳往韓國。

（五）兄弟合買鞋（型號1332D.1）

「兄弟合買鞋」故事的基本說法是：

> 兄弟倆人合買一雙新鞋，誰有事出門誰穿。哥哥事多，常常穿鞋出
> 門。弟弟覺得吃虧了，便在晚上穿了新鞋在院子裡走來走去。這雙
> 鞋白天穿，晚上穿，不久就壞了。哥哥跟弟弟商量再買一雙，弟弟
> 搖頭說：不幹了，夜裡我要睡覺哩！〔註30〕

明代趙南星（1550～1627）《笑贊》有這一故事，說法是：

> 兄弟二人攢錢買了一雙靴，其兄常穿之，其弟不肯空出錢，待其兄
> 夜間睡了，卻穿上到處行走，遂將靴穿爛。其兄說：「我們再將出錢
> 來買靴。」其弟曰：「買靴怕了睡！」〔註31〕

〔註27〕曹小昆講述，彭躍先採錄：〈財迷〉，見《中國民間故事集成·四川卷》，（北京：中國ISBN中心出版，1998年3月），頁736～737。

〔註28〕潘萬貞講述，陳楠採錄：〈王家的秤大〉，見《中國民間故事集成·江蘇卷》（北京：中國ISBN中心出版，1998年12月），頁773～774。

〔註29〕（朝鮮王朝）不題撰人：《攪睡襁史》第43則〈三子獻見〉，收於《古今笑叢》（首爾：昕晟社），頁714。

〔註30〕書同註1，頁864，類型1332D.1。

〔註31〕明·趙南星：《笑贊》第52則，書同註7-(3)，葉十六。

近代中國見於福建、河南等地〔註 32〕。國外目前所知也流傳於印度，故事如下：

> 以前有兄弟倆，誰也買不起鞋，所以倆人只好湊錢合買了一雙鞋。他們商定，白天哥哥穿，晚上弟弟穿。白天，哥哥穿上鞋到處跑，什麼也不幹。他想，只有一刻不停地走，才不吃虧。……晚上，該弟弟穿了，弟弟想，這鞋自己也花了一份錢買的，所以應當充分利用。他從傍晚到黎明，穿上鞋到處轉悠，……由於兄弟倆日夜不讓鞋閒著，沒多久，鞋就壞了。哥哥建議買雙新鞋，弟弟說：「哥哥，現在你自己買，自己穿吧，我要打赤腳走路了。這樣至少晚上我可以睡覺。」〔註 33〕

（六）鄉下人進城（型號 1337）

這一型故事說的是：

> 記述鄉下人進城後，對所見鄉下未見事物的各種誤解，或因誤解而產生的一些窘況，如見麵館招徠客人吃麵，以為吃了可以不付錢等。
> 〔註 34〕

在明代，這樣的故事可見於劉元卿（1544～1609）《賢奕編》：

> 漢村三老，皆歘啟寨聞之甿也，終生未履城市，甲老偶經一過，歸向二老夸所觀聞，二老歆動，約春糧往遊。行間，甲老顧謂丙老曰：「至彼慎勿妄語，取市子姍笑，需聆吾指。」比至郭，忽聞鐘聲，乙老詫曰：「此何物叫號如是。」甲老曰：「此鐘鳴也。」丙老曰：「而我抵舍，當市鐘肉啖之。」甲老曰：「嘻！誤矣！鐘乃搏泥為質，而火煅成者，安可啖耶！」甲老蓋偶見範鐘之具，而未實見鐘云。〔註 35〕

這類型故事在明代頗為多見，鄉下人進城遇到的狀況略有不同，如：

〔註 32〕(1)蔡維明講述，王人秋采錄：〈兄弟買鞋〉，見《中國民間故事集成‧福建卷》（北京：中國 ISBN 中心出版，1998 年 12 月），頁 868～869。(2)朱保才講述，王同全采錄：〈哥兒倆買鞋〉，見《中國民間故事集成‧河南卷》（北京：中國 ISBN 中心出版，2001 年 6 月），頁 675～676。

〔註 33〕王樹英、石懷真等編譯：《印度民間故事》（北京：北京大學出版社，1984 年 8 月），頁 475。

〔註 34〕金榮華：《歷代筆記故事類型索引》，未刊稿，類型 1337。

〔註 35〕明‧劉元卿：《賢奕編》卷 3〈應諧第 15，漢村三老〉，同註 7-(2)，頁 2673～2674。又見於明‧馮夢龍：《笑府》卷 6〈殊稟部‧醃蛋〉第二則，書同註 3，頁 122。

1、《解慍編》所見：鄉下人入城吃麵，沒給錢而被打，回去說給里人聽，里人也去麵店，說：「麵價我已聞知，但不知先喫了打乎？先打了喫乎？」〔註36〕

2、馮夢龍（1574～1646）《笑府》：兩鄉下人進城吃到醃蛋，對蛋是鹹的覺得驚訝，一人回答：「我曉得了，是醃鴨哺出來的。」〔註37〕

國際間，所見「鄉下人進城」故事的流傳以歐洲為多，且較集中在東南歐與中歐間（詳表6-1），亞洲、非州亦見。〔註38〕

近代中國在浙江、山東、華東、華南等地亦得見這類型故事的流傳。〔註39〕

（七）倒楣的竊賊（型號1341C）

類型「倒楣的竊賊」常見的說法是：

> 一個竊賊夜裡到人家去偷東西，這戶人家很窮，他找不到什麼值得偷的，正在悵悵然要離開時，主人在床上醒了，接著的各種結尾如下：（按：節錄三條）
>
> ①主人對竊賊說：「請隨手關門。」竊賊說：「你家中根本沒有東西可讓人偷，還要關門幹什麼！」
>
> ②主人對竊賊說：「對不起讓你空手而回，但是請不要告訴別人我是這樣的窮！」
>
> ③主人對竊賊說：「我在白天也找不到值錢的東西，你在黑暗中能找到嗎？」〔註40〕

明代潘游龍《笑禪錄》記錄有這類型故事：

> 一盜夜挖入貧家，無物可取，因開門徑出。貧人從床上呼曰：「那漢子為我關上門去。」盜曰：「你怎麼這等懶，難怪你家一毫也沒有得。」貧人曰：「且不得我勤快，只做倒與你偷！」〔註41〕

〔註36〕 明・樂天大笑生：《解慍編》卷5〈口腹・先喫後打〉，書同註7-(1)，頁367。故事又見於明・馮夢龍：《廣笑府》卷5〈口腹・先吃後打〉，書同註3，頁347～348。

〔註37〕 明・馮夢龍：《笑府》卷6〈殊稟部・醃蛋〉，書同註3，頁122。

〔註38〕 書同註12-(2)，頁137～138，類型1337。

〔註39〕 見丁乃通編著，鄭建成等譯：《中國民間故事類型索引》（武漢：華中師範大學出版社，2008年4月），頁244，類型1337。

〔註40〕 書同註1，頁868～869，類型1341C。

〔註41〕 明・潘游龍：《笑禪錄》第18則，見《筆記小說大觀》38編冊4，收《五朝

馮夢龍《笑府》亦見同型故事三說，而有不同應答，一說同於《笑禪錄》，另有「你這個人叫我賊也忒難！」「我且問你，關他做甚麼？」〔註42〕

在歐洲，中世紀時已有這類型故事的紀錄〔註43〕。國際間目前所見流傳在亞洲、歐洲，主要偏重於中亞、西亞到東南歐、中歐、西歐一帶（詳表 6-1）。〔註44〕在烏茲別克見到的故事是：

> 夜裡，一個小偷溜進了納斯爾丁・阿凡提的家門，想偷點值錢的東西。他在黑暗中摸索了半天，卻一無所獲。
>
> 阿凡提沒有睡著，他聽到了動靜，並且把小偷的一舉一動都看在眼裡。最後他忍不住說話了：
>
> 「別費力氣啦，朋友！我自己大白天亮堂堂的都看不到家裡有什麼財物，你這深更半夜黑燈瞎火的又能指望在這兒找到什麼呢？」〔註45〕

近現代在台灣、山西、內蒙古、遼寧流傳有這類型故事，台灣〈小偷光顧窮人〉〔註46〕和蒙古族〈懶漢〉〔註47〕故事說法同於明代，山西〈甩枕頭〉故事是小偷偷東西，誤認爲屋主身上蓋著的甕片是黑緞被子，激怒主人，抓起頭下枕的磚頭丟向小偷，小偷喊道：「厲害！」屋主說：「厲害！那是枕頭而已，要是我將被子丟出去，準砸死你！」〔註48〕

（八）只是撿了一條繩子（型號 1341C.2）

這一類型也是小偷的笑話，一般的說法是：

> 一個人因爲偷牛被捕，旁人問他犯了什麼罪？他說，走路看到地上

小說大觀・明人小說》，第一百二帙，葉三四九。

〔註42〕明・馮夢龍：《笑府》卷 3〈世諱部・遇偷〉，書同註 3，頁 39。

〔註43〕書同註 1，頁 869，類型 1341C。

〔註44〕(1)同註 12-(1)，頁 398，類型 1341C。(2)同註 12-(2)，冊 2，頁 143，類型 1341C。(3)同註 12-(3)，頁 744～745，類型 1341C。

〔註45〕劉竟編譯：《阿凡提笑話集》第 12 則〈納斯爾丁・阿凡提和小偷〉（烏茲別克斯坦流傳的阿凡提故事）（上海：同濟大學出版社，1995 年 1 月），頁 11。同類型故事又見於書中第 269 則〈阿凡提爲太窮感到慚愧〉，頁 189。

〔註46〕吳瀛濤：《臺灣民俗》（台北：眾文圖書，民國 83 年 5 月），頁 474～475。

〔註47〕色・斯仁采錄，胡爾查翻譯：〈懶漢〉，見《中國民間故事集成・內蒙古卷》（北京：中國 ISBN 中心出版，2007 年 11 月），頁 1245。

〔註48〕韓登講述，張有洛采錄：〈甩枕頭〉，見《中國民間故事集成・山西卷》（北京：中國 ISBN 中心出版，1999 年 3 月），頁 817。

有條草繩，以爲是沒人要的，就拿回去了，因此被捕。旁人說，撿
拾一條草繩有什麼罪呢？那人說，因爲繩子的另一頭還有一樣東
西？旁人問是什麼東西，他回答說：是一隻小小的耕牛。〔註49〕

故事在明朝醉月子《精選雅笑》已見：

有盜牛而被枷者，熟識過而問曰：「汝何事？」答云：「悔氣撞出來的，
前在街上閒走，見地上草繩一條，以爲有用，拾得之耳。」問者曰：
「然則罪何至此？」即復對云：「繩頭還有一小小牛兒。」〔註50〕

在西方，法國 Bonaventure des Periers 於 1558 年出版的 *Nouvelles Récréations*
一書，記錄有這類型故事。國際間以南歐、中歐、西歐流傳較廣（詳表 6-1），
此外還流傳在芬蘭、烏克蘭、印度、美國、西印度群島、波多黎各、澳洲等地。
〔註51〕

醉月子時代不詳，不過明代中後期是笑話集大量出現的時代，如耿定向
（1524～1596）《權子》、李贄（1527～1602）《雅笑》、江盈科（1553～1605）
《諧史》等（詳第二章第一節敘錄之筆記及其類別），則明代這一故事與法國
故事紀錄的時代可能相當。

近代臺灣亦見這類型故事之流傳，茲錄一說如下：

有人頸上套了一具囚人的首枷。友人問他究竟是犯了什麼罪。那人
說：「不過是在路上看見一條繩子，把它撿起來而已」。友人再問以
因何儘撿了一條繩子就當做罪犯。那人才慢吞吞地答說：「不過，繩
子上繫著一隻小牛」。〔註52〕

（九）偷米不著反失褲（型號 1341D）

類型「倒楣的竊賊」常見的說法是：

小偷夜間進入一戶人家行竊，但屋中沒有一樣值錢的東西。主人和
妻子被驚醒，妻子說：好像有賊。男主人說：家中沒有東西可偷。
妻子說：甕裡還有一斗米，小偷若在褲腳管上繫個結，就可當米袋

〔註49〕書同註 1，頁 869～870，類型 1341C.2。
〔註50〕明·醉月子：《精選雅笑·盜牛》，見王利器、王貞珉編：《中國笑話大觀》，
　　　　書同註 16，頁 434。
〔註51〕AT 原型號作 1800。見(1)同註 12-(1)，頁 495。(2)同註 12-(2)，頁 418～419。
〔註52〕吳瀛濤：《臺灣民俗》，書同註 46，頁 467。又見：施性瑟講述：〈牛賊〉，收
　　　　於施翠峰：《臺灣民譚》（新北市：新北市政府文化局，民國 100 年 11 月），
　　　　頁 105～106。

用了。小偷聽了，就脫下長褲，在褲腳管上先紮了結，然後去捧米
甕，可是當他要取褲子盛米時，卻找不到褲子了。這時男主人說：
好像眞的有賊，起來點燈看看吧。小偷一聽，趕忙溜走，也才明白，
被偷的原來是自己。〔註53〕

馮夢龍（1574～1646）《笑府》有這樣的故事，說法如下：

偷兒入一貧家，其家止米一小甕，置臥床前。偷兒解裙布地，方取
甕傾米，床上人竊窺之，潛抽其裙去，急呼有賊。賊應聲曰：「眞個
有賊，方才一條裙在此，轉眼就不見了。」〔註54〕

近現代故事採集仍見這一型故事之流傳，如四川〈賊喊有賊〉〔註55〕、浙江
〈偷米勿著蝕條褲〉〔註56〕等。

　　在韓國，亦流傳有「偷米不著反失褲」故事，茲錄其漢文內容以爲參
照：

都監砲手受料米，入于斗池。鄰居人知受米而且知斗池，在路傍舉
窗內，至夜半，持槖而徃舉窗外，暗開舉窗門俯踞，開斗池蓋□，
以口唧槖一邉，左手舉槖一邉後，右手取米盛槖矣。砲手妻睡覺之，
知盜取米，而驚懼不能言，暗搖其夫。砲手全然不知，妻悶其夫之
睡不覺，而失其米。砲手見米槖已充滿，忽然大聲呼賊，盜半身踞
窗，無以舉重槖而蹈下，惶忙棄槖，急逃而去。妻問曰：「吾則覺已
久，而懼不能聲，屢搖君而不動，幸得覺而逐之。」砲手曰：「吾亦
覺之久矣。」妻曰：「旣覺，則胡不即起耶？」砲手曰：「吾若即起，
盜必持槖去，故待其充槖，則蹈窗之漢，驚急之中，何能舉重槖而
蹈下高窗，吾故待充槖，使盜棄槖而逃走，吾得一槖，豈不緊用於
後日受料之時乎！」妻大笑。〔註57〕

　　相較中、韓故事說法，明代故事的小偷進入人家家中後，見有米可偷，
所以臨機應變，準備以裙盛裝，才有後續被屋主趁機奪去的發展；而韓國的

〔註53〕　書同註1，頁871，類型1341D。
〔註54〕　明‧馮夢龍：《笑府》卷3〈世諱部‧遇偷〉第3條，書同註3，頁40。
〔註55〕　周立採錄：〈賊喊有賊〉，見《中國民間故事集成‧四川卷》，書同註27，頁
　　　　　730。
〔註56〕　費長福講述，施錫康採錄：〈偷米勿著蝕條褲〉，見《中國民間故事集成‧浙
　　　　　江卷》（北京：中國ISBN中心出版，1997年9月），頁861。
〔註57〕　（朝鮮王朝）不題撰人：《攪睡襁史》第77則〈米盜失槖〉，收於《古今笑叢》，
　　　　　書同註29，頁751～752。

故事是已知有米，所以帶了袋子來裝，故事有刻意安排之痕跡，不若明代故事之自然。

第二節　夫妻間的笑話和趣事

一、夫妻間的趣事

我乃大丈夫也（型號 1366）

這型故事常見的說法是：

> 一人被妻子毆打，躲入床下。妻子叫他出來，他說：「男子大丈夫，說不出來，一定不出來！」在西方的這型故事裡，丈夫的回答是：「在我自己的家裡，我愛在哪裡就在哪裡！」〔註58〕

在明代，故事見於趙南星（1550～1627）《笑贊》：

> 一人被其妻毆打，無奈鑽在牀下，其妻曰：「快出來！」其人曰：「丈夫說不出去定不出去！」〔註59〕

相同說法又見於馮夢龍《笑府》〔註60〕。

國際間流傳地較集中在歐洲，此外也見於北非的埃及與突尼西亞。一般常見的說法是：丈夫躲到桌子底下，妻子叫他出來，他說：在我自己家裡，我可以自己決定要不要出來。〔註61〕

二、笨丈夫和他的妻子

（一）一追一躲皆假裝（型號 1419D）

類型「一追一躲皆假裝」基本說法如下：

> 一名婦人有兩個情夫，有一次，當她丈夫去了另一城，兩個情夫就相繼去她那裡。她慌忙把第一人藏妥，讓第二人進來時，她的丈夫又忽然回來了。她急中生智，立刻要後來的那人拔劍在手，氣勢洶洶地衝出門去，還要大聲喊嚷：「無論他逃去哪裡，我都要抓到他！」

〔註58〕 金榮華：《歷代筆記故事類型索引》，未刊稿，型號1366。

〔註59〕 明·趙南星：《笑贊》第15則，書同註7-(3)，葉五。

〔註60〕 明·馮夢龍：《笑府》卷8〈刺俗部·避打〉，書同註3，頁159～160。

〔註61〕 此類型故事，AT原型號作1366*，見：(1)同註12-(1)，頁407。(2)同註12-(2)，頁173。

婦人的丈夫見了，覺得莫名其妙，問他妻子是怎麼一回事？婦人讓第一人從躲藏處出來，告訴丈夫，剛才那人在追殺這人，這人逃進屋來，她就急忙把他藏了起來，免得被殺。她的丈夫信了她的說明，讓那人離開，還叮囑他路上要小心。〔註62〕

明代馮夢龍（1574～1646）《笑府》說的故事是：

有父子同私一家人婦者，子未帖席，而父已在戶外矣。婦乃匿小主于床下，而納主人。未幾，聞夫履聲，主人局蹐甚。婦曰：「無傷也，若持炭廖而色怒以出，我自有說。」主如其言而去，夫入房問故，婦曰：「小主得過于翁，翁持挺欲撻，故來覓耳。」問小主何在？妻指床下曰：「躲在此。」〔註63〕

這類型故事最早見於古印度的《鸚鵡故事》，其大要是：

有兩父子同時愛上軍官之妻，有一天趁軍官不在，他們不約而同一起出現在軍官家，但軍官突然回來了。婦人見狀朝兒子比了手勢，兒子領會過來，馬上拔腿就跑，跑到台階時，剛好碰到回家的軍官。軍官問是怎麼回事？妻子答：「這可憐人遭父親虐待，跑來尋求你的保護，他的父親跟在後面追來，因此我不敢讓兒子進屋。」接著她又說：「有句話不是這麼說的：『能夠保護好人的軍官才是真正名副其實文武雙全的好軍官。……如果一個軍官有權力、有能力，卻什麼也不做，那不成了空口說白話的混混。』」軍官聽了，怒髮衝冠，生氣地大喊：「叫兒子進來。」做兒子的當然欣然從命。〔註64〕

故事先是說兩父子不約而同來到軍官家，後來只說了軍官之妻如何巧言使兒子避過軍官之疑，並且再進到屋裡，卻沒交待父親如何躲過，這可能是故事早期發展未盡詳全之處。

國際上，歐洲、非洲國家，以及南美的巴西（詳表6-1）〔註65〕亦見「一追一躲皆假裝」故事之流傳。

〔註62〕書同註1，頁903，類型1419D。
〔註63〕明・馮夢龍：《笑府》卷10〈形體部・貴相〉附記，同註3，頁205。
〔註64〕金莉華譯：《鸚鵡的七十個故事——古印度民間敘事》（台北：中國口傳文學學會，民國101年10月），第26個故事〈蕾娜和他的兩個情人〉，頁85～86。
〔註65〕(1)同註12-(1)，頁418～419，類型1419D。(2)同註12-(2)，冊2，頁209～210，類型1419D。(3)同註12-(3)，頁795～796，類型1419D。

（二）袋子裡的是米（型號 1419F.1）

類型「袋子裡的是米」常見的說法如下：

> 妻子約了情人來家，丈夫突然回來，妻子急忙將這人裝進布袋，立在門後，丈夫進門看到布袋，問：袋子裡是什麼？妻子尚未回答，那人在布袋裡搶著說：是米。〔註66〕

明代陸灼（1497～1537）的《艾子後語》，就有這樣一則故事：

> 燕里季之妻美而蕩，私其鄰少年。季聞而思襲之。一旦伏而覘焉，見少年入室，而門扃矣，因起叩門。妻驚曰：「吾夫也，奈何？」少年顧問：「有牖乎？」妻曰：「此無牖。」「有竇乎？」妻曰：「此無竇。」「然則安出？」妻目壁間布囊，曰：「是足矣。」少年乃入囊，懸之牀側，曰：「問及，則紿以米也。」啟門內季。季遍室中求之不得，徐至牀側，其囊累然而見，舉之甚重，詰其妻曰：「是何物？」妻懼甚，囁嚅久之，不能答。而季屬聲呵問不已。少年恐事露，不覺於囊中應曰：「吾乃米也。」季因撲殺之，及其妻。艾子聞而笑曰：「昔石言于晉，今米言于燕乎！」〔註67〕

先秦《韓非子》有燕人李季之妻的類似故事，在李季回來時，情夫是「裸而解髮，直出門」，然後大家裝沒事，讓李季以為自己中邪。〔註68〕《艾子後語》這則〈米言〉，用同樣故事背景、同樣的燕人里季，顯然故事是受《韓非子》影響，不同的是，《韓非子》故事笑話了「裸而解髮，直出門」的情夫、也笑話了自以為中邪的丈夫；《艾子後語》裡嘲笑的是「躲袋中自言是米」的情夫，故事已有了變化，這樣的說法，首見於明。《艾子後語》裡，里季最後殺了鄰少年和妻子，這對社會間應有的禮教算是交代了。不過同樣在明代的《笑贊》〔註69〕、《笑府》〔註70〕，故事在情夫答言「我是米」就結束，前情鋪陳之後在精彩處就停止，顯然是單從笑話考量的。

現今國際間在俄國、西班牙、匈牙利、羅馬尼亞、墨西哥流傳有這類型的故事，說法或是：妻子在丈夫突然回來時讓情人躲到豬圈裡，丈夫聽到奇怪的聲音好奇地問：「是誰？」妻子的情人裝作豬的呼嚕聲說：「我只是一隻

〔註66〕書同註1，頁903，類型 1419F.1。

〔註67〕明·陸灼：《艾子後語·米言》（台北：世界書局，民國48年9月），頁6。

〔註68〕先秦·韓非：《韓非子·內儲說下》。

〔註69〕明·趙南星：《笑贊》第60則，書同註7-(3)，葉十八。

〔註70〕明·馮夢龍：《笑府》卷11〈謬誤部·米〉，書同註3，頁218。

可憐的豬。」結果丈夫還認爲豬著魔了。〔註71〕「米言」與「豬言」，是情節單元素的不同，故事最終對妻子的情人與丈夫兩方都嘲弄了。

第三節　女人的笑話和趣事

口吃的少女（型號 1457）

這類型故事說的是：

> 媒婆來女家議婚，父母囑女兒會面時不要説話，因爲她説話口吃。
> 但會面時發生的一點小事還是使女兒説話了，於是婚事告吹。〔註72〕

明人劉元卿（1544～1609）《賢奕編》有則〈二女讓吃〉，便是這類型故事：

> 燕人育二女皆謇恓。一日媒氏來約婚，父戒二女曰：「慎箝口勿語，語則人汝棄矣。」二女唯唯。既媒氏至，坐中忽火熱姊裳，其妹期期曰：「姊而裳火矣！」姊目攝妹，亦期期言曰：「父屬汝勿言，胡又言耶！」二女之吃卒未掩，媒氏謝去。〔註73〕

故事在歐亞大陸一帶流傳極廣，也見於亞洲的日本，以及美洲的美國、波多黎各、厄瓜多爾、巴西、智利等地，常見的說法是：有口吃的姊妹倆，母親禁止她們在求婚者來訪時說話，但她們忘記而說了話，因此暴露出口吃的缺陷。〔註74〕在歐洲，類此姑娘掩飾外表以欺騙求婚者的故事，除「口吃的少女」外，又有型號 1458 的「吃得少的姑娘」、型號 1461 的「名字難聽的姑娘」等，在文學史上，至少可追溯到 16 世紀德國薩克（Hans Sachs，1494～1576）的記錄。〔註75〕中國可見的同類故事，〈二女讓吃〉首見於明，「吃得少的姑娘」和「名字難聽的姑娘」未見流傳，較相近的，有型號 1457C 的「媒婆巧言施詭詐」，故事是說親的媒人協助掩飾，目前最早可追溯至清〔註76〕，則同類故事之原型或是發源於歐洲。

〔註71〕 這一類型 ATU 作 1419F，書同註 12-(2)，頁 211。
〔註72〕 金榮華：《歷代筆記故事類型索引》，未刊稿，型號 1457。
〔註73〕 明‧劉元卿：《賢奕編》卷 3〈應諧第 15‧二女讓吃〉，書同註 7-(2)，頁 2672。
〔註74〕 (1)同註 12-(1)，頁 426，類型 1457。(2)同註 12-(2)，頁 230～231，類型 1457。(3)同註 12-(3)，頁 812，類型 1457。
〔註75〕 Stith Thompson, *The Folktale*, N.Y. , Holt, Rinebart and Winston, 1946, p.207.
〔註76〕 清‧李霖：《燕南瑣記‧媒氏》，見祁連休：《中國古代民間故事類型研究》（修訂本），書同註 10，頁 1370，徵引此故事全文。

第四節　小　結

明代首見的國際型笑話（一），討論 14 個類型。此節依故事傳述時代，以及故事特性等推究故事傳播狀態，再將 14 個類型整理分說如下。

一、首見中國

「守財奴的物盡其用」（型號 1305D.1）、「偷米不著反失褲」（型號 1341D）和「袋子裡的是米」（型號 1419F.1）屬之。這三個類型中的前兩個，除了中國之外，在韓國亦見流傳。

「守財奴的物盡其用」有兩種不同的故事進展，其一是富翁自己安排要將身軀分別以皮、骨、肉賣出。故事在明代首見時是這一說法。另一則是父問三子如何安排他的身後事，第三子要將父親賣出的安排最得父親讚賞。這一說法自清代以來較為常見。韓國故事正是「父問三子」之說，顯然是晚出的。

而「偷米不著反失褲」，馮夢龍《笑府》說的是小偷進屋後知道有米可偷的當下，解衣裙用以盛米，待再去取米時，反被屋主偷去衣裙。而韓國的故事是小偷已知主人有米，帶著布袋前來偷米。後者故事不若明代故事隨機處置之自然，反而有刻意安排之痕跡，從而推測前者是故事的原型。

至於「袋子裡的是米」，中國同類故事可以上推先秦，目前所見西方故事概要與中國明代說法大致相同，而西方又缺少舊時典籍的記錄證明，故而認定這一類型故事是首見於中國。

二、境外傳入

「把自己丟了」（型號 1284）、「搔癢搔錯了腿」（型號 1288）、「錯將酒瀝作尿滴」（型號 1293）、「倒楣的竊賊」（型號 1341C）、「只是撿了一條繩子」（型號 1341C.2）、「一追一躲皆假裝」（型號 1419D）以及「口吃的少女」（型號 1457）屬之。

「把自己丟了」國外的故事記錄可追溯自 3～5 世紀之間，中國是在 16 世紀的明朝，晚出許多，以時代差距之久遠，較可能是自國外傳入。

「倒楣的竊賊」故事在歐洲中世紀已見記錄，而目前所知故事較普遍的流傳地區偏重在中亞、西亞到東南歐、中歐、西歐一帶，因此以流傳區域之集中，且將這一類型視為境外傳入。

而「一追一躲皆假裝」最早見於古印度的《鸚鵡故事》，14 世紀義大利薄伽丘的《十日談》亦見，皆早於明代馮夢龍的《笑府》，據此時代線索，可知故事源自國外。

以上三個類型都是時代差距較明顯者，下列所述，故事流傳時代相近，同時有流傳之事實。

馮夢龍（1574～1646）《笑府》有傻瓜故事是結合「搔癢搔錯了腿」與「錯將酒瀝作尿滴」兩個類型。在西方，「搔癢搔錯了腿」較早見於 15 世紀，「錯將酒瀝作尿滴」是在 16 世紀初，皆略早於中國。說法上，「搔癢搔錯了腿」的中國故事是傻子在睡夢中搔癢搔錯了腿，西方故事是傻子坐在一起，分不清誰是誰的腳，兩者發展過程明顯有別。而「錯將酒瀝作尿滴」，中國說法是睡意濃烈的人在昏昏沉沉中錯將酒瀝作尿滴，西方是醉酒的人誤將噴水池的水聲當作撒尿聲，情節單元素不同，營造的故事情境相同。而將這兩類型合而為一的說法不是西方常見〔註 77〕，故事發展由簡至繁，則或許故事原型是來自國外，馮夢龍將之巧妙合而為一。

而「只是撿了一條繩子」故事，從時代推，法國 1558 年出版的書籍已見，明代見於醉月子《精選雅笑》，醉月子其人、其書時代雖不詳，但以明代笑話集大量出現的時代推敲，也當是出現在 16 世紀中之後，如此時代與法國所見相去不遠而略晚。再就故事內容看，偷牛不直說偷牛，說是撿一條繩子，最後才說繩子另一頭繫著小牛，如此過程或許說故事者想表達小偷的詼諧，或是說小偷想掩飾不光采的行為，故意說的無關緊要，兩者心態都是普遍得見的人性，所以故事才見流傳。

至於「口吃的少女」，說女子在求婚者來訪時忘記父母的交待，顯露出缺陷，在西方，女子與求婚者是當面接觸，中國傳統婚姻則是父兄作主，透過媒人聯繫，這是中西民情的不同，可再說的是，當面接觸才有必須掩飾缺陷的必要，媒人通常會盡力為有缺陷者掩飾，而不會是被嚇跑。再以流傳時、地看，這一類型故事在歐亞大陸流傳極廣，大類上，姑娘掩飾外表以欺騙求婚者的故事，在歐洲可追溯到 16 世紀，中國雖然也見於 16 世紀中之後，但並不普遍，是以推論故事原型發源於歐洲。

〔註 77〕據德國烏特教授的 *The Types of International Folktales* 一書，類型 1288 常合併述說的類型有：1200、1210、1245、1247、1250、1286、1287、1319、1326 和 1384。書同註 12-(2)，頁 103。

　　明朝時期，前有縱橫中亞的蒙古人建立元朝的多元民族交融遠因，又有明季中外交流的近因，故事在這期間中外相繼的出現，其影響是可見知的。

三、各自發展

　　「鄉下人進城」（型號 1337）和「我乃大丈夫也」（型號 1366）屬之。

　　類型「鄉下人進城」和「我乃大丈夫也」，故事在國外的首見時代不詳，無法確定明代的記錄是否最早。就內容看，「鄉下人進城」說鄉下人入城遭遇生平未有經驗的事件及其反應，依故事之背景，要有都市的出現，才能引發故事、反應城鄉差距，這不是明代獨有的社會條件，且其在明代所見，事件多樣，不固定一說，本就有各自發展的趨勢。而「我乃大丈夫也」說怕妻子的丈夫一面躲著妻子，一面還要嘴硬，「懼內」題材當是不分中外常可聞見之現象，「要強」也是人情之常見。

　　因此據故事主題是人情或現象之普遍，且將以上故事類型歸屬於「各自發展」。

四、首創地區不詳

　　「傻瓜護樹拔回家」（型號 1241C）、「兄弟合買鞋」（型號 1332D.1）屬之。

　　「傻瓜護樹拔回家」故事在中國首見於 15 世紀的明代，其後流傳並不廣。而在新疆與烏茲別克、土耳其地域相連的中亞一帶，流傳有以阿凡提為主角的這一型故事說法。阿凡提是這地區機智故事常用的代表人物，有的關於傻子故事的主角也是阿凡提，相較於漢族的徐文長或白賊七機智故事，只呈現主角的聰明、機智，並不將傻子故事附屬在徐文長、白賊七身上，或是專有某號人物說其傻、說其笨，則或許故事原型從中亞而來，只是尚缺時代證明。

　　「兄弟合買鞋」故事見於中國和印度，從目前可知線索，難以判斷故事是否相互影響，或是各自發展。

表 6-1：明人筆記初見之國際型笑話已知流傳地區表（一）

說明：

一、相關說明同表 3-1。

二、本章討論故事較多，亞洲分部地區別爲（一）、（二）以呈現。

亞洲（一）

		傻瓜護樹拔回家 (1241C)	把自己丟了 (1284)	搔癢搔錯了腿 (1288)	錯將酒瀝作屎滴 (1293)	守財奴的物盡其用 (1305D.1)	兄弟合買鞋 (1332D.1)	鄉下人進城 (1337)
	中國	∨	∨	∨	∨	∨	∨	∨
東亞	日本		∨	∨				
	韓國		∨			∨		
南亞	印度		∨				∨	∨
	（吉普賽人）		∨	∨				
西亞	喬治亞			∨				
	土耳其	∨	∨	∨				
	敘利亞		∨					
	巴勒斯坦		∨					
	約旦		∨					
	伊拉克		∨	∨				∨
	伊朗		∨		∨			
	（阿拉姆語）		∨					
	（庫德語）		∨					
	（猶太人）		∨	∨				∨
中亞	烏茲別克	∨	∨	∨				
	塔吉克		∨					∨
北亞	俄國			∨				

亞洲（二）

		倒楣的竊賊 (1341C)	只是撿了一條繩子 (1341C.2)	偷米不著反失褲 (1341D)	我乃大丈夫也 (1366)	一追一躲皆假裝 (1419D)	袋子裡的是米 (1419F.1)	口吃的少女 (1457)
	中國	✓	✓	✓	✓	✓	✓	✓
東亞	日本							✓
	韓國			✓				
南亞	印度		✓			✓		✓
西亞	土耳其							✓
	科威特							✓
	伊朗	✓						✓
	巴林							✓
	卡達							✓
	沙烏地阿拉伯							✓
	葉門	✓						
	（奧塞提亞人）					✓		
	（猶太人）	✓	✓					✓
中亞	烏茲別克	✓						✓
北亞	西伯利亞							✓
	俄國						✓	✓
	雅庫特							✓

歐洲

		把自己丟了 (1284)	搔癢搔錯了腿 (1288)	錯將酒瀝作尿滴 (1293)	鄉下人進城 (1337)	倒楣的竊賊 (1341C)	只是撿了一條繩子 (1341C.2)	我乃大丈夫也 (1366)	一追一躲皆假裝 (1419D)	袋子裡的是米 (1419F.1)	口吃的少女 (1457)
北歐	芬蘭		✓			✓	✓	✓			✓
	瑞典		✓						✓		
	（拉普人）										✓
	挪威	✓	✓								✓
	丹麥	✓	✓		✓						✓
	冰島		✓								
	（法羅人）				✓						
	（弗利然人）	✓	✓	✓		✓	✓				✓
東歐	白俄羅斯		✓								✓
	烏克蘭		✓	✓		✓	✓				✓
	馬里埃爾										✓
	（馬里人）										✓
	卡累利阿共和國		✓								
東南歐	波斯尼亞										✓
	塞爾維亞	✓			✓						✓
	（塞爾維亞—克羅埃西亞語）	✓	✓								✓
	克羅埃西亞				✓						✓
	保加利亞	✓	✓	✓	✓	✓		✓			✓
	馬其頓				✓						
	希臘	✓	✓			✓			✓		✓

		把自己丟了 (1284)	搔癢搔錯了腿 (1288)	錯將酒瀝作尿滴 (1293)	鄉下人進城 (1337)	倒楣的竊賊 (1341C)	只是撿了一條繩子 (1341C.2)	我乃大丈夫也 (1366)	一追一躲皆假裝 (1419D)	袋子裡的是米 (1419F.1)	口吃的少女 (1457)
南歐	西班牙	✓	✓			✓	✓	✓	✓	✓	✓
	（嘉泰羅尼亞人）（西班牙）	✓	✓					✓			✓
	葡萄牙	✓	✓								✓
	義大利	✓	✓		✓		✓		✓		✓
	梵諦岡		✓								
	（薩丁尼亞語）（義大利）	✓									
	馬爾他	✓									
中歐	利伏尼亞	✓									✓
	愛沙尼亞		✓					✓			✓
	拉脫維亞		✓		✓		✓	✓			✓
	立陶宛		✓				✓				✓
	波蘭		✓		✓	✓		✓	✓		
	德國	✓	✓	✓	✓	✓	✓				
	捷克	✓									
	斯洛伐克	✓			✓						✓
	匈牙利	✓	✓		✓					✓	✓
	奧地利							✓			
	瑞士						✓				✓
	羅馬尼亞	✓	✓		✓	✓	✓	✓		✓	
	斯洛維尼亞		✓								

		把自己丟了(1284)	搔癢搔錯了腿(1288)	錯將酒瀝作尿滴(1293)	鄉下人進城(1337)	倒楣的竊賊(1341C)	只是撿了一條繩子(1341C.2)	我乃大丈夫也(1366)	一追一躲皆假裝(1419D)	袋子裡的是米(1419F.1)	口吃的少女(1457)
西歐	愛爾蘭	✓	✓				✓				
	英國	✓				✓	✓				
	荷蘭		✓	✓		✓		✓			✓
	法國	✓	✓	✓	✓		✓				✓
	法蘭德斯（比利時北部）	✓	✓	✓		✓	✓	✓			
	瓦隆（比利時北部）	✓			✓						

非洲

		把自己丟了(1284)	搔癢搔錯了腿(1288)	錯將酒瀝作尿滴(1293)	鄉下人進城(1337)	我乃大丈夫也(1366)	一追一躲皆假裝(1419D)
	非洲	✓					
北非	埃及	✓	✓	✓	✓	✓	✓
	利比亞		✓		✓		
	突尼西亞					✓	
	阿爾及利亞	✓					
中非	中非共和國						✓

美洲

		把自己丟了(1284)	搔癢搔錯了腿(1288)	錯將酒瀝作尿滴(1293)	鄉下人進城(1337)	只是撿了一條繩子(1341C.2)	一追一躲皆假裝(1419D)	袋子裡的是米(1419F.1)	口吃的少女(1457)
北美洲	美國	✓	✓	✓		✓			
	美國（英語區）		✓						

		把自己丟了 (1284)	搔癢搔錯了腿 (1288)	錯將酒瀝作尿滴 (1293)	鄉下人進城 (1337)	只是撿了一條繩子 (1341C.2)	一追一躲皆假裝 (1419D)	袋子裡的是米 (1419F.1)	口吃的少女 (1457)
	美國（法語區）				✓				
	美國（西班牙語區）					✓			✓
	美國（非洲語區）	✓							
	墨西哥		✓					✓	
西印度群島	西印度群島					✓			
	波多黎各					✓			✓
南美洲	厄瓜多爾								✓
	巴西						✓		✓
	智利								✓

大洋洲

	把自己丟了 (1284)	只是撿了一條繩子 (1341C.2)
澳洲	✓	✓

第七章　明人筆記初見之國際型笑話(二)與其它

本章討論笑話類型 20 個，並其它 1 個，該類型在 AT 分類中，歸屬於「程式故事」的「連環故事」類，明人筆記首見的程式故事只有這一類型，因其故事內容略帶詼諧，故將之並於此章論述。

第一節　男人的笑話和趣事

一、聰明人

（一）妙賊妙計　先說後偷（型號 1525A）

類型「妙賊妙計，先說後偷」常見的說法是：

小偷與物主約定偷取某一物件，物主雖嚴加防範，但仍被偷走。如：

①偷大飯鍋：物主在大鍋上放了木板，睡在上面，小偷使他妻子喚他起身而乘機竊取。

②偷睡衣褲或床單：小偷將鷄蛋或蕃茄放在床上，物主於熟睡中轉身壓碎，誤以爲尿屎失禁而棄置衣物床單於床下，小偷便取之而去。

③偷翠玉：物主防偷，睡時將玉含在口中，小偷引他打噴嚏，翠玉吐出，他便竊取而去。〔註1〕

〔註1〕金榮華：《民間故事類型索引》（增訂本）（台北：中國口傳文學學會，民國103

明代，黃暐（1490 年進士）《蓬窓類記》裡記載了一則小偷的故事，即是
這一類型：

> 黃鐵腳，穿窬之雄也。鄰有酒肆，黃往貰，肆咨與。黃戲曰：「必竊
> 若壺，它肆易飲！」是夕，肆主挈壺置臥榻前几上，鐍戶甚固，遂
> 安寢。比曉，失壺，視鐍如故，亟從它肆物色，壺果在。問所將，
> 曰：「黃某。」主詣黃問故。黃用一小竿，竅其中，俾通氣，以豬溺
> 囊繫竿端，從窗引竿納囊于壺，乃噓氣脹囊，舉而升之，故得壺也。
> 〔註2〕

西方早期資料見於 16 世紀義大利 Straparola 的 *Piacevoli notti* 〔註3〕，
Straparola 生卒年約在 1480～1557 間，與黃暐時代相當。國際間這類型故事流
傳極廣，較集中在區域相鄰的歐洲、亞洲、非洲，此外美國、墨西哥、古巴
亦見傳述（詳表 7-1）。〔註4〕茲引述德國《格林童話》所見故事大要以為參照：
伯爵要試偷竊大王的本領，於是約定好要他做三件最難的事，做不到就要治
他的罪。第一件事是偷伯爵的馬，第二件事要偷伯爵的被單和伯爵夫人的戒
指，第三件事要偷走教堂裡的教士和司事。先是偷竊大王裝扮成老婦人，揹
著酒來求宿，灌醉伯爵的士兵，偷走了馬。第二次，他揹來死囚，將死囚頂
在肩上，爬上伯爵臥房的窗戶，故意讓伯爵射殺死囚，在伯爵去掩埋屍體時，
進入伯爵臥房，假裝成伯爵的聲音，騙走被單和戒指。第三次，他在夜晚假
扮成天國使者，宣稱世界末日已到，要來接引人往天國去，教士和司事信了
他的話，落入他的圈套而被抓走。〔註5〕

近代中國漢族和少數民族都有這類型故事的採集記錄，其中以西南各省

〔註1〕 年 4 月），頁 927，類型 1525A。

〔註2〕 明・黃暐：《蓬窓類記》卷 5〈點盜紀〉第 1 則，見《四庫全書存目叢書》子
部冊 251，頁 44。又見於黃暐：《蓬軒吳記》卷下，第 31 則，見《筆記小說
大觀》39 編冊 5，頁 695。

〔註3〕 同註1。

〔註4〕 (1) Stith Thompson, *The Types of the Folktale*, Helsinki, Academia Scientiarum
Fennica, 1981, p.431～432, Type 1525A。(2) Hans-Jörg Uther, *The Types of
International Folktales* (FFC284～286), Helsinki, Academia Scientiarum Fennica,
2004, Vol. II, p.243～244, Type 1525A。(3) Hasan M. El-Shamy, *Type of the
Folktale in The Arab World*, Bloomington, Indiana University, 2004, p.822, Type
1525A。

〔註5〕 （德）格林兄弟著，魏以新譯：《格林童話全集》（北京：人民文學出版社，
1994 年 4 月），第 192 則〈偷竊大王〉，頁 581～587。

的少數民族流傳較廣，如雲南佤族〈岩坎的故事・「偷」褲子〉〔註6〕、青海蒙古族〈山羊尾巴兒子〉〔註7〕、西藏藏族〈大賊和小賊〉〔註8〕。

（二）小偷躲進箱中讓賊偷（型號 1525H.4）

「小偷躲進箱中讓賊偷」故事的基本說法是：

> 一個小偷和另一伙竊賊合作去偷人財物，由小偷從屋頂潛入屋內，將財物分批裝箱後，一一送出。但到最後一箱時，小偷不裝財物，而是自己躲進裡面。外面的賊人取得全部箱子後，棄屋中的小偷不顧，抬了箱子就走。到了野外，大家商議分贓時，小偷突然從箱中冒了出來，聲稱應該有他的一份；或是大喊有賊，把他們都嚇跑後獨得財物。〔註9〕

明代馮夢龍（1574～1646）《古今譚概》中有這一型故事：

> 有躄盜者，一足躄，善穿窬，嘗夜從二盜入巨姓家，登屋翻瓦，使二盜以繩下之，捘贄入之櫃，命二盜繫上，已，復下其櫃，入贄上之，如是者三矣。躄盜自度曰：「櫃上，彼無置我去乎。」遂自入坐櫃中，二盜繫上之，果私語曰：「贄重矣！彼出必多取，不如棄去。」遂持櫃行大野中，一人曰：「躄盜稱善偷，乃為我二人賣。」一人曰：「此時將見主人翁矣！」相與大笑歡喜，不知躄盜乃在櫃中。頃二盜倦坐道上，躄盜度將曙，又聞遠舍有人語笑，從櫃出大聲曰：「盜劫我！」二盜惶訝遁去，躄盜顧乃得金贄歸。〔註10〕

在西方，早期資料可見於 16 世紀初的 *Eulenspiegelbuch*，〔註11〕較馮夢龍的時代略早。現今國際間流傳地區較集中在中歐、東南歐，亞洲的西伯利亞、

〔註6〕 劉燕諒、艾荻搜集整理：〈岩坎的故事・「偷」褲子〉，見《中華民族故事大系》（上海：上海文藝出版社，1995 年 12 月）冊 7，頁 674～675。

〔註7〕 吉格西加布講述，教・才仁東德布採錄：〈山羊尾巴兒子〉，見《中國民間故事集成・青海卷》（北京：中國 ISBN 中心出版，2007 年 4 月），頁 514～516。

〔註8〕 平措旺杰講述，強巴班宗翻譯：〈大賊和小賊〉，故事複合型號 1525S「小偷和縣官」，見《中國民間故事集成・西藏卷》（北京：中國 ISBN 中心出版，2001 年 8 月），頁 607～610。

〔註9〕 書同註 1，頁 930，類型 1525H.4。

〔註10〕 明・馮夢龍：《古今譚概》〈譎知部第 21・何大復躄盜篇〉，見《筆記小說大觀》20 編冊 8，頁 4674～4675。同樣故事又見錄於馮夢龍：《增廣智囊補》卷 27〈雜智部・狡黠・躄盜〉，見《筆記小說大觀》正編冊 3，頁 1494。

〔註11〕 書同註 1，頁 930，型號 1525H.4。

波斯灣，非洲的摩洛哥、南非，以及美國亦見流傳（詳表 7-1）。〔註 12〕茲舉塞爾維亞所見故事為參照，其大要如下：兩個窮人到牧師家屋後地窖去偷東西，一個帶著口袋，由另一個拉著繩子放他下地窖去，結果地窖只有糧食，沒有其他值錢的東西，這人想：若跟上面的人說這裡沒有東西，他肯定把我丟在地窖，自己跑了。於是他鑽進口袋，對著上面喊：「兄弟，往上拉，口袋裡裝滿了各種財寶。」上面的人邊拉繩子邊想：我何必要跟他一起分財寶呢？於是拉起袋子揹著就跑。這引來許多狗叫著追趕他。他跑累了，背上袋子一直要往下墜，突然傳來聲音道：「兄弟，拉住口袋，不然狗會咬我的。」這時他才知道受騙了。〔註 13〕

近代採錄的這型故事，主角常是設定為年紀最輕、或最矮小的讓人看不起的賊，結局則是他獨得財物，再將之分給窮人，如雲南布依族的〈阿端的傳說‧詭賊〉〔註 14〕、黑龍江的〈小盜與二賊〉〔註 15〕等。而臺灣的〈誰是大哥〉〔註 16〕，故事背景是三個結拜兄弟搶著當大哥，於是決定去偷東西比誰最機靈。

（三）來僕不敬罰揹磨（型號 1530B.1）

類型「來僕不敬罰揹磨」一般的說法是：

> 一人派其僕人送信給別村的一位朋友，僕人到了該村向人探詢這人的住所，但稱呼不敬。不料被詢問者就是他要找的人，這人看了信，對來人說，他的主人是要借一塊石磨，囑他帶回，並附回書一封。石磨很重，僕人揹回去十分吃力。回去後他的主人見他扛回一個石磨，覺得奇怪，打開回信一看，才知是僕人無意中得罪了他的朋友，所以讓他揹一次石磨作為處罰。〔註 17〕

〔註 12〕 (1)書同註 4-(1)，頁 434，類型 1525H.4。(2)書同註 4-(2)，頁 249，類型 1525H.4。

〔註 13〕 （南）卡拉吉奇搜集，汪浩譯：《南斯拉夫童話》（上海：上海文藝出版社，1992 年 1 月），第 73 則〈兩文錢〉，流傳地在塞爾維亞，頁 290～293。

〔註 14〕 王富講述，李榮春、張亞森採錄：〈阿端的傳說‧詭賊〉，見《中國民間故事集成‧雲南卷》（北京：中國 ISBN 中心出版，2003 年 5 月），頁 565～566。

〔註 15〕 江懷秀講述，劉明海採錄：〈小盜與二賊〉，見《中國民間故事集成‧黑龍江卷》（北京：中國 ISBN 中心出版，2005 年 9 月），頁 1196～1197。

〔註 16〕 彭月英講述，彭健採錄：〈誰是大哥〉，見金榮華整理：《台灣桃竹苗地區民間故事》（台北：中國口傳文學學會，民國 89 年 11 月），頁 94～95。

〔註 17〕 書同註 1，頁 946，類型 1530B.1。ATT 類型編碼作 1530B1*。

葉盛（1420～1474）《水東日記》卷 3〈莊伯和詼諧〉，即是這一型故事：

> 莊伯和，磧澳名醫，好詼諧。一日，李無易遣家僮持簡詣伯和，家
> 僮誤舉伯和姓名，伯和紿之曰：「若翁欲借藥磨耳，汝當負去。」且
> 書片紙以復曰：「來人面稱名姓，罰馱藥磨兩遭。」無易得之，大笑，
> 即令仍負磨以還。前輩善謔，風味如此。伯和子允恭，誠確老醫，
> 常往來吾家，猶及識之。〔註18〕

這是中國目前所見最早的故事記錄。〔註19〕金榮華先生有文〈一事四說──
「來僕不敬罰揹磨」故事試探〉，提及早於中國約 2～3 世紀，法國天主教神
父戴孚弟（Jacques de Virty，約1160～1240）的佈道文，已記載了這類型故事，
說的是：送信的糊塗僕人忘了帶信出門，被收信的教會書記罰揹石磨，主人
知道了，要僕人再將石磨揹回教堂以作為處罰。金先生文中以時代相距之遠，
收信者是名醫身分，不識其人者應該很少，且送信僕人又是出於學者之門，
門風影響亦不可能如此無禮，故推斷故事當是首見於國外。而國外這告誡意
味的說法，與中國故事收信人被冒犯，機智復仇的趣味反應不同，也因為一
是佈道的嚴肅課題，一是趣味笑談，因此故事雖早見於西方，後來的流傳反
而不及中國之廣了。〔註20〕

　　近現代，這類型故事在中國仍見流傳，如江蘇〈翟永齡的故事（二）〉
〔註21〕、陝西〈申八侯懲惡吏〉〔註22〕、湖南土家族〈波七卡的故事・借
帽子〉〔註23〕等。

〔註18〕明・葉盛撰，魏中平點校：《水東日記》（北京：中華書局，1997 年 12 月），
　　　　頁 30。

〔註19〕葉盛之後，同在明代時期的故事又見於：(1)黃暐：《蓬窗類記》卷 4〈滑稽紀〉
　　　　第 1 則，見《四庫全書存目叢書》子部，書同註2，頁 40。(2)江盈科：《諧史》
　　　　第 101 則，見黃仁生輯校：《江盈科集》（長沙：岳麓書社，1997 年 4 月），頁
　　　　888～889。(3)馮夢龍：《古今譚概》〈弄部第 22・莊樂〉，書同註10，頁 4720。

〔註20〕金榮華：〈一事四說──「來僕不敬罰揹磨」故事試探〉，見《中國文化大學
　　　　中文學報》第 29 期（台北：中國文化大學中國文學系，民國 103 年 10 月），
　　　　頁 27～34。

〔註21〕伍稼青搜集整理：〈翟永齡的故事（二）〉，見《中國民間故事全集》（臺北：
　　　　遠流出版社，民國 78 年 6 月）冊 23，江蘇民間故事集，頁 413～414。

〔註22〕趙玉惠講述，賀雅亭採錄：〈申八侯懲惡吏〉，見《中國民間故事集成・陝西
　　　　卷》（北京：中國 ISBN 中心出版，1996 年 9 月），頁 673～674。

〔註23〕張如飛搜集整理：〈波七卡的故事・借帽子〉，見《中華民族故事大系》，書同
　　　　註6，冊 5，頁 932～933。

（四）夢得寶藏騙酒食（型號 1533C）

這類型故事一般的說法是：

> 一個愛開玩笑的人告訴一個貪心的財主，他昨晚發現了寶藏，財主
> 立即用好酒好菜招待，想探聽詳情。最後開玩笑的人說出，那是他
> 做的一個夢。〔註24〕

明代江盈科（1553～1605）《雪濤閣集・小說》〈甘利〉，說的是這一型故事，大要如下：

> 嘗聞一青衿，生性狡，……。其學博，持教甚嚴，……。一日，此
> 生適有犯，學博追執甚急，坐彝倫堂盛怒待之。已而生至，長跪地
> 下，不言他事，但曰：「弟子偶得千金，方在處置，故來見遲耳。」
> 博士聞生得金多，輒霽怒，問之曰：「爾金從何處來？」曰：「得諸
> 地藏。」又問：「爾欲作何處置？」生答曰：「弟子故貧，無口業，
> 今與妻計：以五百金市田，貳百金市宅，百金置器具，買童妾，止
> 剩百金，以其半市書，將發憤從事焉，而以其半致饋先生，酬平日
> 教育，完矣。」博士曰：「有是哉！不佞何以當之？」遂呼使者治具，
> 甚豐潔，延生坐觴之，談笑款洽，皆異平日。飲半酣，博士問生曰：
> 「爾適匆匆來，亦曾收金篋中扃鑰耶？」生起應曰：「弟子布置此金
> 甫定，為荊妻轉身觸弟子，醒，已失金所在，安用篋？」博士蓬然
> 曰：「爾所言金，夢耶？」生答曰：「固夢耳。」博士不懌，然業與
> 款洽，不能復怒。徐曰：「爾自雅情，夢中得金，猶不忘先生，況實
> 得耶？」更一再觴出之。〔註25〕

在俄國流傳有這類型故事，內容大要是：一個窮農夫與店鋪老闆打賭：他能和地主老爺同桌吃飯。於是窮人到了地主家，問說：「我想暗地裡請教你：像我這頂帽子這樣大的一塊金子，可值多少錢？」老爺一聽，什麼都沒說，叫人準備酒菜，招待農夫吃了一頓飯，然後要農夫快去把金子拿來，他要用麵粉和錢換他的金塊。這時農夫說：「可是，我啥金子也沒有呀。我只是問問，像我這頂帽子這麼大的金塊值多少錢。」〔註26〕

〔註24〕書同註1，頁949，類型1533C。此類型ATT作1645B.1。

〔註25〕明・江盈科：《雪濤閣集》卷14〈小說・甘利〉，見黃仁生輯校：《江盈科集》，
書同註19-(2)，頁652～653。

〔註26〕郭奇格編，馮敬、黎明、高峰、郭奇格譯：《蒼鷹——蘇聯民間故事選》（北
京：新華書店，1987年12月），頁35～36。

在中國，湖北、湖南、青海（蒙古族）、貴州（苗族）等地，流傳有這型故事，如〈說「夢」〉〔註27〕、〈阿方的故事‧分金磚〉〔註28〕、〈叫化子吃壽酒〉〔註29〕等。

（五）縣官審案　霸佔引起爭執的物件（型號 1534E）

這一類型故事常見的說法是：

> 三人在路上拾獲一錢，都說應為自己所有，請官判決。縣官說，把它給最窮的人，於是三人各舉例說明自己的貧窮。縣官聽了，也說了一個他的情況，認為他才是最窮的，這錢應當給他。〔註30〕

明代樂天大笑生《解慍編》（書有嘉靖刻本，嘉靖年在 1522～1566）有一則〈爭魚納鮓〉，即是這類型故事：

> 張賈二姓爭買魚，相毆，訟于官，官素貪墨，能巧取民財，判云：「二人姓張姓賈，爭買鮮魚廝打，兩家各去安生，留下魚兒作鮓。」二人既失望，乃故買一棺，假意爭。〔註31〕

國際間，主要流傳在亞洲、歐洲地區（詳表 7-1），故事或是說：法官審理一椿兩人爭執小牛的案件，索取的高額酬金能夠買這引起爭執的小牛。〔註32〕如此「索取高額報酬」說，不同於中國《解慍編》的「直接佔有爭執物」說。

近代中國採錄到的同型故事，主要流傳在北方，並見於四川，且偏重出現在漢族地區，如北京的〈爭錢〉〔註33〕、四川的〈一文錢〉〔註34〕、河南

〔註27〕 羅桑多吉講述、王堯記錄翻譯：〈說夢〉（藏族），見《中華民族故事大系》，書同註6，冊2，頁 150～151。

〔註28〕 賀從憲、石昌銀等講述，龍岳洲搜集整理：〈阿方的故事‧分金磚〉（苗族），見《中華民族故事大系》，書同註6，冊2，頁 864～869。

〔註29〕 劉建仁講述，周潤生採錄：〈叫化子吃壽酒〉，見《中國民間故事集成‧湖南卷》（北京：中國 ISBN 中心出版，2002 年 12 月），頁 838。

〔註30〕 書同註1，頁 952，類型 1534E。AT 原型號作 926D。

〔註31〕 明‧樂天大笑生：《解慍編》卷2〈官箴‧爭魚納鮓〉，見《續修四庫全書》冊 1272，頁 358。相同故事也見於明‧馮夢龍：《廣笑府》卷2〈官箴‧爭魚納鮓〉，見竹君校點：《笑府》（附《廣笑府》）（福建：海峽文藝出版社，1992年 6 月），頁 313。又，明‧馮夢龍：《古今譚概》〈佻達部第 11‧爭貓〉，書同註10，頁 4311，所說是縣官霸佔民眾爭奪的貓，不再有作弄縣官的後續發展。

〔註32〕 (1)書同註 4-(1)，頁 324，類型 926D。(2)書同註 4-(2)，冊 1，頁 562，類型 926D。

〔註33〕 金宗超講述，郭兵採錄：〈爭錢〉，見《中國民間故事集成‧北京卷》（北京：中國 ISBN 中心出版，1998 年 11 月），頁 872。

的〈縣官兒斷案〉〔註35〕等。

（六）哄上哄下　騙進騙出（型號 1559D）

類型「哄上哄下，騙進騙出」普遍的說法是：

> 一個自以為很精明的人，對一個善於哄騙的人說，我現在坐在屋子
> 裡（或樓上），如果你能把我哄出屋外（或樓下），才算你真有本事。
> 那人說，要我把你從屋裡哄出來，確實沒辦法。但是如果你在屋外，
> 把你哄進去則是容易的。自以為精明的人就走出屋外讓他試，這時
> 那人說已達到目的，把他哄出屋子了。〔註36〕

在明代，江盈科（1553～1605）《諧史》一則巧騙故事，說的即是這一類型：

> 少年在樓下，會樓上一貴人，呼曰：「人道爾善騙，騙我下來。」少
> 年曰：「相公在樓上，斷不敢騙；若在樓下，小人便有計騙將上去。」
> 貴人果下，曰：「何得騙上？」少年曰：「本為騙下來，不煩再計。」
> 〔註37〕

國際上越南、烏茲別克流傳有這一型故事，茲舉越南〈撒謊如阿貴〉故事為參照：

> 從前，有個小夥子，叫阿貴。……特別是撒謊是他的拿手好戲。一
> 個富翁不相信阿貴有這樣的本事，便派人找他來，說道：「聽說你很
> 會騙人。我坐在這裡，如能騙我走出大門，馬上賞你五貫錢。大家
> 來作證。」
>
> 阿貴抓耳撓腮：「你坐在這裡，又有所防備，我怎能騙你出去。如果
> 你站到門外去，我便有辦法哄你進屋。」

〔註34〕張興民講述，杜成蓮採錄：〈一文錢〉，見《中國民間故事集成・四川卷》（北京：中國 ISBN 中心出版，1998 年 3 月），頁 705～706。

〔註35〕吳根蘭講述，吳韻芳採錄：〈縣官兒斷案〉，見《中國民間故事集成・河南卷》（北京：中國 ISBN 中心出版，2001 年 6 月），頁 660。

〔註36〕書同註1，頁 976，類型 1559D。ATT 型號作 1559D*。

〔註37〕明・江盈科：《諧史》第 69 則，見黃仁生輯校：《江盈科集》，書同註 19-(2)，頁 881。故事在明代又見於：(1)浮白齋主人：《雅謔・誘出戶》，見《筆記小說大觀》39 編冊 5，頁 24。(2)馮夢龍：《古今譚概》〈儇弄部第 22・朱古民〉，書同註 10，頁 4743。(3)馮夢龍：《增廣智囊補》卷 28〈雜智部・小慧・誘出戶〉，書同註 10，頁 1499。

富翁馬上跑出門外。阿貴拍手歡叫：「那，我不是騙你出門了嗎？」

富翁打賭輸了，只好如約賞錢。〔註38〕

近代在中國漢族、蒙古族、回族、壯族、納西族和藏族間都傳述有這類型故事，遍及吉林、寧夏、安徽、青海、雲南、海南等地，如〈策仁和仁欽〉〔註39〕、〈仉片的故事・哄山官下馬〉〔註40〕、〈阿卜杜的故事・挖金子〉〔註41〕。

（七）飢餓的學徒騙引師傅（型號1567E）

這類型故事常見的說法是：

> 學徒誘騙吝嗇的雇主，使雇主不得不拿出食物來堵住學徒的嘴，雇主也因此失去了他儲藏的食物。

明人《笑海千金》有則這類型故事，〈笑人獨食〉故事：

> 昔一人帶僕出外，每飲酒，不顧其僕。一日，人請飲酒。僕人自將墨塗黑其口，立在主人身傍。主人見曰：「這奴才好嘴。」僕人云：「只顧你的嘴，莫顧我的嘴。」〔註42〕

在國外，西班牙、葡萄牙、巴拿馬流傳有此故事。〔註43〕近代中國則流傳於湖南、湖北、甘肅、廣東等地。〔註44〕

（八）殺驢借雞（型號1572J）

故事「殺驢借雞」常見的說法是：

> 主人飼養了不少雞鴨，但吝於招待遠來的客人，推說家中沒有菜餚，

〔註38〕呂正、吳彩瓊翻譯：《越南神話民間故事選》（河內：河內世界出版社，1997年6月），頁130。在這段故事後，還複合了型號1004「殺牛宰鴨欺財主」、1635A「惡作劇者兩頭騙人，被騙者虛驚一場」、1535「死裡逃生連環騙」。

〔註39〕閻爾嘉講述，郭晉淵採錄：〈策仁和仁欽〉（藏族），見《中國民間故事集成・青海卷》，書同註7，頁988～990。故事複合型號929C「抓生死鬮」。

〔註40〕布丹甘講述，朵世擁湯採錄：〈仉片的故事・哄山官下馬〉（景頗族），《中國民間故事集成・雲南卷》，書同註14，頁1483。

〔註41〕金萬忠搜集整理：〈阿卜杜的故事・挖金子〉，見《中國民間故事全集》，書同註21，冊35，寧夏民間故事集，頁215～216。

〔註42〕明・不著撰人：《笑海千金・笑人獨食》，收於王利器、王貞珉編：《中國笑話大觀》（北京：北京出版社，2001年1月），頁519。

〔註43〕(1)書同註4-(1)，頁453，類型1567E。(2)書同註4-(2)，頁308，類型1567E。

〔註44〕丁乃通編著，鄭建成等譯：《中國民間故事類型索引》（武漢：華中師範大學出版社，2008年4月），頁290，類型1567E。

不便留客。客人說，那麼把我騎來的驢殺了做菜吧。主人聽了，大
吃一驚，問道：殺了您的驢，您怎麼回去呢？客人說：在您家的那
些雞鴨中借一隻給我騎回去就可以了。〔註45〕

這一故事在明代多見講述，茲舉所知時代較早的李贄（1527～1602）《雅
笑》所說如下：

有一客騎驢訪友，友吝不供飲食。客見其家有雄雞在側，乃言曰：「區
區遠來，無以為敬，願借刀，烹所騎驢以盡歡，何如？」友云：「蒙
君之賜，固所願也，但恐歸途乏物騎去。」客指主人之雞曰：「無妨，
我便騎雞去。」〔註46〕

在境外，朝鮮李朝徐居正（1420～1488）的漢文筆記《太平閒話》收有
這一故事，其內容如下：

一金先生善談笑，嘗訪友人家，主人設酌，只佐蔬菜，先謝曰：「家
貧市遠，絕無兼味，惟淡泊是愧耳。」適有群雞，亂啄庭除，金曰：
「大丈夫不惜千金，當斬吾馬佐酒。」主人曰：「斬一馬，騎何物
而還。」金曰：「借雞騎還。」主人大笑，殺雞餉之，仍與大嚼。
〔註47〕

相較中、韓二說，大致不差，僅在結局處略見不同，《雅笑》說法停止於
客人說「無妨，我便騎雞去」，這是明代所見故事的普遍說法，如《諧史》終
止於「借地上雞乘去」〔註48〕。而徐居正之說，主人最終還是殺雞待客，有
圓滿結局。故事講述之初若已有圓滿結局，傳述時比較不可能被截斷，因此
明代故事說法較可能是原始樣貌。再以時代看，《太平閒話》是早於《雅笑》，
不過《雅笑》故事最後有小字註「漫錄」二字，應是故事之所出，舊籍以「漫
錄」為名者多，未詳所指究竟何書。又，明代有潘游龍《笑禪錄》，亦見「殺
驢借雞」故事〔註49〕，卻不詳此書時代之早晚。如此則故事首見時代留有可
再討論之空間。

〔註45〕 書同註1，頁986，類型1572J。
〔註46〕 明‧李贄：《雅笑》卷2〈諧‧騎雞〉，見《續修四庫全書》冊1272，頁424。
〔註47〕 （朝鮮李朝）徐居正：《太平閒話》第27則，收於《古今笑叢》（首爾：昕晟
　　　　社），頁29。
〔註48〕 明‧江盈科：《諧史》第72則又說，見黃仁生輯校：《江盈科集》，書同註19-(2)，
　　　　頁882。
〔註49〕 明‧潘游龍：《笑禪錄》第9則，見《筆記小說大觀》38編冊4，收《五朝小
　　　　說大觀‧明人小說》，第一百二帙，葉三四八。

（九）不受奉承的人（型號 1620B）

類型「不受奉承的人」一般的說法是：

> 一人生前最會奉承別人，死後閻王認爲他盡是對人奉承，不幹好事，應打入十八層地獄。此人說，這不能怪他，因爲世人都愛聽奉承話，沒有像閻王爺這樣作風正派、不愛奉承的。如果陽世歸閻王管，誰還敢奉承人呢？閻王聽了，認爲有理，便把他送去富貴人家投胎。
>
> 〔註50〕

明朝劉元卿（1544～1609）的《賢奕編》，有則故事描述一個愛聽奉承話的人：

> 粵令性悅諛，每布一政，群下交口讚譽，令乃驩。一隸欲阿其意，故從旁與人偶語曰：「凡居民上者，類喜人諛，惟阿主不然，視人譽篾如耳。」其令耳之，亟招隸前，撫膺高蹈，嘉賞不已，曰：「嘻！知余心者，惟汝良隸哉！」自是暱之有加。〔註51〕

阿拉伯半島的阿曼流傳有這一型故事，其內容概要如下：有三個國家結盟要進攻另一國家，那國家的首相出了主意，要先收買三國國王的心，再將他們各個擊破。國王不相信，認爲首相連他的貓都收買不了了，更何況是要收買一國的君王。那國王的貓只聽國王的命令，牠們每晚都叼著燭台爲國王照明，任誰都干擾不了牠們。於是首相先要收買國王的貓，以向國王證明自己的能耐。他用牛奶來引誘貓，貓果然不爲所動，接著又是肉、又是魚，都不能打動貓，最後宰相抓來了兩隻活老鼠，貓一見跑動的老鼠，立即扔掉燭臺，追起老鼠。說服了國王，宰相便去執行他的計畫。首相來到第一個國家，他知道國王自詡是偉大詩人，因此向國王要求得到他新寫的詩，好回國讓詩人學習。國王很高興，給了詩後又問：還有其他要求嗎？首相說邊境常有他們的民眾來偷羊，希望國王能教化他的人民，於是這個國家的軍隊就移到邊遠山區去了。首相再到第二個國家，這個國王自詡是個無敵將軍，於是他向國王說：你們的軍隊訓練有素，我國國王想親眼看看這支精銳軍隊，希望軍隊能到邊疆去，好讓我的國王看看，也給我們軍隊作個楷模。第二國國王很高興，立即命令軍隊前去。到了第三國，首相知道國王自詡是下棋高手，他

〔註50〕書同註1，頁1002，類型1620B。

〔註51〕明・劉元卿：《賢奕編》卷3〈應諧第15・粵令嗜諛〉，見《筆記小說大觀》4編冊4，頁2672。

跟國王說：聽說陛下棋藝高超，所以我的國王派我來請教，以便給他些指導。國王很高興，指導了棋藝後，再問他有何需求。首相說：是有個小問題，我們追捕一群強盜，他們跑到你們邊境的山裡，如果您能派軍隊搜捕，那就做了件好事。於是第三國國王就將軍隊派到邊境去。回國後，首相讓國王先去除掉第二國軍隊，依次再除去第一國、第三國。國王對戰敗的三國國王說：「你們全都不配當國王，因為你們全都喜歡聽順耳的恭維話，結果被阿諛奉承沖昏了頭。」最後，國王要獎賞首相，認為他的功勞大，即使要半個王國都賜給他也可以。首相說：「當陛下去打獵時，我想去奉陪，因為觀看並學習您的打獵技術，對於我來說是比您的半個王國還要貴重的獎賞！」國王聽了很高興，從此天天去打獵，把國家大事都交給了首相。〔註52〕

　　就故事說法看，以上二說不盡相同，明代劉元卿記錄之故事，主角故意說反話奉承愛聽奉承話的人，以使自己得益；而阿曼的故事是主角先以奉承話化解三國軍隊的進攻，再用反話奉承自己的國王。一樣奉承的手法，前者直述故事重心，後者先有收服貓的前提，再用三正一反鋪陳奉承國王的經過，敘述較繁複。依常理推，繁複之說當後出，但二說的故事推展又不盡相同，僅是「愛聽奉承話」情節一樣，則中外故事或是各自發展。

　　近代中國主要流傳在漢族地區，如山東〈九十九頂高帽子〉〔註53〕、上海〈千穿萬穿馬屁勿穿〉〔註54〕，亦見於內蒙古採錄到的蒙古族故事〈高帽子〉〔註55〕。

二、幸運的意外事件

（一）假占卜歪打正著（型號1641）

這一型故事常見的說法是：

一人因為看鹽鈢是否發潮變濕而正確預測天氣的雨晴，或是先將別人的牛偷藏山中，然後假意卜算，找出失牛，因此神卜之名遠播。

〔註52〕任泉譯：〈國王的貓和蠟燭〉，見《櫻桃樹》（阿拉伯民間故事）（北京：中國民間文藝出版社，1982年6月），頁11～16。故事複合類型217「貓和蠟燭」。

〔註53〕邵軍講述，陳以起採錄：〈九十九頂高帽子〉，見《中國民間故事集成‧山東卷》（北京：中國ISBN中心出版，2007年4月），頁875～876。

〔註54〕漢章採錄：〈千穿萬穿馬屁勿穿〉，見《中國民間故事集成‧上海卷》（北京：中國ISBN中心出版，2007年5月），頁1107～1108。

〔註55〕王‧滿特嘎採錄，胡爾查翻譯：〈高帽子〉，見《中國民間故事集成‧內蒙古卷》（北京：中國ISBN中心出版，2007年11月），頁1230～1231。

後來皇帝失去了玉璽，要他去占卜尋找。他自知無此能耐，死期將
臨，不禁感嘆。不料接待他的侍從就是偷璽之人，誤聽他的感嘆之
言，以為卜者已算出是他所偷，便說出藏璽所在，請他不要向皇帝
揭發。後來皇后要他占算盒中藏物，也誤會了他絕望的自嘆，以為
他的確猜中而給予重賞。〔註 56〕

明代郎瑛（1487～1566）《七修類稿》，說了個算命師的故事：

洪福橋有周主簿，亦善此術，歸休二十年，日入於貧，遂設肆以
資。是日高坐，嘆曰：「二十年做這許樣來。」屢言罷休者數聲。
忽一人入廉拜曰：「我搆此讎二十年矣，今欲往刺之，而先生特為
相勸，殆天所以啓我也。就出刃於靴中，擲地而去。亦自是溫飽。
〔註 57〕

郎瑛之後，王圻《稗史彙編》（書紀年在西元 1609 年），也有一則賣卜人的故
事，概要是：一太守問賣卜人：「我夫人有娠，弄璋乎？弄瓦乎？試為卜之。」
賣卜人聽不懂，隨便回答：「璋也弄，瓦也弄。」太守很生氣地趕走他。不久，
太守喜獲雙生子，於是獎賞了賣卜人，他也因此聲名大噪。〔註 58〕

　　這一型故事在亞洲、歐洲、北非等地流傳頗廣（詳表 7-1）。〔註 59〕目前
所知故事最早的記錄是見於 11 世紀印度的《故事海》，說的是：有個又窮又
蠢的婆羅門，生活無著，只好帶著一家人在富翁家打雜幫傭。一天，富翁家
辦喜事，婆羅門全家幫忙了一天，卻還是餓著肚子，他想：非得裝出有學問
的樣子，才能受尊重。於是夜裡他偷走新郎的馬，藏在遠處，交代妻子在適
當時機告訴富翁他丈夫是智者，精通占星術。就這樣婆羅門幫新郎找回馬，
得到大家的尊重。有一天，皇宮的金銀珠寶被偷，一直抓不到盜賊，國王便
召來這個婆羅門抓盜賊找失物。當夜婆羅門非常懊惱，咒罵著自己的舌頭亂
講話，不想偷寶物的是宮裡一個名叫舌頭的宮女，她到婆羅門的休息處打探
消息，正好聽到婆羅門咒罵的話，嚇得什麼都招認了，並拿出部分金子賄賂

〔註 56〕書同註 1，頁 1012，類型 1641。
〔註 57〕明‧郎瑛：《七修類稿》卷 49〈奇謔類‧二命肆〉，見《筆記小說大觀》33 編
　　　　冊 1，頁 714。
〔註 58〕明‧王圻：《稗史彙編》卷 84〈人事門‧遭逢類‧紹興賣卜人〉，見《筆記小
　　　　說大觀》3 編冊 5，頁 3302。
〔註 59〕(1)書同註 4-(1)，頁 466，類型 1641。(2)書同註 4-(2)，頁 344～345，類型 1641。
　　　　(3)書同註 4-(3)，頁 886～888，類型 1641。

婆羅門，婆羅門答應不說出宮女。隔天他裝作神機妙算的模樣帶著國王在花
園找到大部分的失物，並說強盜帶著些許財寶逃跑了。國王很高興，賞了婆
羅門許多封地。〔註60〕在歐洲，文藝復興時期的笑話書中見有這類型故事。
〔註61〕

　　將明代故事與《故事海》說法相較，印度的故事有前後兩段發展，先
有假冒神算的故意安排，再有後段真正遇見問題而不知所措時，卻又恰巧
得知問題之解答。而明代所見，一則是過路人恰巧聽見算命師自我感嘆的
話，自己解讀成勸他放棄報仇，兩人本沒有交集，純粹巧合；另一則是算
命師不懂人家所問，隨意胡謅，竟恰巧符應。如此僅是情節相同而故事進
展顯然有別。

　　近現代臺灣與中國各地的故事採錄，多見有這一型故事，如臺灣漢族的
〈好鼻師〉〔註62〕、雲南藏族《尸語故事・豬頭卦師》〔註63〕、海南黎族的
〈神奇的竹筒〉〔註64〕等，皆如同《故事海》所見，先有假冒之前提，後為
巧合的際遇兩階段說法。

（二）比手劃腳會錯意（型號1660A）

「比手劃腳會錯意」故事常見的說法是：

　　僧人、文臣或武將和鞋匠或屠夫等職業截然不同的人用手勢交談，
　　雙方各以自己的職業去理解對方手勢的意義，結果僧人或大臣欽佩
　　地離去，鞋匠或屠夫則以為買賣成交了或不成交。如：

①僧人伸出一隻手指，表示一個菩薩；鞋匠誤會他是要一雙鞋子，
　　於是伸出兩個手指，表示要兩隻鞋子來換，而僧人誤解為兩個羅
　　漢。

〔註60〕 （印）月天著，黃寶生、郭良鋆、蔣忠新譯：《故事海選》（北京：人民文學
　　　　出版社，2001年8月），頁213～215。
〔註61〕 （美）斯蒂・湯普森著，鄭海等譯：《世界民間故事分類學》（上海：上海文
　　　　藝出版社，1991年2月），頁172～173。
〔註62〕 張煥招講述，吳艷容採錄：〈好鼻師（一）〉，又，吳雪蓉講述，陳聖杰採錄：
　　　　〈好鼻師（二）〉，見金榮華整理：《臺灣漢族民間故事》（台北：中國口傳文
　　　　學學會，民國100年5月），頁118～124。
〔註63〕 王曉松、和建華譯注：《尸語故事・豬頭卦師》（昆明：雲南民族出版社，1999
　　　　年12月），頁302～307。
〔註64〕 譚建平講述，吳坤華採錄：〈神奇的竹筒〉，見《中國民間故事集成・海南卷》，
　　　　（北京：中國ISBN中心出版，2002年9月），頁522～523。

②文臣用手向上一指，表示「我知天文」，鞋匠以爲他說「我能做帽子」，就將手向腳下一指，表示「我能補皮鞋」，而對方以爲他說「我通地理」。

③敵將出陣，用手把胸脯一拍，又向前一伸，把大拇指翹了翹，表示自己的威武；鞋匠以爲同他談生意，要用胸脯的皮做一隻鞋，但認爲腰邊的皮更好，要做就做一雙，就拍拍腰邊，伸出兩個指頭比比。敵將一看，以爲是半路邊有埋伏，並且有兩支大軍。於是把雙手一伸，表示自己有十萬大軍。鞋匠以爲對方問十塊錢夠不夠，伸出一隻手搖搖，表示不要這麼貴，五塊錢就夠了。敵將以爲他說「十萬兵不足爲奇，我有五十萬」，就退兵回去，鞋匠則以爲對方嫌便宜沒好貨，買賣不成。〔註65〕

明代，在樂天大笑生《解慍編》（書有嘉靖刻本，嘉靖年在 1522〜1566）裡有則〈不語禪〉，便是這一型故事：

> 一僧，號不語禪，本無所識，全仗二侍者代答。適遊僧來參，問：「如何是佛？」時侍者他出，禪者忙迫無措，東顧復西顧。又問：「如何是法？」禪不能答，看上又看下。又問：「如何是僧？」禪無奈輒瞑目矣。又問：「如何是加持？」禪但伸手而已。遊僧出，遇侍者，乃告之曰：「我問佛，禪師東顧西顧，蓋謂人有東西，佛無南北也；我問法，禪師看上看下，蓋謂是法平等，無有高下也；我問僧，彼是瞑目，蓋謂白雲深處臥，便是一高僧也；問加持，則伸手，蓋謂接引眾生也。」此大禪可謂明心見性矣。侍者還，禪僧大罵曰：「爾等何往？不來幫我。他問佛，教我東看你又不見，西看你不見；他又問法，教我上天無路，入地無門；他又問僧，我沒奈何，只假睡；他又問加持，我自愧諸事不知，做甚長老，不如伸手沿門去叫化也罷。」〔註66〕

這類型故事在亞洲、歐洲流傳最廣，也見於埃及、墨西哥、阿根廷等國（詳表 7-1）。〔註67〕茲舉波斯尼亞流傳的故事爲參照：有個法國人來到伊斯

〔註65〕書同註1，頁 1027〜1028，類型 1660A。AT 編號作 924A，ATU 併之於 924。

〔註66〕明・樂天大笑生：《解慍編》卷 4〈方外・不語禪〉，書同註31，頁 362。

〔註67〕(1)書同註4-(1)，頁 323，類型 924A。(2)書同註4-(2)，冊 1，頁 557〜558，類型 924、924A。(3)書同註4-(3)，頁 610，類型 924A。

坦堡，說誰要猜中他想什麼，他情願改信伊斯蘭教，納斯列丁・霍加被推薦
與法國人對談，因為彼此語言不通，所以以手勢交談：

> 法國人看了一眼對話的人，用手在地上畫了一個圓圈，而納斯列丁・
> 霍加用手掌把圓圈劈成兩半。於是法國人用手指表示有什麼東西從
> 圓圈中央騰空而起，而納斯列丁・霍加卻表示有什麼東西落在圓圈
> 裡。法國人吃了一驚，從口袋裡掏出一只雞蛋，而納斯列丁・霍加
> 卻掏出一塊奶酪遞給法國人。

> （法國人說他的想法都被猜中了，意思是：）我說地球是圓的，
> 所以用手在地上劃了個圓圈，而納斯列丁・霍加用手把我的圓分
> 成兩半，意思是說，一半是水。我用手從下往上指，意思是：所
> 有植物茁壯成長，而納斯列丁・霍加則描繪下雨，意思是：雨從
> 天降，沒有雨水，植物不能活。我掏出雞蛋，指的是地球的形狀
> 像雞蛋，而納斯列丁・霍加遞給我一塊奶酪，說地球被像奶酪一
> 樣的白雪覆蓋著。

> （納斯列丁・霍加被問他是怎麼猜中的，他說：）法國人在自己面
> 前畫了個圓，吹牛說他有這麼大一個香噴噴的餅，我當然要把餅分
> 成兩半，意思是給我一半，我也餓了。法國人立刻用手往上一指，
> 意思是：瞧，我鍋裡的手抓飯有多香，熱氣騰騰的。我做出往鍋裡
> 倒油的樣子，意思是別忘了放油，多放點。法國人掏出雞蛋遞給我：
> 看看，多麼好的雞蛋，我與你一起吃，而我掏出奶酪，就是說：我
> 們就著它吃！〔註68〕

近現代故事仍見流傳，如臺灣屏東客家的〈好厲害的中國人〉〔註69〕、
上海〈張飛啞對啞〉〔註70〕、青海〈道士和屠家〉〔註71〕等。

〔註68〕 見《南斯拉夫童話》，書同註13，第111則〈納斯列丁・霍加與法國人〉，流
　　　　傳地在波斯尼亞，頁411～412。
〔註69〕 黃鶴群講述，張瓊之・朱珈誼等採錄：〈好厲害的中國人〉，見陳麗娜整理：《屏
　　　　東後堆客家民間故事》（台北：中國口傳文學學會，民國95年6月），頁132。
〔註70〕 徐少華講述，孫景德採錄：〈張飛啞對啞〉，見《中國民間故事集成・上海卷》，
　　　　書同註54，頁59～61。
〔註71〕 王秀英講述，吳景周採錄：〈道士和屠家〉，見《中國民間故事集成・青海卷》，
　　　　書同註7，頁979～980。

三、笨人

（一）為沒有的東西爭吵（型號 1681D.1）

這一類型故事常見的說法是：

> 兩人去捕鳥，還不知道能不能捉到，便為了如果捉到了如何處理而
> 爭吵起來。或是兩人在走路時，談到如果在路上拾到了錢要怎樣分
> 配而大吵起來。〔註72〕

明代劉元卿（1544～1609）《賢奕編》記載有這型故事，說兄弟兩人為還沒捕到手的獵物起爭執：

> 昔人有覰雁翔者，將援弓射之，曰：「獲則烹」。其弟爭曰：「舒雁烹
> 宜，翔雁燔宜。」競鬭而訟于社伯。社伯請剖雁，烹燔半焉。已而
> 索雁，則凌空遠矣。今世儒爭異同，何以異是。〔註73〕

故事在日本、烏茲別克、塞爾維亞、英國、葡萄牙皆見流傳。〔註74〕塞爾維亞的故事大要是：有個爭強好勝的妻子，常與丈夫爭辯。一次，夫妻倆在家門口看見一群飛雁，妻子說：「那隻飛在前面的頭雁是我的。」丈夫說：「頭雁歲數大，我的歲數比你大，所以應該歸於我。」他們兩個就這樣吵了起來，妻子以死威脅，丈夫說：「那你去死吧，那怕爭一次第一也好。」於是妻子躺在床上裝死。隔天，丈夫叫裝死的妻子起來，妻子問：「頭雁是我的嗎？」丈夫答不是。妻子說：「既然不是，那讓婦女來給我淨身好了。」就這樣從淨身、宣布死訊、最後禱告、抬至墓地到送進墓穴，每歷經喪禮的一個步驟，丈夫都找機會叫妻子起來，妻子都問：「頭雁是我的嗎？」丈夫也不願服輸，每次都回答不是。最後填土掩埋前，丈夫再對妻子說：「快起來吧！人家要來填土了。」妻子依然問著：「頭雁是我的嗎？」丈夫堅持：「不！不是妳的！」妻子說：「既然不是，就讓他們埋我吧！」丈夫最後妥協了，打開棺蓋罵她：「起來，頭雁是妳的，見妳的鬼去吧！」妻子立刻從墳墓裡跳了出來，身上還披著蓋尸布，喊道：「頭雁是我的！頭雁是我的！」因此也嚇跑了大家。〔註75〕

至近現代，台灣、河北、青海、雲南等地仍見這一類型故事之傳述，如

〔註72〕書同註1，頁1035，類型1681D.1。ATT將這一型故事併入型號1430「夫妻共作白日夢」。
〔註73〕《賢奕編》卷3〈應諧第15·指雁為羹〉，同註51，頁2669。
〔註74〕書同註1，頁1036，類型1681D.1。
〔註75〕見《南斯拉夫童話》，書同註13，第108則〈頭雁是我的〉，流傳地在塞爾維亞，頁404～406。

河北的〈分銅錢〉〔註76〕、雲南佤族的〈打獵〉〔註77〕等。

（二）傻瓜學舌鬧笑話（型號1696E）

這個類型的故事常見說法是：

> 傻子在某個場合學了幾句應對的話，便不分場合，不分對象照搬，因而鬧了笑話。〔註78〕

明代馮夢龍（1574～1646）《笑府》一則〈眷制生〉故事：

> 一監生見有投「眷制生」帖者，深嘆「制」字新奇。偶致一遠札，即效之，甚得意。僕致書回，生問：「主人何言？」僕曰：「當面啓看，便問：『老相公無恙乎？』予對曰安；又問：『老奶奶無恙乎？』予又曰安。乃沉吟數四，帶笑而入，少焉，打發回書，遣我歸耳。」生大喜曰：「人不可不學，只一字用得好，他見了便添下多少殷勤。」〔註79〕

此型故事國際間的流傳偏重在亞洲國家，所知見於越南、泰國、阿拉伯。〔註80〕泰國故事說的是學買賣的話，大要如下：一個人到市集去賣馬，路過一條小河，馬尾因此黏上河裡的汙泥，他覺得不好看，將馬尾割掉了。到了市場，沒有人要買他的馬，後來向一個老人兜售，老人砍了價才買了這匹馬。賣了馬後，他很好奇老人買馬是不是要再把馬賣出去？可是剛剛他才走遍整個市場，都沒人要買。於是他跟在老人後面看著。老人果然在市場上賣馬，吆喝著：「這是一匹駿馬，牠原來的主人不會照料牠，把牠尾巴剪掉了，可是馬懷了五個月的駒，誰要買了，就可以得到漂亮的良種駒。」結果老人用剛剛他出的原價賣出，一轉手就賺了價差。於是這人將老人做生意的妙法牢記在心裡。他有一個漂亮的女兒，有人登門求婚，妻子不讓他插手，他堅持他有妙法，可以多得一些彩禮，於是他向求婚者說：「誰要娶到我的女兒，那可是合算極了……她現在正懷了五個月的身孕……。」〔註81〕

〔註76〕謝青榮講述，楊漢彬採錄：〈分銅錢〉，見《中國民間故事集成・河北卷》（北京：中國ISBN中心出版，2003年1月），頁820。

〔註77〕劉允禔搜集整理：〈達太的故事・打獵〉，見《中華民族故事大系》，書同註6，冊7，頁657～659。

〔註78〕書同註1，頁1052，類型1696E。

〔註79〕明・馮夢龍編纂，竹君校點：《笑府》卷1〈古艷部・眷制生〉，書同註31，頁6。

〔註80〕書同註1，頁1052，型號1696E。

〔註81〕紹勞包・帕冬信講述，欒文華譯：〈好馬〉，見祁連休、欒文華、張志榮選編：《東南亞民間故事選》（武昌：長江文藝出版社，1985年4月），頁34～36。

在中國，這型故事流傳頗廣，遍及多省，如甘肅回族的〈半興子訂親〉〔註82〕、上海的〈唐朝古話〉〔註83〕、黑龍江的〈傻女婿學話〉〔註84〕等。

（三）傻瓜學詩　詠錯對象（型號1696F）

類型「傻瓜學詩，詠錯對象」常見的說法是：

> 弟弟吟詩詠物，受到縣官的獎賞。哥哥貪賞，學了弟弟的詩也去詠物，但因所詠對象已經不同，硬搬硬套，意義生變，令人尷尬生氣，結果被縣官打了一頓。如弟弟作詠貓詩：「小貓很像獸中王，每日都把老鼠降。白日大街去遊玩，黑夜又入姑娘太太房。」哥哥用來詠和尚，把小貓兩字改為和尚交卷。〔註85〕

樂天大笑生《解慍編》（書有嘉靖刻本，嘉靖年在1522～1566）即有則傻女婿學詩詠物的笑話：

> 一女婿痴蠢無知，其妻每先事委曲教之：「吾家世傳二古畫，乃是『芳草渡頭韓幹馬，綠楊堤畔戴松牛』，爾見畫，當以此二句稱讚之。」婿如其教，婦家以婿識畫。後欲買十八學士畫，急召婿評之，婿一展玩，嘆曰：「好古畫，『芳草渡頭韓幹馬，綠楊堤畔戴松牛』。」觀者大笑。父翁怒罵曰：「爾只識牛識馬，何曾識人！」〔註86〕

故事早期資料可追溯自印度佛經《雜寶藏經》，說的是：有個長者常供養僧人，舍利弗、摩訶羅在列，一日長者經商獲寶、受國王封賜又獲麟兒，舍利弗祝願說：「今日良時得好報，財利樂事一切集，踊躍歡喜心悅樂，信心踊發念十力，如似今日後常然。」長者一聽，再多施與舍利弗兩張上好妙氈。摩訶羅就跟舍利弗學了這幾句祝願文，舍利弗告誡他，這話語有時可用有時不可用。一日，摩訶羅到另一個長者家，長者經商失利、妻子遭逢官事、兒子剛死，摩訶羅照樣念頌了這幾句祝語，結果被追打出門。〔註87〕

〔註82〕馬義錄講述，馬天學、毛鵬舉採錄：〈半興子訂親〉，見《中國民間故事集成‧甘肅卷》（北京：中國 ISBN 中心出版，2001年6月），頁752～753。

〔註83〕度正革講述，孫玲採錄：〈唐朝古話〉，見《中國民間故事集成‧上海卷》，書同註54，頁1148～1149。

〔註84〕李勝講述，張淑清採錄：〈傻女婿學話〉，見《中國民間故事集成‧黑龍江卷》，書同註15，頁1099～1100。

〔註85〕書同註1，頁1054，類型1696F。

〔註86〕明‧樂天大笑生：《解慍編》卷9〈偏駁‧不識人〉，同註31，頁378。

〔註87〕元魏‧西域三藏吉迦夜共曇曜譯：《雜寶藏經》第78則〈長者請舍利弗摩訶羅緣〉，見《大正新修大藏經》冊4，本緣部下，頁479～480。

近代中國故事採集仍見這型故事之流傳，如浙江的〈兩兄弟賣詩〉〔註88〕、陝西的〈瓜瓜和拉拉〉〔註89〕、寧夏的〈哥倆作詩〉〔註90〕等。

（四）聽錯話而引起滑稽後果（型號1698G）

類型「聽錯話而引起滑稽後果」可見的故事說法是：

> 各種因聽錯話而引起的滑稽後果，如把中藥「白芨」聽成「白鷄」而急去市場搜購；或如把問路人的話聽成要「借驢」，轉述又被聽成「菜太鹹」，再轉述又被聽成是「偷破鞋」等。〔註91〕

明・江盈科（1553～1605）《諧史》即見一則誤聽命令的笑話：

> 陝右人呼竹爲箸，一巡撫係陝人，坐堂時諭巡捕官曰：「與我取一箸竿來。」巡官誤聽，以爲豬肝也，因而買之。且自忖曰：「既用肝，豈得不用心？」於是以盤盛肝，以紙裏心置袖中，進見曰：「蒙諭豬肝，已有了。」巡撫笑曰：「你那心在那裏？」其人探諸袖中曰：「心也在這裏。」〔註92〕

這一類型在歐洲流傳較廣，故事除了耳聾的人聽錯相似音讀的字，引發意想不到的結果外，也有說法是：有人爲了閃避責任，或是讓人不愉快的處境，所以故意裝聾。也有的是聽力好的人捉弄聽力不好的人，故意嘲笑他們滑稽的回答。〔註93〕

故事在近代中國之傳述，可見於遼寧的〈腳啊絞呢〉〔註94〕、山東的〈開藥鋪〉〔註95〕和青海回族的〈進城賣香〉〔註96〕等。

〔註88〕雷先明講述，雷連根採錄：〈兩兄弟賣詩〉，見《中國民間故事集成・浙江卷》（北京：中國ISBN中心出版，1997年9月），頁801～802。

〔註89〕田角福講述，楊富明採錄：〈瓜瓜和拉拉〉，見《中國民間故事集成・陝西卷》，書同註22，頁597～599。

〔註90〕李宏才講述，張華軒採錄：〈哥倆作詩〉，見《中國民間故事集成・寧夏卷》（北京：中國ISBN中心出版，1999年6月），頁636～637。

〔註91〕書同註1，頁1058，類型1698G。

〔註92〕明・江盈科：《諧史》第125則，見《江盈科集》，同註19-(2)，頁896。

〔註93〕書同註4-(2)，頁387，類型1698G。

〔註94〕陳文義講述，徐冰娜搜集整理：〈腳啊絞呢〉，見《中國民間故事全集》，書同註21，冊30，遼寧民間故事集（一），頁521。

〔註95〕林玉金講述，劉守平採錄：〈開藥鋪〉，見《中國民間故事集成・山東卷》，書同註53，頁933～934。

〔註96〕馬應選講述，韓昌林採錄：〈進城賣香〉，見《中國民間故事集成・青海卷》，書同註7，頁1076～1077。

（五）聾子探病（型號 1698I）

這一型故事說的是：

> 聾子探望病人，或聾醫看診，因聽錯話而產生了一些有趣的問答。
> 〔註 97〕

明代馮夢龍（1574～1646）《笑府》，就有一則這樣的笑話：

> 一醫者重聽，至一家看病，病人問：「蓮心吃得否？」醫者曰：「麵
> 筋吃不得。」病者曰：「蓮肉也？」醫曰：「鹽肉也少吃些。」病者
> 曰：「先生耳朵是聾的！」醫曰：「若里股内紅的，還須防他生橫痃。」
> 〔註 98〕

國際間故事流傳地較偏重在亞洲，羅馬尼亞也見（詳表 7-1）。〔註 99〕故
事說法或是：有個耳聾的人去探望他生病的朋友，他問說：「你好嗎？」朋友
說：「我快死了！」聾子說：「感謝上帝！你想吃些什麼？」朋友答：「我想吃
毒藥。」聾子又說了：「希望它合你胃口。」〔註 100〕

第二節　說大話的故事

（一）我沒空說謊（型號 1920B）

類型「我沒空說謊」常見的說法是：

> 一個人說：我沒空說謊，魚汛來了，要快去捕魚；或是：運黃豆的
> 船翻了，要快去撈豆子。事實上這就是在說謊。〔註 101〕

明代江盈科（1553～1605）《諧史》，即有這一型故事：

> 武陵一市井少年，善說謊。偶于市中遇一老者，老者說之曰：「人道
> 你善說謊，可向我說一個。」少年曰：「纔聞眾人放乾了東湖，都去
> 拿圍魚，小人也要去拿個，不得閒說。」老者信之，徑往東湖，湖
> 水渺然，乃知此言即謊。〔註 102〕

〔註 97〕金榮華：《歷代筆記故事類型索引》，未刊稿，類型 1698I。

〔註 98〕明・馮夢龍：《笑府》卷 10〈形體部・聾〉第 2 則，書同註 31，頁 193。故事
　　　　又見於馮夢龍：《廣笑府》卷 3〈九流・聾醫〉，書同註 31，頁 328～329。

〔註 99〕(1)書同註 4-(1)，頁 483，類型 1698I。(2)書同註 4-(2)，頁 387～388，類型 1698I。
　　　　(3)書同註 4-(3)，頁 917，類型 1698I。

〔註 100〕書同註 4-(2)，頁 387，類型 1698I。

〔註 101〕書同註 1，頁 1075，類型 1920B。

〔註 102〕明・江盈科：《諧史》第 68 則，見《江盈科集》，同註 19-(2)，頁 881。

這一型故事國際間的流傳偏重在歐洲，日本、西伯利亞、南非等地亦見流傳（詳表7-1）。〔註103〕茲舉波斯尼亞流傳的故事以爲參照：米亞是個騙術高明的騙子，一天醒來，身無分文，想著：要怎麼過這一天，老婆和孩子們都要吃飯啊！他拍了拍腦袋，立刻編出一個謊言。米亞隨即就到咖啡館去，一副垂頭喪氣的樣子，坐下來後一句話也不說，還滴幾滴眼淚在胸前。有人說：「米亞，你好久沒騙我們了，編個謊話吧，你可是騙人高手！」米亞眼睛盯著一個地方看，一言不發。鄰居起鬨著要他講謊話。他說：「讓我安靜一下吧！我痛苦得說不出話來了！」大家問他發生什麼事。米亞說：「今天早晨，我的老婆死了，留下六個孩子，一個比一個小，全家吵成一團，我無處安身，逃到這裡來，而且我身無分文，沒法安葬妻子，也不能給孩子們買吃的！」大家同情起米亞，紛紛湊了錢給他。米亞得到了錢，上市集買了點東西回家。一到家門前，門口已聚集了一群人，說要爲死者送葬。米亞說：「你們這是瘋了？不是你們央求我編個謊話嗎？這就是我撒的謊。」〔註104〕

近代台灣與大陸各省採錄的故事集，亦多見有這類型故事，如台灣漢族的〈吹牛〉〔註105〕、海南黎族的〈聰明的亞堅〉〔註106〕、青海土族〈說謊〉〔註107〕等。

（二）牛皮吹破　愈吹愈小（型號1920D）

類型「牛皮吹破，愈吹愈小」一般的說法是：

> 吹牛的人見大家不信他所說的，便一遍又一遍地縮小他所說龐然大物的尺寸，或一遍又一遍地減少他所說東西的數量。可是大家還是不相信，或是有人點破他的謊言時，他終於承認根本沒有他說的那些東西或那回事。〔註108〕

〔註103〕(1)書同註4-(1)，頁515，類型1920B。(2)書同註4-(2)，頁486～487，類型1920B。

〔註104〕見《南斯拉夫童話》，書同註13，第85則〈謊話〉，流傳地在波斯尼亞，頁342～344。

〔註105〕劉朝榮講述，劉秀美採錄：〈吹牛〉，故事複合類型1635A「惡作劇者兩頭騙人，被騙者虛驚一場」，見《臺灣漢族民間故事》，書同註62，頁132～133。

〔註106〕〈聰明的亞堅〉，故事複合類型1635A「惡作劇者兩頭騙人，被騙者虛驚一場」以及1535「死裡逃生連環騙」，見《中國民間故事集成·海南卷》，書同註64，頁572～574。

〔註107〕李福祥講述，席元麟採錄翻譯：〈說謊〉，見《中國民間故事集成·青海卷》，書同註7，頁1043。

〔註108〕書同註1，頁1081，類型1920D。

明代屠本畯（1542～1622）《艾子外語》已見有這樣的故事，其內容如下：

　　毛空者，道聽塗說之輩也。艾子自楚反齊，毛空過焉，艾子詢新聞。
　　毛空曰：「人家一鳧產百子。」艾子曰：「無此理！」空曰：「便是兩
　　鳧。」艾子曰：「亦無是理！」空曰：「便是三鳧。」漸至十鳧，艾
　　子曰：「何不減子？」空曰：「吾寧加鳧，不肯減子。」艾子笑而唯
　　唯。毛空曰：「前月天雨肉一片，長三十丈，闊十丈。」艾子曰：「無
　　是理！」毛空曰：「便是二十丈。」艾子曰：「亦無是理！」空曰：「便
　　是十丈。」艾子曰：「汝看世間，那得一片方圓十丈大肉乎？」問：
　　「鳧產誰家？肉雨何地？」空曰：「行路人如此說。」艾子笑謂弟子
　　曰：「慎毋道聽塗說哉！」〔註109〕

　　這一型故事國際間以歐洲流傳較廣，其次是與之相鄰的西亞、中亞國家，
亦見於埃及與美國（詳表7-1）。〔註110〕在非洲，故事說法是：有個吹牛大王
到鄰村去，回來對同伴說：

　　「不知道我今天是怎麼活下來的。……有一大群土狼追我！幸虧我
　　拿著根粗棍子，……要是換了別人，沒有我這樣勇敢強壯，連一根
　　骨頭也不會剩的。這群土狼至少有五十隻。」

　　「你胡扯些什麼呀！」孩子們說。「……哪怕你是個大力士，五十隻
　　土狼也會把你吃得一根骨頭也不剩。」

　　「我擔保……」吹牛大王說。「……就算我忙中弄錯了，也許沒有五
　　十，是四十。」

　　「四十隻土狼！誰會相信你呀！」大家都朝笑他說。

　　「沒有四十也有三十。」

　　「你還是老實說吧！連三隻也沒有！」

　　「好，你們真想知道，我就實說：是整整十隻。」

　　「十隻土狼你怎麼對付得了！」人們從四面八方對吹牛大王喊道。

　　「可別那麼說」吹牛大王答道。「真的，老實告訴你們：一共是三隻。

〔註109〕明・屠本畯：《艾子外語》（台北：世界書局，民國48年9月），頁5～6。又，
　　　　　明・江盈科：《諧史》第102則，見《江盈科集》，書同註19-(2)，頁889。
〔註110〕(1)書同註4-(1)，頁515，類型1920D。(2)書同註4-(2)，頁487～488，類型
　　　　　1920D。(3)書同註4-(3)，頁950，類型1920D。

可你們從來沒有看到過這麼大的土狼。每隻都有房子那麼大。你們
相信我：這三隻土狼抵得上普通的幾十隻！」

「你別説神話了吧！大概一隻土狼也沒有！」週圍的人大笑起來。

吹牛大王聽著生氣了。「嘿！一隻總是有的。」

這時候，有個小伙子……説：「你們別信他的！連一隻土狼也沒
有！」

「怎麼會一隻也沒有？」吹牛大王嚷道。「那我聽到的是什麼聲
音？」

小伙子回答：「是我在你背後走！可你跑得這樣快，叫我怎麼也追不
上。」〔註111〕

近代《阿凡提的故事》亦見有這一類型。〔註112〕

（三）懶人之懶（型號 1951）

「懶人之懶」故事，常見的説法是：

> 述懶人的各種懶，如：
>
> ①讓人把他的背當刀板切菜，或把他的背當搥布石搥布，他不出一
>   聲，因爲懶得喊痛。
>
> ②狗來叼肉，或小偷來家偷東西，他懶得趕。
>
> ③躺在樹下等果實落到他嘴裡。
>
> ④吃飯懶得用手拿碗筷。
>
> ⑤寧可挨餓也懶得把麵包乾泡軟。〔註113〕

在明代，馮夢龍（1574～1646）《笑府》有這樣的懶人故事：

> 有性極懶者，臥而懶起。家人喚之吃飯，復懶應。良久，度其必餓，
> 乃哀懇之。徐曰：「懶吃得。」家人曰：「不吃便死，這如何使得！」
> 曰：「我亦懶活矣。」〔註114〕

〔註111〕君毅譯：〈吹牛大王〉，見楊永、徐瑞華等譯：《黃金的土地——世界民間故事
　　　　大全・非洲篇》（上海：少年兒童出版社，1982 年 3 月），頁 32～33。

〔註112〕書同註 44，頁 349，類型 1920D。

〔註113〕書同註 1，頁 1089，類型 1951。

〔註114〕明・馮夢龍編纂，竹君校點：《笑府》卷 6〈殊稟部・性懶〉，書同註 31，頁
　　　　103。

這類型故事在阿拉伯的《一千零一夜》已見，此書早期傳述時代可追溯於西元第 9 世紀。國際上在西亞、東南歐、南歐、中歐以及北美洲的諸多國家都見流傳（詳表 7-1）。〔註 115〕《一千零一夜》故事說的是一個富翁在幼年時候的懶惰模樣：

> 我幼年時代，真算得是天下第一懶人。我懶到駭人的程度，甚至有時睡在烈日下，被曬得汗流滿面，也懶得移到陰涼的地方去躲避。
> 〔註 116〕

近現代故事採集仍見有這型故事的流傳，如山西〈五穀之根〉〔註 117〕、湘西土家族〈慌張踏奪〉〔註 118〕、新疆錫伯族〈四個巴魯混〉〔註 119〕等。

（四）巨中更有巨霸人（型號 1962A）

類型「巨中更有巨霸人」說的是：

> 巨人遇到更巨大的人，他把一塊大石頭扔到更巨大者的飯碗裡，更巨大者祇是抱怨飯裡面有砂子。或是這個巨人被一隻巨鳥抓走，後來掉落在一個更巨大者的眼睛裡，那個更巨大者抱怨眼睛裡掉進了砂子，一揉眼把第一個巨人揉了出來。或是兩個巨人比摔跤，有個婦人經過，讓他們在她手上比賽，這樣她可以一邊趕路一邊欣賞。其他如：一艘輪船被一條魚吞了下去，而這條魚又被一隻大鳥吞了。後來這隻大鳥落在一個巨人的眉毛上，結果像蒼蠅一樣被那巨人拍死了。或是巨人的小孩在樹洞裡發現一千多個工匠，便拿一個大餃子給他們吃。正當所有的人在餃子裡吃著的時候，一陣大雨把餃子像船一樣沖走了。〔註 120〕

〔註 115〕 (1)書同註 4-(1)，頁 519，類型 1951。(2)書同註 4-(2)，頁 498，類型 1951。(3)書同註 1，類型 1951，類型 1951。

〔註 116〕 納訓譯：《一千零一夜》（北京：人民文學出版社，1998 年 2 月），冊 2〈哈里發何魯納‧拉施德和懶漢的故事〉，頁 540。

〔註 117〕 王有山講述，王更元採錄：〈五穀之根〉，見《中國民間故事集成‧山西卷》（北京：中國 ISBN 中心出版，1999 年 3 月），頁 20。

〔註 118〕 田貴山講述，胡炳章搜集整理：〈慌張踏奪〉，見《中華民族故事大系》，書同註 6，冊 5，頁 761～763。故事原注：「慌張踏奪」是「土家語，不要忙的意思」。

〔註 119〕 唐光玉搜集整理：〈四個巴魯混〉，故事複合類型 1950B「懶漢偷懶，看誰先說話」，見《中國民間故事全集》，書同註 21，冊 37，新疆民間故事集（一），頁 507～509。故事原注：「巴魯混」是「錫伯語，懶漢」。

〔註 120〕 書同註 1，頁 1093～1094，類型 1962A。這一類型 AT 編號作 1962A，ATT

明代馮夢龍（1574～1646）《古今譚概》，有這樣的故事敘述：

> 公孫龍見趙文王，將以夸事眩之，因爲王陳大鵬九萬里釣連鼇之說。
> 文王曰：「南海之鼇，吾所未見也，獨以吾趙地所有之事報子：寡人
> 之鎭陽有二小兒，曰東里，曰左伯，共戲於渤海之上。須臾，有所
> 謂鵬者，羣翔水上，東里遽入海以捕之，一攫而得，渤海之深，纔
> 及東里之脛。顧何以貯也，於是挽左伯之巾以囊焉。左伯怒，相與
> 鬭，久之不已。東里之母乃挽東里回，左伯舉太行山擲之，誤中東
> 里之母，一目眯焉，母以爪剔出，向西北彈之，故太行山中斷，而
> 所彈之石，今爲恒山也。子亦見之乎！」公孫龍逡巡喪氣而退。弟
> 子曰：「嘻！先生持大說以夸炫人，宜其困也。」〔註121〕

這一型故事的流傳地區偏重在亞洲國家，有印度、巴基斯坦、尼泊爾、伊
朗等國，此外波斯尼亞、匈牙利、美國亦見。〔註122〕印度所見的故事大要是：
有個波斯大力士去找印度大力士比力氣，他買了十萬袋麵粉帶在身上當餐點，
當他經過一座湖邊時正好口渴，便一口氣喝掉了一半的水，再將麵粉都到入剩
下的一半湖水中，攪成麵糊吃掉了，吃飽後就睡在湖邊。這時來了一隻大象要
喝水，見湖水乾了，很生氣地踩了大力士一腳，大力士被癢醒，將大象扛在肩
上就走了。到了印度大力士家，他不在，波斯大力士將大象丟給他的家人當禮
物，印度大力士的妻子以爲他丟來一隻老鼠。後來波斯大力士在山上找到了印
度大力士，他們拜託印度大力士的媽媽當裁判，可是媽媽要去追被女兒偷走的
駱駝，所以讓他們在她的手掌上比賽。而女兒遠遠看見這一情形，以爲媽媽雇
用軍隊來抓她，伸手把媽媽和兩個大力士、以及她帶走的一百六十隻駱駝一掌
抓起來，包在一大塊布裡扛著走。不久，她餓了，剛好到了市集，她將麵包店
以及整個市集也都包進布包裡。走著走著，來到一個西瓜田，田裡結著一顆顆
巨大的西瓜，於是她坐下來吃了一顆又一顆，並順手將那布包塞進西瓜皮裡。
吃飽後她就睡著了，這時來了大洪水，把所有東西都沖走了，只有這個放了布

〔註121〕明・馮夢龍：《古今譚概》〈荒唐部第33・鎭陽兩小兒〉，書同註10，頁 5244
～5245。相同故事又見於王圻：《稗史彙編》卷93〈公孫龍辯屈〉，書同註58，
頁 3448～3449。又，屠本畯《憨子雜俎》（台北：世界書局，民國48年9月）
第3則，有同類型故事。

〔註122〕(1)書同註4-(1)，頁 521，類型 1962A。(2)書同註4-(2)，頁 508，類型 1962A。
(3)書同註1，頁 1094，類型 1962A。

包的西瓜漂在水面上流進海裡。洪水退去後，西瓜漂到岸邊，布包裡的人們從裡頭走了出來，也包含媽媽、大力士、駱駝等許多事物，因爲大家在西瓜裡一起生活過，身高也就變得差不多了。〔註123〕

　　故事在近代中國之傳述，可見於遼寧的〈說大〉〔註124〕、廣西〈大鵬與龍蝦〉〔註125〕、新疆錫伯族的〈天外有天〉〔註126〕等。

第三節　其　它

強中更有強中手（型號2031）

這類型故事常見有三種說法：

　　（一）老鼠想成爲一個很強的東西，或嫁一個更強的動物，最初認爲太陽最強，但太陽怕雲遮，雲怕風吹，風怕牆擋，而牆怕老鼠咬，繞了一圈，還是自己最強。

　　（二）縣官畫虎卻像貓，下屬不敢明言，繞著圈子，最後說，老鼠最怕的就是畫上的那個東西。

　　（三）狗要找一個強壯可靠的朋友，先找狼，但接著發現狼怕豹，豹怕虎，虎怕人，於是和人做了朋友。〔註127〕

明朝時，劉元卿（1544～1609）《賢奕編》有一則〈夸父名貓〉故事：

　　齊奄家畜一貓，自奇之，號于人曰「虎貓」。客說之曰：「虎誠猛，不如龍之神也，請更名曰『龍貓』。」又客說之曰：「龍固神於虎也，龍升天須浮雲，雲其尚于龍乎，不如名曰『雲』。」又客說之曰：「雲靄蔽天，風倏散之，雲固不敵風，請更名曰『風』。」又客說之曰：「大風飄起，維屏以墙，斯足蔽矣，風其如墙何！名之曰『墙貓』可。」又客說之曰：「維墙雖固，維鼠穴之，墙斯圮矣，墙又如鼠何！

〔註123〕林怡君改寫：《世界民間物語100》（台北：好讀出版有限公司，2003年6月），頁149～152。
〔註124〕李占春講述，鄭友群、嚴曉星採錄：〈說大〉，見《中國民間故事集成·遼寧卷》（北京：中國ISBN中心出版，1994年9月），頁920～922。
〔註125〕黃顯華搜集整理：〈大鵬與龍蝦〉，見《中國民間故事全集》，書同註21，冊4，廣西民間故事集（一），頁246～247。
〔註126〕韓扎浩然講述，佟清福搜集翻譯：〈天外有天〉，見《中華民族故事大系》，書同註6，冊13，頁456～458。
〔註127〕書同註1，頁1106，類型2031。AT型號2031C亦併於此。

即名曰『鼠貓』可也。」東里丈人嗤之曰：「噫嘻！捕鼠者故貓也。
貓即貓耳，故爲自失本眞哉！」〔註128〕

這樣的故事，最早在古印度的《五卷書》、《故事海》已見。《五卷書》的
故事大要是：一個修道者救了一隻從鷹嘴裡掉下來的老鼠，將牠變成一位女
孩，帶回給妻子養育。長大後父親幫女兒找尋對象，要將女兒嫁給太陽神，
太陽神說雲比他強，雲說風比他強，風說山比他強，山說老鼠比他強。見到
老鼠，女兒說老鼠是她同類，要爸爸將她變回老鼠，就嫁給老鼠了。〔註129〕
在《故事海》裡，說法沒有物類與人的變形情節，純粹講女子擇婿，故事概
要是：一位旃陀羅女子，想要嫁一個偉大的夫婿，屬意國王，卻看到國王向
牟尼行禮，牟尼向濕婆神行禮，又見狗登上神像底座，舉起腳擱在神像上，
隨後狗又窩到一個旃陀羅青年腳下，所以最後她選擇了旃陀羅青年。〔註130〕
這類型故事國際間流傳極廣，主要集中在黑海、地中海一帶的歐亞大陸以及
北非諸國，此外，美洲亦見流傳（詳表7-1）。〔註131〕

「物類相比，一個勝過一個」的情節，《莊子》〈秋水〉篇有相似的描
述：

夔憐蚿，蚿憐蛇，蛇憐風，風憐目，目憐心。〔註132〕

但此說是從思想層面切入，表達天地生成萬物各有差異，順其自然天性，何
必相比，描述的重心有別，而且沒有這類型故事在一連串比較之後，得出自
己最強的循環趣味性。能在民間廣泛被傳述，趣味性必定勝過天理心性的思
想探求。所見劉元卿的〈夸父名貓〉不是從莊子故事演變，而是近於《五卷
書》之說，嘲笑取名者的誇大。

近現代中國各地諸多民族仍見「強中更有強中手」故事之講述，且三種
說法皆有。第一種老鼠嫁女兒的說法，如浙江〈老鼠嫁囡〉〔註133〕、湖北土

〔註128〕明・劉元卿：《賢奕編》卷3〈應諧第15・夸父名貓〉，書同註51，頁2671。
〔註129〕季羨林譯：《五卷書》（北京：人民文學出版社，2001年8月），頁288～
　　　　292。
〔註130〕（印）月天著，黃寶生、郭良鋆、蔣忠新譯：《故事海選》，書同註60，頁308
　　　　～309。又，「牟尼」是修道者、聖者。「旃陀羅」是指賤民，古印度社會最低
　　　　階層的人。
〔註131〕(1)書同註4-(1)，頁530～531，類型2031、2031C。(2)書同註4-(2)，頁523
　　　　～525，類型2031、2031C。(3)書同註4-(3)，頁968～969。
〔註132〕清・王先謙《莊子集解》（台北：世界書局，民國90年10月），頁147。
〔註133〕何兆明講述，柴利玲採錄：〈老鼠嫁囡〉，見《中國民間故事集成・浙江卷》，

家族的〈老鼠子嫁姑娘〉〔註 134〕、雲南阿昌族〈鼠王選婿〉〔註 135〕等，許多民族現今還有老鼠嫁女相關的民俗活動〔註 136〕，這題材也普遍出現在民間的剪紙、刺繡、繪畫裡。第二種縣官畫虎卻像貓的說法，見福建〈畫虎成貓〉〔註 137〕、山西〈縣老爺畫虎〉〔註 138〕、西藏藏族〈老爺畫虎〉〔註 139〕等。第三種狗要找夥伴的說法，見遼寧滿族〈狗找伴兒〉〔註 140〕、陝西〈狗爲啥和人在一起〉〔註 141〕、傈僳族〈狗找朋友〉〔註 142〕等。

　　《五卷書》、《故事海》的說法諷刺地位低的人想高攀，眼界依然短淺，結果找到自己同類，故事反映了印度的階級制度。而中國的老鼠嫁女已無關階級，故事與民俗相合，也出現在民間技藝的素材上，所以容易以其常見和趣味繼續被講述。至於縣官畫虎卻像貓的說法，因巧妙問答而免於責罰，故事突顯被問者的機智。狗找同伴的說法，帶有解釋性質，說明狗和人爲伴的現象。若以聽眾討論，這些故事說法可劃分不同的聽眾群，一物比過一物，跨越人、動物與自然界，不對等的物類相比，都是適合有原始思維的兒童聽眾，當中純粹的老鼠嫁女故事趣味性最強，適合學齡前兒童。其次是解釋性的狗找同伴說法，學齡前到初就學階段的孩童，知道狗會跟著人，聽故事又得印證，會覺得更有趣。至於縣官畫虎卻像貓的機智循環問答，讓較懂事的孩子可以有思想的訓練，與靈活行事的啓發，而這類說法有的最後出現嘲笑

書同註 88，頁 870。

〔註 134〕黃光曙講述，黃光平採錄：〈老鼠子嫁姑娘〉，見《中國民間故事集成·湖北卷》（北京：中國 ISBN 中心出版，1999 年 9 月），頁 398～399。

〔註 135〕滕茂芳講述，張亞萍採錄：〈鼠王選婿〉，見《中國民間故事集成·雲南卷》，書同註 14，頁 999～1000。

〔註 136〕江帆：〈意趣多端鼠嫁女——「老鼠嫁女」故事解析〉，見劉守華主編：《中國民間故事類型研究》（武漢：華中師範大學出版社，2002 年 10 月），頁 66～76。文章第二、三節言及老鼠嫁女的相關民俗及其活動。

〔註 137〕袁遠籌講述，吳奶猛採錄：〈畫虎成貓〉，見《中國民間故事集成·福建卷》（北京：中國 ISBN 中心出版，1998 年 12 月），頁 866。

〔註 138〕梁乃武講述，梁天恩採錄：〈縣老爺畫虎〉，見《中國民間故事集成·山西卷》，書同註 117，頁 749～747。

〔註 139〕格桑解佩採錄，旺堆翻譯：〈老爺畫虎〉，《中國民間故事集成·西藏卷》，書同註 8，頁 997～998。

〔註 140〕李成明講述，張其卓、董明採錄：〈狗找伴兒〉，《中國民間故事集成·遼寧卷》，書同註 124，頁 379～380。

〔註 141〕傅曉講述，傅小平採錄：〈狗爲啥和人在一起〉，見《中國民間故事集成·陝西卷》，書同註 22，頁 431。

〔註 142〕〈狗找朋友〉，見《中華民族故事大系》，書同註 6，冊 7，頁 563～566。

位高者，所以從趣味與嘲諷的觀點看，也適合成年人聽。

第四節　小　結

　　明代首見的國際型笑話（二）與其它，討論 21 個類型。在這一小節，將依故事傳述時代、故事特性等線索推究故事傳播狀態，整理說明如下。

一、境外傳入

　　「小偷躲進箱中讓賊偷」（型號 1525H.4）、「來僕不敬罰揩磨」（型號 1530B.1）、「傻瓜學舌鬧笑話」（型號 1696E）、「傻瓜學詩，詠錯對象」（型號 1696F）、「懶人之懶」（型號 1951）以及「強中更有強中手」（型號 2031）屬之。

　　「小偷躲進箱中讓賊偷」，西方早期資料見於 16 世紀初，較馮夢龍記述故事的時代略早。就內容看，馮夢龍之說，小偷從屋頂翻瓦入屋，將贓物裝入箱中，箱子大小也要裝得下一個人，然後再由接應者從屋頂拉出，如此屋瓦翻掀的範圍必定不能太小，這樣的舉動容易驚動屋主。因此以時代之早晚，並馮夢龍說法之破綻，推論故事自境外傳入。

　　「來僕不敬罰揩磨」，故事在西方，見於 12～13 世紀法國天主教神父戴孚弟的佈道文，較中國 15 世紀葉盛的記錄要早許多，又葉盛之記錄有角色身分安排的不合理處，是以知故事源自國外。

　　故事「傻瓜學詩，詠錯對象」，在元魏時期西域僧人翻譯的《雜寶藏經》裡已見傳述，流傳軌跡明確。而類型「傻瓜學舌鬧笑話」故事情節與之頗為類似，都是傻瓜學了他人的話，卻不分青紅照白的照搬照用。據此，則此類故事原型當來自印度，經流傳講述而別有發展。

　　「懶人之懶」說的是懶人的各種懶惰情況，故事主要角色「懶人」是不分時、地都有可能存在，不過依故事早期記錄之時代，阿拉伯的《一千零一夜》要早於明朝馮夢龍《笑府》約 7～8 世紀，故歸此類型為自國外傳入。

　　而明代首見的國際型程式故事「強中更有強中手」，其早期記錄見於古印度故事集《五卷書》、《故事海》，故事是尋找最強的結婚對象，結果找到自己同類，反映印度階級制度的背景。中國在明代才出現，時代相差已遠，且故事是從為貓取名說起的，沒有如印度故事有強烈的社會背景關係，因此歸其為境外傳入。

二、各自發展

「妙賊妙計，先說後偷」（型號 1525A）、「縣官審案，霸佔引起爭執的物件」（型號 1534E）、「不受奉承的人」（型號 1620B）、「假占卜歪打正著」（型號 1641）、「聽錯話而引起滑稽後果」（型號 1698G）以及「聾子探病」（型號 1698I）屬之。

故事「妙賊妙計，先說後偷」在中國和義大利早期記錄的時代相當，約在 16 世紀前半，明季義大利籍耶穌會傳教士利瑪竇來華時間是 1581 年，已是 16 世紀末，雖有地緣之相關，時代卻略晚，所以可能的情況是情節相同，各自發展，也因此見所偷物品與偷取技巧不同。

「縣官審案，霸佔引起爭執的物件」目前所知中國最早見於明朝，國外的早期記錄不詳。內容上，故事起因都是兩人為同一物件起爭執，請法官判理，明代的故事說法官直接判定留下爭執之物，西方常見說法則是法官索取高額酬金，其價值超過爭執物。以中西兩方發展略見差異，則故事或許是各自產生。

「不受奉承的人」故事在中國之外，也見於阿拉伯半島的阿曼。以時代推，目前可知中國首見於 16 世紀明朝，阿曼這一故事複合了類型「貓和蠟燭」，那在 10 世紀的阿拉伯文學已見〔註143〕，但不能證明「不受奉承的人」同樣見於早期的阿拉伯文學，也可能是故事傳述後被兜在一起。因此暫且從「愛聽奉承話」之本質推敲，是屬於人情之相通，所以列於各自發展這一類。

類型「假占卜歪打正著」，所知最早見於 11 世紀印度的《故事海》，時代早於 16 世紀明朝郎瑛的《七修類稿》。而就故事進展分析，明代的說法是占卜人無意的說辭恰巧符應聽者的問題，與這一型故事常見的兩階段鋪敘：「先有假冒之前提、再有巧合的際遇」明顯不同，是以推斷明代這一型故事是情節相同各自發展。

「聽錯話而引起滑稽後果」，目前所知在 16 世紀的明朝有故事記錄，而這類型故事的核心在語音相近引發誤解，只是此一條件並不特定屬於某地區獨有，因此故事應是情節相同，各自發展。在明代首見的國際型笑話裡，類此產生故事的條件屬於古今中外普遍的人情事理者，又有「聾子探病」，故事核心是聾子的答非所問。

〔註143〕見金榮華：《民間故事類型索引》（增訂本），書同註1，頁 203，類型 217。

三、首創地區不詳

「夢得寶藏騙酒食」（型號 1533C）、「哄上哄下，騙進騙出」（型號 1559D）、「飢餓的學徒騙引師傅」（型號 1567E）、「殺驢借雞」（型號 1572J）、「比手劃腳會錯意」（型號 1660A）、「爲沒有的東西爭吵」（型號 1681D.1）、「我沒空說謊」（型號 1920B）、「牛皮吹破，愈吹愈小」（型號 1920D）以及「巨中更有巨霸人」（型號 1962A）屬之。

在可知的故事線索裡，有些明代首見的笑話，在國外早期的流傳時、地不詳，僅知近現代確實有流傳記錄，如此較難斷定故事傳播情況。這樣的故事類型有「夢得寶藏騙酒食」、「飢餓的學徒騙引師傅」、「比手劃腳會錯意」、「爲沒有的東西爭吵」、「我沒空說謊」、「牛皮吹破，愈吹愈小」和「巨中更有巨霸人」。

「哄上哄下，騙進騙出」故事線索，目前僅知中國早期資料見於 16 世紀，現今傳播於中國、越南以及烏茲別克。烏茲別克說得是阿凡提的故事，則如第六章第四節所述，首創地區雖不詳，但中亞可能是故事早期產生的地區之一，但也有可能因其機智故事之題材，流傳後附會爲「阿凡提」故事之一。

「殺驢借雞」故事目前僅見於中、韓，就已知線索，韓國的故事記錄要早於明朝，但就故事內容推敲，明代所見故事較可能是原始說法，此外，故事在中國的首見時代還有討論空間，故暫且歸之於首創地區不詳。

表7-1：明人筆記初見之國際型笑話已知流傳地區表（二）

說明：

一、相關說明同表3-1。

二、此表除了「笑話」類型外，並一個「程式故事」類型：2031「強中更有
　　強中手」。

三、本章討論故事較多，亞洲與歐洲分部地區各別爲（一）、（二）以呈現。

亞洲（一）

		妙賊妙計先說後偷 (1525A)	小偷躲進箱中讓賊偷 (1525H.4)	來僕不敬罰揹磨 (1530B.1)	夢得寶藏騙酒食 (1533C)	縣官審案霸佔引起爭執的物件 (1534E)	哄上哄下騙進騙出 (1559D)	飢餓的學徒騙引師傅 (1567E)	騎驢借雞 (1572J)	不受奉承的人 (1620B)	假占卜歪打正著 (1641)	比手劃腳會錯意 (1660A)
	中國	✔	✔	✔	✔	✔	✔	✔	✔	✔	✔	✔
	蒙古	✔				✔					✔	✔
東亞	日本	✔				✔					✔	✔
	韓國								✔			
	越南						✔					✔
	泰國											✔
東南亞	緬甸										✔	
	菲律賓					✔					✔	
	馬來西亞										✔	
	印尼	✔									✔	
	巴基斯坦	✔										
	印度	✔				✔					✔	✔
南亞	（吉普賽人）	✔									✔	
	斯里蘭卡										✔	

		妙賊妙計先說後偷 (1525A)	小偷躲進箱中讓賊偷 (1525H.4)	來僕不敬罰揹磨 (1530B.1)	夢得寶藏騙酒食 (1533C)	縣官審案霸佔引起爭執的物件 (1534E)	哄上哄下騙進騙出 (1559D)	飢餓的學徒騙引師傅 (1567E)	騎驢借雞 (1572J)	不受奉承的人 (1620B)	假占卜歪打正著 (1641)	比手劃腳會錯意 (1660A)
西亞	喬治亞	✓	✓								✓	✓
	阿布哈茲					✓						
	土耳其										✓	✓
	敘利亞	✓									✓	✓
	黎巴嫩										✓	✓
	巴勒斯坦										✓	✓
	以色列											✓
	伊拉克										✓	✓
	伊朗										✓	
	卡達	✓									✓	
	沙烏地阿拉伯	✓				✓						✓
	阿曼									✓		
	葉門	✓									✓	
	（庫德語）											✓
	（猶太人）	✓				✓					✓	✓
	波斯灣	✓	✓									
中亞	烏茲別克						✓					✓

		妙賊妙計先說後偷 (1525A)	小偷躲進箱中讓賊偷 (1525H.4)	來僕不敬罰措磨 (1530B.1)	夢得寶藏騙酒食 (1533C)	縣官審案霸佔引起爭執的物件 (1534E)	哄上哄下騙進騙出 (1559D)	飢餓的學徒騙引師傅 (1567E)	騎驢借雞 (1572J)	不受奉承的人 (1620B)	假占卜歪打正著 (1641)	比手劃腳會錯意 (1660A)
北亞	卡爾梅克										✓	✓
	西伯利亞	✓	✓								✓	
	俄國				✓						✓	✓
	雅庫特	✓										
	圖瓦										✓	

亞洲（二）

		為沒有的東西爭吵 (1681D.1)	傻瓜學舌鬧笑話 (1696E)	傻瓜學詩詠錯對象 (1696F)	聽錯話而引起滑稽後果 (1698G)	聾子探病 (1698I)	我沒空說謊 (1920B)	牛皮吹破愈吹愈小 (1920D)	懶人之懶 (1951)	巨中更有巨霸人 (1962A)	強中更有強中手 (2031)
東亞	中國	✓	✓	✓	✓	✓	✓	✓	✓	✓	✓
	日本	✓				✓	✓			✓	✓
東南亞	越南		✓								✓
	寮國										✓
	泰國		✓								✓
	緬甸					✓					
	印尼										✓
南亞	阿富汗										✓
	巴基斯坦									✓	
	印度			✓						✓	✓
	尼泊爾									✓	✓

		為沒有的東西爭吵 (1681D.1)	傻瓜學舌鬧笑話 (1696E)	傻瓜學詩詠錯對象 (1696F)	聽錯話而引起滑稽後果 (1698G)	聾子探病 (1698I)	我沒空說謊 (1920B)	牛皮吹破愈吹愈小 (1920D)	懶人之懶 (1951)	巨中更有巨霸人 (1962A)	強中更有強中手 (2031)
西亞	阿布哈茲									✓	
	土耳其								✓		✓
	敘利亞					✓					
	黎巴嫩							✓			✓
	巴勒斯坦										✓
	約旦										✓
	伊拉克							✓			✓
	伊朗					✓				✓	✓
	巴林										✓
	卡達										✓
	沙烏地阿拉伯		✓						✓		
	葉門										✓
	（奧塞提亞人）										✓
	（庫德語）					✓					
	（猶太人）					✓		✓	✓		✓
	波斯灣										✓

		為沒有的東西爭吵 (1681D.1)	傻瓜學舌鬧笑話 (1696E)	傻瓜學詩詠錯對象 (1696F)	聽錯話而引起滑稽後果 (1698G)	聾子探病 (1698I)	我沒空說謊 (1920B)	牛皮吹破愈吹愈小 (1920D)	懶人之懶 (1951)	巨中更有巨霸人 (1962A)	強中更有強中手 (2031)
中亞	哈薩克										∨
	烏茲別克	∨						∨			∨
	塔吉克										∨
	卡爾梅克										∨
北亞	西伯利亞				∨						∨
	俄國				∨		∨	∨			
	圖瓦										∨
	（漢特人）										∨
	（曼西人）										∨

歐洲（一）

		妙賊妙計先說後偷 （1525A）	小偷躲進箱中讓賊偷 （1525H.4）	來僕不敬罰揹磨 （1530B.1）	縣官審案，霸佔引起爭執的物件 （1534E）	飢餓的學徒騙引師傅 （1567E）	假占卜歪打正著 （1641）	比手劃腳會錯意 （1660A）
北歐	芬蘭	∨	∨				∨	∨
	瑞典	∨					∨	∨
	（拉普人）	∨						
	Wepsian	∨						
	挪威	∨					∨	∨
	丹麥	∨						
	冰島	∨					∨	∨
	（法羅人）	∨						

		妙賊妙計先說後偷（1525A）	小偷躲進箱中讓賊偷（1525H.4）	來僕不敬罰揹磨（1530B.1）	縣官審案，霸佔引起爭執的物件（1534E）	飢餓的學徒騙引師傅（1567E）	假占卜歪打正著（1641）	比手劃腳會錯意（1660A）
	（弗利然人）	ˇ	ˇ				ˇ	ˇ
東歐	白俄羅斯	ˇ					ˇ	ˇ
	烏克蘭	ˇ	ˇ				ˇ	
	馬里埃爾	ˇ					ˇ	
	（馬里人）	ˇ					ˇ	
	卡累利阿共和國	ˇ					ˇ	
	韃靼							ˇ
	莫爾多瓦共和國	ˇ						
	楚瓦什共和國	ˇ						
東南歐	波斯尼亞							ˇ
	塞爾維亞	ˇ	ˇ				ˇ	
	塞爾維亞—克羅埃西亞語	ˇ	ˇ				ˇ	
	克羅埃西亞	ˇ						
	保加利亞	ˇ	ˇ				ˇ	ˇ
	馬其頓						ˇ	ˇ
	阿爾巴尼亞		ˇ					
	希臘	ˇ	ˇ		ˇ		ˇ	ˇ
南歐	西班牙	ˇ			ˇ	ˇ	ˇ	ˇ
	（巴斯克人）(西班牙)	ˇ						
	（嘉泰羅尼亞人）(西班牙)	ˇ			ˇ	ˇ	ˇ	ˇ
	葡萄牙	ˇ	ˇ		ˇ	ˇ	ˇ	ˇ
	義大利	ˇ		ˇ			ˇ	ˇ

		妙賊妙計先說後偷（1525A）	小偷躲進箱中讓賊偷（1525H.4）	來僕不敬罰揹磨（1530B.1）	縣官審案，霸佔引起爭執的物件（1534E）	飢餓的學徒騙引師傅（1567E）	假占卜歪打正著（1641）	比手劃腳會錯意（1660A）
	（拉丁語）	✓						
	馬爾他	✓					✓	
中歐	利伏尼亞	✓					✓	
	愛沙尼亞	✓						
	拉脫維亞		✓				✓	✓
	立陶宛	✓	✓				✓	✓
	波蘭	✓			✓		✓	✓
	德國	✓	✓				✓	✓
	捷克						✓	
	斯洛伐克	✓	✓		✓		✓	
	匈牙利	✓	✓				✓	
	奧地利	✓	✓				✓	
	瑞士		✓					
	羅馬尼亞	✓	✓		✓		✓	
	克羅埃西亞				✓			✓
	斯洛維尼亞	✓					✓	
西歐	愛爾蘭	✓			✓			✓
	威爾士						✓	✓
	蘇格蘭	✓	✓					✓
	英國	✓					✓	✓
	荷蘭	✓					✓	✓
	法國	✓	✓	✓			✓	✓
	科西嘉島(法國)	✓						✓
	法蘭德斯（比利時北部）	✓	✓				✓	✓
	瓦隆（比利時北部）						✓	✓

歐洲（二）

		為沒有的東西爭吵（1681D.1）	聽錯話而引起滑稽後果（1698G）	聾子探病（1698I）	我沒空說謊（1920B）	牛皮吹破愈吹愈小（1920D）	懶人之懶（1951）	巨中更有巨霸人（1962A）	強中更有強中手（2031）
北歐	芬蘭		✓		✓	✓			
	瑞典				✓				
	挪威		✓						
	丹麥		✓		✓	✓			
	（弗利然人）		✓			✓			✓
東歐	烏克蘭						✓		
	馬里埃爾								✓
	（馬里人）								✓
	韃靼								✓
	莫爾多瓦共和國				✓				
	烏德穆特爾				✓				✓
東南歐	波斯尼亞				✓			✓	
	塞爾維亞	✓	✓						
	保加利亞				✓		✓		
	馬其頓								✓
	阿爾巴尼亞					✓			
	希臘		✓			✓	✓		✓
南歐	西班牙		✓			✓			✓
	（嘉泰羅尼亞人）（西班牙）								✓
	葡萄牙	✓	✓			✓	✓		✓
	義大利		✓				✓		

		為沒有的東西爭吵（1681D.1）	聽錯話而引起滑稽後果（1698G）	聾子探病（1698I）	我沒空說謊（1920B）	牛皮吹破愈吹愈小（1920D）	懶人之懶（1951）	巨中更有巨霸人（1962A）	強中更有強中手（2031）
	馬爾他					✓			✓
中歐	愛沙尼亞				✓				
	拉脫維亞				✓				
	立陶宛		✓		✓				
	波蘭		✓						
	德國		✓			✓			
	捷克					✓			
	匈牙利							✓	✓
	奧地利		✓						
	羅馬尼亞			✓	✓	✓	✓		
	斯洛維尼亞					✓			
西歐	愛爾蘭		✓		✓				✓
	英國	✓	✓						
	荷蘭								✓
	法國		✓						✓
	法蘭德斯（比利時北部）		✓					✓	✓

非洲

		妙賊妙計先說後偷（1525A）	小偷躲進箱中讓賊偷（1525H.4）	縣官審案霸佔引起爭執的物件（1534E）	假占卜歪打正著（1641）	比手劃腳會錯意（1660A）	聽錯話而引起滑稽後果（1698G）	聾子探病（1698I）	我沒空說謊（1920B）	牛皮吹破愈吹愈小（1920D）	懶人之懶（1951）	強中更有強中手（2031）
	非洲									✓		✓
北非	北非	✓										
	埃及			✓	✓			✓		✓		✓
	突尼西亞	✓			✓							✓

		妙賊妙計先說後偷（1525A）	小偷躲進箱中讓賊偷（1525H.4）	縣官審案霸佔引起爭執的物件（1534E）	假占卜歪打正著（1641）	比手劃腳會錯意（1660A）	聽錯話而引起滑稽後果（1698G）	聾子探病（1698I）	我沒空說謊（1920B）	牛皮吹破愈吹愈小（1920D）	懶人之懶（1951）	強中更有強中手（2031）
	阿爾及利亞				✓							✓
	摩洛哥	✓			✓							✓
	蘇丹				✓							
	（巴巴里人）				✓							
中非	中非共和國		✓									
南非	那米比亞				✓							
南非	南非	✓	✓		✓		✓		✓		✓	
南非	馬達加斯加											✓
東非	東非				✓							
東非	衣索比亞											✓
東非	索馬利亞	✓										

美洲

		妙賊妙計先說後偷（1525A）	小偷躲進箱中讓賊偷（1525H.4）	飢餓的學徒騙引師傅（1567E）	假占卜歪打正著（1641）	比手劃腳會錯意（1660A）	聽錯話而引起滑稽後果（1698G）	聾子探病（1698I）	我沒空說謊（1920B）	牛皮吹破愈吹愈小（1920D）	懶人之懶（1951）	巨中更有巨霸人（1962A）	強中更有強中手（2031）
北美洲	加拿大（英語區）												
	加拿大（法語區）				✓								
	美國	✓	✓		✓		✓		✓		✓	✓	
	美國（英語區）								✓				

		妙賊妙計先說後偷（1525A）	小偷躲進箱中讓賊偷（1525 H.4）	飢餓的學徒騙引師傅（1567E）	假占卜歪打正著（1641）	比手劃腳會錯意（1660A）	聽錯話而引起滑稽後果（1698G）	聾子探病（1698 I）	我沒空說謊（1920B）	牛皮吹破愈吹愈小（1920D）	懶人之懶（1951）	巨中更有巨霸人（1962A）	強中更有強中手（2031）
	美國（法語區）	∨								∨			∨
	美國（西班牙語區）	∨			∨	∨		∨	∨	∨	∨		∨
	美國（非洲語區）				∨								
	美國（黑人）				∨						∨		
	（北美印第安人）												∨
	墨西哥	∨			∨	∨					∨		∨
中美洲	瓜地馬拉												∨
	尼加拉瓜												∨
	巴拿馬			∨	∨								
西印度群島	古巴						∨						
	西印度群島				∨								
	多明尼加	∨			∨						∨		
	波多黎各				∨								∨
南美洲	巴西				∨								∨
	智利	∨			∨		∨						∨
	阿根廷	∨			∨	∨							∨

第八章　結　論

第一節　明人筆記的特色

本論文之進行，首要縱覽明人筆記，從而得見明人筆記的幾項特徵：

其一，主題性筆記編纂題材的擴大。

明人筆記內容不外乎記書、記史與記事。記事題材除傳統的志怪、志人外，亦及於物類之雜記，如茶、酒、動物、花等，見有夏樹芳《茶董》、《酒顛》，郭子章《蠙衣生馬記》，王穉登《虎苑》、陳繼儒《虎薈》等。

能以單類為題，表示該類材料有相當數量，同時也是作者生活中常接觸或感興趣之事物，反應明人部份的生活現象。而這類主題編纂題材亦對後人產生影響，如清代黃漢有《貓苑》，於書之凡例明說仿自《虎薈》。〔註1〕

其二，多雜俎類筆記。

明人雜俎類筆記，多過志怪或志人題材的筆記，其中編纂卷數及內容較多者有：王瑩《羣書類編故事》，王圻《稗史彙編》，徐應秋《玉芝堂談薈》，朱國禎《湧幢小品》，馮夢龍《古今譚概》、《增廣智囊補》，談遷《棗林雜俎》等。

推測雜俎類筆記較多之原因，可能是承襲傳統類書之形式，以及時代思潮之影響。中國類書發展的早，有系統收編資料與歸類，能容納多元龐雜之資料，書既編就，亦易檢索。編纂者辛苦蒐集資料，自然不會輕易捨棄，以

〔註1〕清‧黃漢：《貓苑》，凡例第一條：「貓事本無專書，古今典故，僅散見於羣集。今仿昔人《虎薈》、《蟹譜》暨《蟋蟀經》之例，廣用蒐羅，輯成茲集。」見《筆記小說大觀》22編冊9，頁5889。

類書方式呈現，最能普遍概括所有類別。

至於時代思潮，明代不若六朝時候好品評人物與談玄說怪，這類題材便不是主流，但亦見仿效《世說新語》而作的《皇明世說新語》，也有爲特定事件記載相關人物者，如《建文忠節錄》。此外，明人看待事件或記纂筆記之態度，有時顯現較理性之見解，如陸容《菽園雜記》書梁祝故事，結語作：「吳中有花蝴蝶，橘蠹所化也，婦孺以梁山伯、祝英臺呼之。」〔註2〕如此記載，透露作者並不將蝴蝶與梁祝傳說相連結，只是據實表達民眾有此反應。又如談遷《棗林雜俎》記載「石續」逸事：「兗貳守錢某毀堙城壖淫祠像，臂流血，駭之。（石）續曰：『蝙蝠血也。』時仲冬，搜得數斗。」〔註3〕此事件有成志怪故事之條件，不過記載並沒有朝此發展。明人筆記並非無神奇怪異之事件，但是專以志怪爲題材編纂成書者並不是最多，除了這類題材散見在雜俎類筆記之外，也反應出明人能以較理性的態度看待一般所謂的神奇怪異現象。

其三，笑話集多。

據可得見的明人筆記資料，第一部專以嘲謔譏諷題材編纂的笑話集，是陸灼於西元 1516 年編成的《艾子後語》，其後至明亡的一百多年，笑話集子一時並起，其時代明確可知者有：

樂天大笑生：《解慍編》，書有明嘉靖（1522～1566）刻本。

耿定向（1524～1596）：《權子》。

李贄（1527～1602）：《雅笑》、《山中一夕話》。

屠本畯（1542～1622）：《艾子外語》、《憨子雜俎》。

趙南星（1550～1627）：《笑贊》。

江盈科（1553～1605）：《諧史》。

馮夢龍（1574～1646）：《笑府》、《廣笑府》、《雅謔》、《笑林》。

又有時代不明的潘游龍《笑禪錄》、醉月子《精選雅笑》，以及作者不詳的《笑海千金》、《新刻時尙華筵趣樂談笑酒令》等。明代建國在西元 1369 至 1644 年間，笑話集集中在中後期出現，此現象必有與之相應的發展條件。

就社會背景看，明孝宗弘治年（1487～1505）前後，經濟與商業開始有了顯著的發展，從而帶起社會風尙與思想觀念的變化。文學界與此現象明顯

〔註2〕明・陸容：《菽園雜記》（北京：中華書局，1997 年 12 月），頁 136。

〔註3〕明・談遷著，羅仲輝、胡明校點校：《棗林雜俎》（北京：中華書局，2006 年 4 月），頁 294。

的交集是，以吳中爲中心的蘇、杭地區，集結有士人群體，不論在朝爲官，或是失意文人，多喜結交朋友，不時互有往來或集會，自有風雅又不離於市民生活。〔註4〕從前文第二章第一節之概說，可以看出記載故事的筆記幾乎都出現在這時期之後，這些作者們也很多都是江浙一帶的人，如上列笑話集之作者，屠本畯是鄞縣（今浙江寧波）人，江盈科曾在長州（今江蘇蘇州）當了六年的縣令，馮夢龍亦是長州人。則在他們集會宴飲、笑談應答時，便是笑話可能產生之環境，《新刻時尚華筵趣樂談笑酒令》之編纂，是這一現象的證明。又，這時期文人思潮有李贄的「童心說」，注重本心的自然眞情；與江盈科往來的，有袁宏道公安派獨抒性靈、不拘格套的主張，發展出眞與趣的文學作品。〔註5〕民間文學的本質，正是這些學說所看重的，袁宏道有〈敘小修詩〉云：「今閭閻婦人孺子所唱〈擘破玉〉、〈打草竿〉之類，猶是無聞無識眞人所作，故多眞聲，不效顰於漢、魏，不學步於盛唐，任性而發，尚能通於人之喜怒哀樂、嗜好情欲，是可喜也。」〔註6〕所以士人們不離於都市生活，而有接觸民間文學之客觀機會，加以這階段文學思潮之主觀影響，讓民間文學受到重視，如此開創了明代中後期笑話大量出現的背景原因。

第二節　明人筆記中初見的國際型故事特色

一、明代首見的動物故事

明代首見的動物故事類型 8 個（含傳統型 2 個），其中 3 個是人與動物的故事：「忘恩獸再入牢籠」（型號 155）、「忘恩獸吃掉救命恩人」（型號 155A）與「虎盡子責養寡母」（型號 156D）；5 個是動物的故事：「吃自己內臟」（型號 21）、「老鼠偷喝酒或油」（型號 112A）、「老鼠搬蛋」（型號 112B）、「貓裝聖人」（型號 113B）、「蝙蝠取巧被排斥」（型號 222A）。傳統中國的動物故事，一向以人與動物爲題材，少有純粹的動物故事，此時期有超過一半的比例，顯示明人描述事件眼界的開闊。又，其中「貓裝聖人」早見於佛經，「蝙蝠取巧被排斥」早見於《伊索寓言》，在國外都比明朝流傳的早，可知是外來文化的傳入。

〔註4〕羅宗強：《明代文學思想史》（北京：中華書局，2013 年 1 月），頁 345～361。
〔註5〕同前註，頁 692～702、733～748。
〔註6〕明・袁宏道：《袁中郎集》（台北：清流出版社，民國 65 年 10 月），頁 2～3。

而外來故事在中國，也見到故事中國化的現象。如屠本畯《艾子外語》的「忘恩負義的狼吃掉救命恩人」，故事一開始先交代野獸會講人話，因為傳統中國故事裡人和動物溝通靠的是「意會」，而不是「對話」。又如《解慍編》的「蝙蝠取巧被排斥」故事，以鳳凰為禽類首領、麒麟為獸類首領，也是中國化的呈現。

二、明代首見的國際型一般民間故事

前文第四、五章的「幻想故事」、「宗教神仙故事」、「生活故事」與「惡地主故事」是屬於「一般民間故事」之類，其故事常反應民眾生活型態與想法，則能流傳於國際的一般民間故事，通常就是含有跨越國界相通的民情。

其中「幻想故事」涉及神、鬼、精怪等對象，有關「神奇的對手」、「神奇的幫助者」、「奇異的能力」之題材，除了展現民眾的想像力，也是普遍大眾對未知對象的敬畏與期盼；還有「宗教神仙故事」，講「神的賞罰」或為惡者的報應，則是呈現教化的意義。

生活故事還有關於婚嫁、辦案事件以及有關言行舉止的特殊行為等。故事「假新郎成真丈夫」，蘊含民眾普遍相信的不可違抗的命定觀。辦案故事在宋明盛行，還發展出公案小說，其影響一直延續至清代，故事之傳述除了表達民眾對社會公理正義的期盼，亦讚嘆理清案情者的聰明才智，這聰明人也是不分古今中外都存有的特殊人物。

這些故事在相通的人情外，有的也表現出明代或中國式故事的特色，如《稗史彙編》「真假新娘（新郎）」故事，結局從妖怪的觀點討論怪與不怪，是記述故事者將知識份子的思維融入其中。又《笑府》「分莊稼」故事，將分莊稼的農夫與熊轉成兄與弟，對象由虛改實，符合中國民情。

三、明代首見的國際型笑話

笑話一類在明朝，有大幅度的增加，以總數看，明前已見的笑話類型有42個，當中屬於國際型的有21個；明代首見的類型有54個，其中國際型34個。除了總數增加129%外，亦見國際型笑話比例從50%成長至63%。以AT分類類目看，這些首見的國際型笑話最多的是「男人的笑話和趣事」，34個類型中有16個屬之，佔了一半；其次是「傻瓜的故事」，有10個，佔了三分之一。

若就故事內容分析，最常見的主題是「巧騙與妙偷」，如「偷米不著反失

褲」（型號 1341D）、「妙賊妙計，先說後偷」（型號 1525A）、「哄上哄下，騙進
騙出」（型號 1559D）等，這類故事重心不在其中的小偷或騙子身分，而是肯
定他們的聰明，以及遇事臨機應變的機巧。其次是「傻瓜的趣事」，如「傻瓜
護樹拔回家」（型號 1241C）、「搔癢搔錯了腿」（型號 1288）、「傻瓜學舌鬧笑
話」（型號 1696E）等，傻瓜與笨人行事常昧於人情事理，因不尋常而被流傳。
又次則是「嘲諷的笑話」，有「守財奴的物盡其用」（型號 1305D.1）嘲笑守財
奴；「口吃的少女」（型號 1457）嘲弄人掩飾缺失，卻是功虧一簣；「殺驢借雞」
（型號 1572J），嘲弄吝嗇的主人等，故事呈現這些人的極端性格，以為他人
借鏡，在談笑中又蘊含社會教化功能。〔註 7〕

第三節　國際型故事流傳現象探析

　　明代首見國際型故事之探究，從故事流傳時、地的分佈，有幾個可再討
論之現象，茲先將前文表 3-1、4-1、5-1、6-1、7-1 所列各類型流傳國家或地
區之數量，以洲際為歸屬統計如下表：

表 8-1：明人筆記初見之國際型故事流傳地區統計表

	型　名	型號	亞洲	歐洲	非洲	美洲	大洋洲	總數
1	吃自己的內臟	21	21	20	5	0	0	46
2	老鼠搬蛋	112B	1	5	0	1	0	7
3	貓裝聖人	113B	13	6	5	1	0	25
4	忘恩獸再入牢籠	155	28	35	18	13	0	94
5	忘恩獸吃掉救命恩人	155A	1	0	1	0	0	2
6	蝙蝠取巧被排斥	222A	8	12	1	1	0	22
7	真假新娘（新郎）	331A	11	1	3	0	0	15
8	潑婦鬼也怕	332A	15	33	2	6	0	56
9	蜈蚣救主	554D	2	0	0	0	0	2
10	天賦異稟十兄弟	654B	1	1	0	0	0	2

〔註 7〕參拙作：〈明人國際型笑話試探〉，見《中國文化大學中文學報》第 29 期（台
　　　　北：中國文化大學中國文學系，民國 103 年 10 月），頁 81～100。

型　名	型號	亞洲	歐洲	非洲	美洲	大洋洲	總數
11	精怪摘瘤又還瘤	747A	13	27	3	12	0	55
12	出米洞	751F	1	0	1	0	0	2
13	假新郎成眞丈夫	855	6	7	0	1	0	14
14	假意審石頭，眞心助小販	926D.1	2	0	0	0	0	2
15	假意生氣眞捉賊	926D.2	2	0	0	0	0	2
16	誰偷了藏在屋外的錢	926D.4	4	0	0	0	0	4
17	尼姑扶醉漢	927B	1	1	0	0	0	2
18	害人反害己	939B	11	19	5	2	0	37
19	橫財不富命窮人	947A	15	17	4	0	0	36
20	劣子臨刑咬娘乳	996	8	17	3	1	0	29
21	分莊稼	1030	10	45	5	12	0	72
22	傻瓜護樹拔回家	1241C	3	0	0	0	0	3
23	把自己丟了	1284	16	24	3	2	1	46
24	搔癢搔錯了腿	1288	9	29	2	3	0	43
25	錯將酒瀝作尿滴	1293	2	8	1	1	0	12
26	守財奴的物盡其用	1305D.1	2	0	0	0	0	2
27	兄弟合買鞋	1332D.1	2	0	0	0	0	2
28	鄉下人進城	1337	5	15	2	1	0	23
29	倒楣的竊賊	1341C	5	13	0	0	0	18
30	只是撿了一條繩子	1341C.2	3	14	0	4	1	22
31	偷米不著反失褲	1341D	2	0	0	0	0	2
32	我乃大丈夫也	1366	1	12	2	0	0	15
33	一追一躲皆假裝	1419D	3	6	2	1	0	12
34	袋子裡的是米	1419F.1	2	3	0	1	0	6
35	口吃的少女	1457	14	33	0	5	0	52
36	妙賊妙計，先說後偷	1525A	16	46	4	7	0	73
37	小偷躲進箱中讓賊偷	1525H.4	4	20	2	1	0	27

	型　名	型號	亞洲	歐洲	非洲	美洲	大洋洲	總數
38	來僕不敬罰揹磨	1530B.1	1	2	0	0	0	3
39	夢得寶藏騙酒食	1533C	2	0	0	0	0	2
40	縣官審案，霸佔引起爭執的物件	1534E	8	10	1	0	0	19
41	哄上哄下，騙進騙出	1559D	3	0	0	0	0	3
42	飢餓的學徒騙引師傅	1567E	1	3	0	1	0	5
43	殺驢借雞	1572J	2	0	0	0	0	2
44	不受奉承的人	1620B	2	0	0	0	0	2
45	假占卜歪打正著	1641	25	43	9	13	0	90
46	比手劃腳會錯意	1660A	20	32	1	3	0	56
47	爲沒有的東西爭吵	1681D.1	3	3	0	0	0	6
48	傻瓜學舌鬧笑話	1696E	4	0	0	0	0	4
49	傻瓜學詩詠錯對象	1696F	2	0	0	0	0	2
50	聽錯話而引起滑稽後果	1698G	3	17	1	4	0	25
51	聾子探病	1698I	8	1	1	1	0	11
52	我沒空說謊	1920B	4	13	1	3	0	21
53	牛皮吹破，愈吹愈小	1920D	6	13	2	3	0	24
54	懶人之懶	1951	4	7	1	5	0	17
55	巨中更有巨霸人	1962A	7	3	0	1	0	11
56	強中更有強中手	2031	29	16	8	11	0	64

　　據上表流傳國家或地區分佈之數量，幾個流傳最廣的故事依次是：「忘恩獸再入牢籠」（型號 155）、「假占卜歪打正著」（型號 1641）、「妙賊妙計，先說後偷」（型號 1525A）、「分莊稼」（型號 1030）、「強中更有強中手」（型號 2031），這些故事分佈地區都高達 60 個以上。當中「忘恩獸再入牢籠」、「分莊稼」和「強中更有強中手」都是境外傳入的故事。故事廣被講述，所以流傳，傳入中國之後，這些故事至今仍普遍傳述，故事的動態生命，古今相應，成正相關。

其次，有些故事首見於明朝，在境外的流傳地有限而不普及者，如：「蜈蚣救主」（型號 554D）、「守財奴的物盡其用」（型號 1305D.1）、「偷米不著反失褲」（型號 1341D）、「殺驢借雞」（型號 1572J）等流傳在中、韓；又有「忘恩獸吃掉救命恩人」（型號 155A）、「流米洞」（型號 751F）故事流傳在中、非。中韓地域相連，影響已久，唐代就有新羅學生來唐求學，從唐代以至明朝，留學生、外交使臣與兩國商人往來間，也將不少中國書籍帶入朝鮮，李朝的文人著作直接引述有明人筆記《西湖遊覽志餘》、《稗史彙編》、《五雜俎》等〔註8〕，這是故事得以傳述的直接途徑。至於「流米洞」等故事之流傳，則不免與鄭和下西洋最遠曾到達非州東岸的事實相連接，或許就是異地文化交流留下的線索。

此外，有些類型的流傳地區集中在歐亞大陸，或是環地中海的歐洲、非州、西亞、中亞一帶，如：「害人反害己」（型號 939B）、「把自己丟了」（型號 1284）等。則可能是縱橫在歐亞大陸之間的蒙古帝國將故事帶進中國，歷經故事的轉變與流傳，元朝之後才在明朝被記錄下來。

而明代首見的國際型笑話，有幾乎是 16 世紀同時流傳在中外的故事，有的故事記錄西方或略早於明朝，如類型「錯將酒瀝作尿滴」（型號 1293）、「只是撿了一條繩子」（型號 1341C.2）、「小偷躲進箱中讓賊偷」（型號 1525H.4）等，這一現象應當也與明代海上交通發達，及其對外的交流貿易有關。

〔註 8〕楊昭全著：《中國—朝鮮・韓國文化交流史》（北京：崑崙出版社，2004 年 1月），頁 603～604。

參考書目

本書目共分「筆記」、「工具書」、「專著與論集」、「故事資料」、「學位論文」、「期刊及研討會論文」六類。用書見於叢書者，在各叢書第一次敘列時詳列出版項，後再出現相同叢書，僅列敘書名與冊數。

一、筆記

（一）明代筆記（依作者筆劃排序）

1. 孔邇述：《雲蕉館紀談》，見新文豐出版公司編輯部：《叢書集成新編》，台北：新文豐出版公司，民國74年元月，書在冊89。

2. 方大鎮：《田居乙記》，見《筆記小說大觀》，台北：新興書局，民國62年4月至民國76年6月陸續出版，書在4編冊5

3. 方逢年定；劉侗、于奕正修：《帝京景物略》，見《筆記小說大觀》13編冊6。

4. 王文祿：《與物傳》，見《叢書集成新編》冊82。

5. 王文祿：《機警》，見《叢書集成新編》冊88。

6. 王兆雲：《白醉璅言》，見《筆記小說大觀》37編冊1。

7. 王同軌：《耳談類增》，見續修四庫全書編纂委員會：《續修四庫全書》，上海：上海古籍出版社，2002年3月，書在冊1268。

8. 王圻：《稗史彙編》，見《筆記小說大觀》3編冊4～7。又見四庫全書存目叢書編纂委員會編纂：《四庫全書存目叢書》，濟南：齊魯書社，1995年9月至1997年7月陸續出版，書在子部冊139～142。

9. 王瑩：《羣書類編故事》，見《筆記小說大觀》3編冊3。

10. 王濟：《君子堂日詢手鏡》，見《叢書集成新編》冊94。

11. 王穉登：《虎苑》，見王德毅主編：《叢書集成續編》，台北：新文豐出版公司，民國 78 年 7 月，書在冊 83。

12. 王臨亨撰，凌毅點校：《粵劍編》，北京：中華書局，1997 年 11 月。

13. 田汝成：《西湖遊覽志餘》，見清・永瑢、紀昀等：《景印文淵閣四庫全書》，台北：臺灣商務印書館，民國 75 年 3 月，書在冊 585。

14. 田汝成：《委巷叢談》，見明・馮可賓：《廣百川學海》，台北：新興書局，民國 59 年 7 月。書又見《五朝小說大觀・明人小說》第 94 帙，在《筆記小說大觀》38 編冊 4。

15. 田汝成：《熙朝樂事》，見明・馮可賓：《廣百川學海》，台北：新興書局，民國 59 年 7 月。

16. 田藝蘅：《留青日札》，見《續修四庫全書》冊 1129、《叢書集成新編》冊 88（摘抄 4 卷本）。

17. 朱國禎：《湧幢小品》，見《筆記小說大觀》22 編冊 7、《四庫全書存目叢書》子部冊 106。

18. 江盈科：《皇明十六種小傳》，見黃仁生輯校：《江盈科集》，長沙：岳麓書社，1997 年 4 月。

19. 江盈科：《雪濤小說》，見《筆記小說大觀》37 編冊 1。

20. 江盈科：《雪濤閣集》，見黃仁生輯校：《江盈科集》，長沙：岳麓書社，1997 年 4 月。

21. 江盈科：《雪濤諧史》，明刊本，台北：國家圖書館藏善本。

22. 江盈科：《談言》，見《筆記小說大觀》37 編冊 1。

23. 江盈科：《諧史》，見黃仁生輯校：《江盈科集》，長沙：岳麓書社，1997 年 4 月。

24. 江進之著，章衣萍校訂：《雪濤小書》，上海：中央書店，民國 37 年 12 月。

25. 何良俊：《四友齋叢說》，北京：中華書局，1997 年 11 月。

26. 何孟春：《餘冬序錄》，見《筆記小說大觀》31 編冊 9。

27. 吳訥：《棠陰比事補編》，見《筆記小說大觀》6 編冊 4。

28. 吳敬所：《京台新鍥公餘勝覽國色天香》，見古本小說集成編輯委員會編：《古本小說集成》，上海：上海古籍出版社。（書不著錄出版年，書前〈編輯弁言〉記年 1990 年 8 月。）書在冊 273～274。

29. 宋雷：《西吳里語》，見《筆記小說大觀》25 編冊 4。

30. 宋鳳翔：《秋涇筆乘》，見《筆記小說大觀》6 編冊 7。

31. 宋濂：《潛溪邃言》，見《筆記小說大觀》6 編冊 5。

32. 李日華撰，郁震宏、李保陽點校：《六研齋筆記》，南京：鳳凰出版社，

2010 年 3 月。

33. 李詡撰，魏連科點校：《戒庵老人漫筆》，北京：中華書局，2006 年 10月。

34. 李樂：《見聞雜記》，見《筆記小說大觀》4 冊 5。

35. 李濂：《汴京勾異記》，見《叢書集成新編》冊 82。

36. 李贄：《山中一夕話》，見《續修四庫全書》冊 1272。

37. 李贄：《雅笑》，見《續修四庫全書》冊 1272。

38. 沈周：《石田雜記》，見《筆記小說大觀》6 編冊 7。

39. 沈敕：《荊溪外紀》，見《四庫全書存目叢書》集部冊 382。

40. 周元暐：《涇林續記》，見《叢書集成新編》冊 89。

41. 周暉：《金陵瑣事》，見《筆記小說大觀》16 編冊 3。

42. 周應治：《霞外塵談》，見《筆記小說大觀》28 編冊 5。

43. 施顯卿：《奇聞類紀》，見《叢書集成新編》冊 82（4 卷本）、《四庫全書存目叢書》子部冊 247（10 卷本）。

44. 胡侍：《真珠船》，見《筆記小說大觀》4 編冊 6。

45. 郎瑛：《七修類稿》，見《筆記小說大觀》33 編冊 1。

46. 唐順之：《兩漢解疑》，見《筆記小說大觀》6 編冊 5。

47. 夏樹芳：《酒顛》，見《筆記小說大觀》39 編冊 5。

48. 孫能傳：《益智編》，見《四庫全書存目叢書》子部冊 143～144。

49. 徐復祚：《三家村老委談》，見《筆記小說大觀》42 編冊 10。

50. 徐復祚：《花當閣叢談》，見《筆記小說大觀》16 編冊 2、《續修四庫全書》冊 1175。

51. 徐禎卿：《翦勝野聞》，見《筆記小說大觀》9 編冊 7。

52. 徐應秋：《玉芝堂談薈》，見《筆記小說大觀》續編冊 5、23 編冊 1～2。

53. 浮白主人：《笑林》，見《中國笑話大觀》、《中國笑話書》。

54. 浮白齋主人：《雅謔》，見《筆記小說大觀》39 編冊 5。

55. 祝允明：《志怪錄》，見《叢書集成新編》冊 82。

56. 祝允明：《前聞記》，見《筆記小說大觀》31 編冊 9。

57. 祝允明：《野記》，見《筆記小說大觀》40 編冊 1。

58. 耿定向：《先進遺風》，見《筆記小說大觀》4 編冊 5。

59. 耿定向：《權子》，見《續修四庫全書》冊 1192。

60. 馬中錫：《東田集》，見《四庫全書存目叢書》集部冊 41。

61. 屠本畯：《艾子外語》，台北：世界書局，民國 48 年 9 月。

62. 屠本畯：《憨子雜俎》，台北：世界書局，民國 48 年 9 月。

63. 張岱撰，李小龍整理：《夜航船》，北京：中華書局，2012 年 2 月。

64. 張怡撰，魏連科點校：《玉光劍氣集》，北京：中華書局，2006 年 8 月。

65. 張景：《補疑獄集》，見《景印文淵閣四庫全書》冊 729，刊於晉・和凝：《疑獄集》之後，卷次相屬，書名仍作《疑獄集》。

66. 張燧：《千百年眼》，見王德毅主編：《叢書集成三編》，台北：新文豐出版公司，民國 86 年 3 月，書在冊 67。

67. 曹安：《讕言長語》，見《筆記小說大觀》5 編冊 4。

68. 都穆撰，陸采編次；李劍雄校點：《都公談纂》，見上海古籍出版社編：《明代筆記小說大觀》，上海：上海古籍出版社，2005 年 4 月，書在冊 1。

69. 陳全之著，顧靜標校：《蓬窗日錄》，上海：上海書店出版社，2009 年 1 月。

70. 陳良謨：《見聞紀訓》，見《筆記小說大觀》4 編冊 5。

71. 陳洪謨撰，盛冬鈴點校：《治世餘聞》，北京：中華書局，1997 年 11 月。

72. 陳降：《辨物小志》，見《筆記小說大觀》6 編冊 7。

73. 陳師教：《花裏活》，見《筆記小說大觀》6 編冊 5。

74. 陳霆：《兩山墨談》，見《筆記小說大觀》14 編冊 3。

75. 陳繼儒：《太平清話》，《筆記小說大觀》5 編冊 4。

76. 陳繼儒：《狂夫之言》，《筆記小說大觀》4 編冊 6。

77. 陳繼儒：《見聞錄》，見《筆記小說大觀》4 編冊 6。

78. 陳繼儒：《妮古錄》，《筆記小說大觀》14 編冊 4。

79. 陳繼儒：《枕譚》，《筆記小說大觀》6 編冊 7。

80. 陳繼儒：《虎薈》，見《筆記小說大觀》4 編冊 5。

81. 陳繼儒：《珍珠船》，《筆記小說大觀》13 編冊 5。

82. 陳繼儒：《香案牘》，見《筆記小說大觀》14 編冊 4。

83. 陳繼儒：《羣碎錄》，《筆記小說大觀》6 編冊 7。

84. 陳繼儒：《辟寒部》，《筆記小說大觀》5 編冊 4。

85. 陳繼儒：《讀書鏡》，《筆記小說大觀》5 編冊 4、《四庫全書存目叢書》史部冊 288。

86. 陸灼：《艾子後語》，台北：世界書局，民國 48 年 9 月。

87. 陸容：《式齋先生集》，明弘治 14（1501）年崑山陸氏家刊本，台北：國家圖書館藏。

88. 陸容：《菽園雜記》，北京：中華書局，1997 年 12 月。

89. 陸楫：《古今說海》，見《景印文淵閣四庫全書》冊 885～886。

90. 陸粲：《庚巳編》，見《筆記小說大觀》16 編冊 5（4 卷本）。《叢書集成新編》冊 88（10 卷本）。

91. 陸樹聲：《叢書集成新編》冊 88。

92. 惠康野叟：《識餘》，見《筆記小說大觀》續編冊 4。

93. 閔文振：《涉異志》，見《筆記小說大觀》31 編冊 9。

94. 馮時化：《酒史》，見《筆記小說大觀》4 編冊 7。

95. 馮夢龍：《古今譚概》，見《筆記小說大觀》20 編冊 7～8。書又見欒保群點校，北京：中華書局，2010 年 8 月。

96. 馮夢龍：《笑府》、《廣笑府》，見竹君校點：《笑府》（附《廣笑府》），福建：海峽文藝出版社，1992 年 6 月。

97. 馮夢龍：《情史》，見《古本小說集成》冊 549～552。

98. 馮夢龍：《增廣智囊補》，見《筆記小說大觀》正編冊 3。

99. 黃暐：《蓬軒別記》，見《筆記小說大觀》39 編冊 5。

100. 黃暐：《蓬軒吳記》，見《筆記小說大觀》39 編冊 5。

101. 黃暐：《蓬窗類記》，見《四庫全書存目叢書》子部冊 251。

102. 黃瑜：《雙槐歲鈔》，見《筆記小說大觀》14 編冊 2。

103. 楊昱：《牧鑑》，見《續修四庫全書》冊 753。

104. 楊慎：《丹鉛續錄》，見《筆記小說大觀》13 編冊 5。

105. 楊儀：《明良記》，見《叢書集成新編》冊 88。

106. 楊儀：《高坡異纂》，見《筆記小說大觀》17 編冊 4。

107. 葉盛撰，魏中平點校：《水東日記》，北京：中華書局，1997 年 12 月。

108. 雷燮：《奇見異聞筆坡叢脞》，見程毅中編：《古體小說鈔——宋元卷》，北京：中華書局，1995 年 11 月。

109. 趙南星：《笑贊》，見盧冀野校訂：《清都散客二種》，鄭州：中州古籍出版社，1991 年 10 月。

110. 劉元卿：《賢奕編》，見《筆記小說大觀》4 編冊 4。

111. 劉辰：《國初事蹟》，見《筆記小說大觀》40 編冊 1。

112. 樂天大笑生：《解慍編》，見《續修四庫全書》冊 1272。

113. 潘游龍：《笑禪籙》，見《筆記小說大觀》38 編冊 4。

114. 蔡善繼：《前定錄》，見《筆記小說大觀》37 編冊 1。

115. 談遷撰，羅仲輝、胡明校點校：《棗林雜俎》，北京：中華書局，2006 年 4 月。

116. 鄭仲夔：《耳新》，見《筆記小說大觀》18 編冊 1。

117. 鄭瑄：《昨非庵日纂》，見《筆記小說大觀》22 編冊 4。

118. 醉月子：《精選雅笑》，見《中國笑話大觀》。

119. 謝肇淛：《塵餘》，見《續修四庫全書》冊 1130。

120. 謝肇淛撰，傅成校點：《五雜組》，見《明代筆記小說大觀》冊 2。

121. 顧起元撰，譚棣華、陳稼禾點校：《客座贅語》，北京：中華書局，2007 年 8 月。

122. 不題撰人：《時尚笑談》，見《中國笑話大觀》。

123. 不題撰人：《笑苑千金》，見《中國笑話書》。

124. 不題撰人：《笑海千金》，見《中國笑話大觀》。

125. 不題撰人：《新刻時尚華筵趣樂談笑酒令》，見姜亞沙、經莉、陳湛綺編輯：《中國古代酒文獻輯錄》，北京：全國圖書館文獻縮微複製中心，2004 年 9 月，冊 4。

（二）其他朝代筆記（先依朝代，再依作者筆劃排序）

1. 晉・干寶撰，李劍國輯校：《新輯搜神記》，北京：中華書局，2008 年 5 月。

2. 宋・孔平仲：《談苑》，見《筆記小說大觀》4 編冊 4。

3. 清・袁枚：《續子不語》，見《筆記小說大觀》正編冊 4。

4. 清・黃漢：《貓苑》，見《筆記小說大觀》22 編冊 9。

5. 清・遊戲主人撰，袁明輯校：《笑林廣記》，北京：中國社會出版社，1998 年 6 月。

6. 清・樂鈞著，辛照校點：《耳食錄》，濟南：齊魯書社，2004 年 11 月。

二、工具書（依作者筆劃排序）

1. （美）丁乃通著，鄭建成等譯：《中國民間故事類型索引》，北京：中國民間文藝出版社，1986 年 7 月。（2008 年 4 月，華中師範大學出版社重新出版，譯者鄭建成作鄭建威）

2. （德）艾伯華著，王燕生、周祖生譯：《中國民間故事類型》，北京：商務印書館，1999 年 2 月。

3. 金榮華：《中國民間故事集成類型索引（一）》，台北：中國口傳文學學會，民國 89 年元月。

4. 金榮華：《中國民間故事集成類型索引（二）》，台北：中國口傳文學學會，民國 91 年 3 月。

5. 金榮華：《民間故事類型索引》，台北：中國口傳文學學會，民國 96 年 2

月。

6. 金榮華:《民間故事類型索引》(增訂本),台北:中國口傳文學學會,民國 103 年 4 月。

7. 金榮華:《歷代筆記故事類型索引》,未刊稿。

8. 姜亮夫:《歷代名人年里碑傳總表》,台北:臺灣商務印書館,民國 82 年 11 月。

9. 張芝聯、劉學榮主編:《世界歷史地圖集》,北京:中國地圖出版社,2002 年 4 月。

10. 寧稼雨:《中國文言小說總目題要》,濟南:齊魯書社,1996 年 12 月。

11. Choi, In-Hak *A Type Index of Korean Folktales*, Seoul, Myong Ji University Publishing, 1979.

12. El-Shamy, Hasan M. *Type of the Folktale in The Arab World*, Bloomington, Indiana University, 2004.

13. Ikeda, Hiroko *A Type and Motif Index of Japanese Folk-literature* (FFC209), Helsinki, Academia Scientiarum Fennica, 1971.

14. Jason, Heda *Types of Indic Oral Tales Supplement* (FFC242), Helsinki, Academia Scientiarum Fennica, 1989.

15. Súilleabháin, Seán Ó and Reidar Th. Christiansen, *The Types of the Irish Folktale* (FFC188), Helsinki, Academia Scientiarum Fennica, 1968.

16. Thompson, Stith and Warren E. Robert, *Types of Indic Oral Tales* (FFC180), Helsinki, Academia Scientiarum Fennica, 1991.

17. Thompson, Stith *Motif-Index of Folk-Literature*, Bloomington, Indiana University press, 1975.

18. Thompson, Stith *The Types of the Folktale* (FFC184), Helsinki, Academia Scientiarum Fennica, 1981.

19. Ting, Nai-Tung *A Type Index of Chinese Folktales* (FFC223), Helsinki, Academia Scientiarum Fennica, 1978.

20. Uther, Hans-Jörg *The Types of International Folktales* (FFC284～286), Helsinki, Academia Scientiarum Fennica, 2004.

三、專著與論集 (先依朝代,再依作者筆劃排序)

1. 明‧袁宏道:《袁中郎集》,台北:清流出版社,民國 65 年 10 月。

2. 明‧張時徹等纂修:《寧波府志》,台北:成文出版社據明嘉靖 39 年刊本影印,民國 72 年 3 月。

3. 明‧焦竑編:《國朝獻徵錄》,見周駿富輯:《明代傳記叢刊》,台北:明文書局,民國 80 年元月,冊 109～114。

4. 清‧王先謙:《莊子集解》,台北:世界書局,民國 90 年 10 月。

5. 清・王先慎：《韓非子集解》，台北：世界書局，民國 99 年 2 月。

6. 清・張吉安修，清・朱文藻等纂：《餘杭縣志》，台北：成文出版社據民國 8 年重刊本影印，民國 59。

7. 清・張廷玉等撰：《明史》，台北：臺灣商務印書館據清乾隆武英殿原刊本印，民國 99 年 12 月。

8. 周發祥、李岫主編：《中外文學交流史》，湖南：湖南教育出版社，1999 年 7 月。

9. 祁連休：《中國古代民間故事類型研究》上、中、下三卷，石家莊：河北教育出版社，2007 年 2 月。又，《修訂本》於 2011 年 9 月出版。

10. 祁連休：《中國民間故事史：明代篇》，台北：秀威資訊科技，民國 100 年 11 月。

11. 金榮華：《中國民間故事與故事分類》，台北：中國口傳文學學會，民國 96 年 9 月。

12. 金榮華：《中韓交通史事論叢》，台北：福記文化圖書，民國 74 年 9 月。

13. 金榮華：《愚公移山山還在──民間文學論集》，台北：中國口傳文學學會，民國 102 年 5 月。

14. 苗壯：《筆記小說史》，浙江：浙江古籍出版社，1998 年 12 月。

15. 孫順霖、陳協琹編著：《中國筆記小說縱覽》，上海：華東師範大學出版社，2013 年 6 月。

16. 商傳：《明代文化史》，上海：東方出版中心，2007 年 5 月。

17. 張玉安、陳崗龍等著：《東方民間文學概論》，北京：昆侖出版社，2006 年 10 月。

18. 張瑞文：《丁乃通先生及其民間故事研究》，新北市：花木蘭文化出版社，民國 101 年 9 月。

19. 陳大康：《明代小說史》，北京：人民文學出版社，2007 年 4 月。

20. 陳寶良：《明代社會生活史》，北京：中國社會科學出版社，2004 年 3 月。

21. 彭斐章主編：《中外圖書交流史》，湖南：湖南教育出版社，1998 年 6 月。

22. （美）斯蒂・湯普森著，鄭海等譯：《世界民間故事分類學》，上海：上海文藝出版社，1991 年 2 月。（美）

23. 楊昭全著：《中國──朝鮮・韓國文化交流史》，北京：昆侖出版社，2004 年 1 月。

24. 臺灣學生書局編輯部輯：《明代登科錄彙編》，台北：臺灣學生書局，1969 年 12 月。

25. 劉守華：《中國民間故事史》，武漢：湖北教育出版社，1999 年 9 月。

26. 劉守華主編：《中國民間故事類型研究》，武漢：華中師範大學出版社，2002 年 10 月。

27. 羅宗強：《明代文學思想史》，北京：中華書局，2013 年 1 月。

28. 顧希佳：《中國古代民間故事長編》，杭州：浙江大學出版社，2012 年 10 月。

29. Thompson, Stith *The Folktale*, N.Y. , Holt , Rinebart and Winston , 1946.

四、故事資料（筆記之外）

（一）中國古籍（先依朝代，再依作者筆劃排序）

1. 漢・高誘：《戰國策》，見《叢書集成新編》冊 109。

2. 元魏・吉迦夜共曇曜譯：《雜寶藏經》，見大藏經刊行會編輯：《大正新修大藏經》，台北新文豐出版公司，民國 72 年元月，書在冊 4（本緣部下）。

3. 唐・義淨譯：《根本說一切有部毘奈耶破僧事》，見《大正新修大藏經》冊 24（律部 3）。

4. 唐・義淨譯：《根本說一切有部毘奈耶雜事》，見《大正新修大藏經》冊 24（律部 3）。

5. 明・安遇時編集：《包龍圖判百家公案》，上海：上海古籍出版社，1990 年 8 月。

6. 明・吳承恩：《西遊記》，台北：聯經出版事業公司，民國 80 年 5 月。

7. 明・馮夢龍編撰，徐文助校注，繆天華校閱：《警世通言》，台北：三民書局，民國 97 年 6 月。

8. 明・馮夢龍編撰，廖吉郎校注，繆天華校閱：《醒世恆言》，台北：三民書局，民國 96 年元月。

9. 明・羅貫中著，吳小林校注：《三國演義校注》，台北：里仁書局，民國 83 年 9 月。

10. 不著撰人：《龍圖公案》，台北：天一出版社，民國 63 年 9 月。明・

11. （明際義大利籍）利瑪竇：《畸人十篇》，見《四庫全書存目叢書》子部冊 93。

12. （明際義大利籍）高一志：《童幼教育》，見鐘鳴旦、杜鼎克、黃一農、祝平一等主編：《徐家匯藏書樓明清天主教文獻》，台北：方濟出版社，民國 85 年 12 月，書在冊 1。

13. （明際西班牙籍）龐迪我：《七克》，見《四庫全書存目叢書》子部冊 93。

14. 王利器、王貞珉編：《中國笑話大觀》，北京：北京出版社，2001 年 1 月。

15. 王曉松、和建華譯注：《尸語故事》，昆明：雲南民族出版社，1999 年 12 月。

16. 周光培編：《歷代筆記小說集成・明代筆記小說》，石家莊：河北教育出版社，1995 年 11 月。

17. 楊家駱主編：《中國笑話書》，台北：世界書局，民國 91 年 11 月（2 版 3 刷）。

（二）外國古籍（依作者筆劃排序）

1. （印）月天著，黃寶生、郭良鋆、蔣忠新譯：《故事海選》，北京：人民文學出版社，2001 年 8 月。

2. （希臘）伊索著，徐靜雯譯：《伊索寓言》，台北：小知堂，民國 91 年 8 月。

3. （希臘）伊索著，羅念生譯：《伊索寓言》，見《羅念生全集》第 6 卷，上海：上海人民出版社，2004 年 6 月。

4. （義）吉姆巴地斯達・巴西耳著，馬愛農、馬愛新譯：《五日談》，長春：時代文藝出版社，1996 年 6 月。

5. 季羨林譯：《五卷書》，北京：人民文學出版社，2001 年 8 月。

6. （法）拉・封登著，吳憶帆譯：《拉・封登寓言故事》，台北：志文出版社，民國 93 年元月。

7. 金莉華譯：《鸚鵡的七十個故事——古印度民間敘事》，台北：中國口傳文學學會，民國 101 年 10 月。

8. （朝鮮）徐居正：《太平閒話》，見《古今笑叢》，首爾：昕晟社，書無標列出版年。

9. （德）格林兄弟著，魏以新譯：《格林童話全集》，北京：人民文學出版社，1994 年 4 月。

10. 納訓譯：《一千零一夜》，北京：人民文學出版社，1998 年 2 月。

11. 郭良鋆、黃寶生譯：《佛本生故事選》，北京：人民文學出版社，2001 年 8 月。

12. （日）不題撰人：《宇治拾遺物語》，東京：岩波書店，昭和 35 年。

13. （朝鮮）不題撰人：《青丘野談》，見東國大學校附設韓國文學研究所編：《韓國文獻說話全集》，韓國：太學社發行，1981 年 6 月，冊 2。

14. （朝鮮）不題撰人：《攪睡襩史》，見《古今笑叢》，首爾：昕晟社，書無標列出版年。

（三）今著（依作者筆劃排序）

1. 中國民間文學集成編輯委員會：《中國民間故事集成》各省卷本，北京：中國文聯出版公司暨中國 ISBN 中心等單位，1992 年起陸續出版。

2. 中華民族故事大系編委會：《中華民族故事大系》，上海：上海文藝出版

社，1995 年 12 月。

3. 戈寶權譯：《納斯列丁的笑話》（土耳其的阿凡提的故事），北京：中國民間文藝出版社，1983 年 9 月。

4. 王樹英、石懷真等編譯：《印度民間故事》，北京：北京大學出版社，1984年 8 月。

5. （南）卡拉吉奇搜集，汪浩譯：《南斯拉夫童話》，上海：上海文藝出版社，1992 年 1 月。

6. 任泉等譯：《櫻桃樹》（阿拉伯民間故事），北京：中國民間文藝出版社，1982 年 6 月。

7. 江肖梅：《臺灣故事》，見《國立北京大學中國民俗學會民俗叢書》06 輯，冊 118〜120，臺北：東方文化書局，民國 63 年春季。

8. 艾克拜爾‧吾拉木編譯：《阿凡提故事大全》（銀卷），烏魯木齊：新疆青少年出版社，2008 年 3 月。

9. 佛娜‧阿台瑪撰，陳森譯：《南非黑人的民間故事》，台北：華欣文化事業，民國 63 年 12 月。

10. 吳瀛濤：《臺灣民俗》，台北：眾文圖書，民國 83 年 5 月。

11. 呂正、吳彩瓊翻譯：《越南神話民間故事選》，河內：河內世界出版社，1997 年 6 月。

12. 李常傳譯：《法國傳奇故事》，台北：幽默文學，民國 80 年 9 月。

13. 沈志宏、方子漢譯：《俄羅斯童話》，上海：上海文藝出版社，1991 年 4月。

14. 林怡君改寫：《世界民間物語 100》，台北：好讀出版有限公司，2003 年6 月。

15. 林鄉編譯：《虎哥哥（朝鮮民間故事）》，北京：中國民間文藝出版社，1984年 8 月。

16. 祁連休、樂文華、張志榮選編：《東南亞民間故事選》，湖北：長江文藝出版社，1985 年 4 月。

17. 金榮華：《台北縣烏來鄉泰雅族民間故事》，高雄：中華民國民間文學學會，民國 87 年 12 月。

18. 金榮華：《台東大南村魯凱族口傳文學》，台北：中國文化大學中國文學研究所，民國 84 年 5 月。

19. 金榮華：《台東卑南族口傳文學選》，台北：中國文化大學中國文學研究所，民國 78 年 6 月。

20. 金榮華：《台灣桃竹苗地區民間故事》，台北：中國口傳文學學會，民國89 年 11 月。

21. 金榮華：《台灣高屏地區魯凱族民間故事》，台北：中國口傳文學學會，民國 88 年 12 月。

22. 金榮華：《台灣漢族民間故事》，台北：中國口傳文學學會，民國 100 年 5 月。

23. 金榮華：《台灣賽夏族民間故事》，台北：中國口傳文學學會，民國 93 年 3 月。

24. 金榮華：《花蓮阿美族民間故事》，台北：中國口傳文學學會，民國 90 年 10 月。

25. 金榮華：《金門民間故事集》，台北：中國文化大學中國文學研究所、金門：金門縣立社會教育館，民國 86 年 3 月。

26. 金榮華：《澎湖縣民間故事》，台北：中國口傳文學學會，民國 89 年 10 月。

27. 施翠峰：《臺灣民譚》，新北市：新北市政府文化局，民國 100 年 11 月。

28. 張紹祥主編：《藍靛花──宣威民間故事》，貴州：貴州民族出版社，1992 年 7 月。

29. 許端容：《台灣花蓮賽德克族民間故事》，台北：中國口傳文學學會，民國 96 年 3 月。

30. 郭奇格編，馮敬、黎明、高峰、郭奇格譯：《蒼鷹──蘇聯民間故事選》，北京：新華書店，1987 年 12 月。

31. 陳慶浩、王秋桂主編：《中國民間故事全集》，台北：遠流出版社，民國 78 年 6 月。

32. 陳馥編譯：《俄羅斯民間故事選》，瀋陽：遼寧教育出版社，2001 年 2 月。

33. 陳麗娜：《屏東後堆客家民間故事》，台北：中國口傳文學學會，民國 95 年 6 月。

34. 陸瑞英演述，周正良、陳泳超主編：《陸瑞英民間故事歌謠集》，北京：學苑出版社，2007 年 5 月。

35. 傅林統改寫，許義宗主編：《世界民間故事精選》，臺北：黎明文化，民國 72 年 2 月。

36. 楊永、徐瑞華等譯：《黃金的土地──世界民間故事大全·非洲篇》，上海：少年兒童出版社，1982 年 3 月。

37. 筱林等譯：《百靈鹿的故事》（馬來亞少年叢書第二集），出版社、出版年不詳，書有 1952 年 5 月〈序〉。

38. 董天琦譯：《非洲童話》，上海：上海文藝出版社，1991 年 4 月。

39. 劉士毅、張雪杉主編：《外國傳統民間故事選》，天津：百花文藝出版社，2001 年 4 月。

40. 劉秀美:《火神眷顧的光明未來——薩奇萊雅族口傳故事》,台北:中國口傳文學學會,民國 101 年 3 月。

41. 劉秀美:《台灣宜蘭大同鄉泰雅族口傳故事》,台北:中國口傳文學學會,民國 96 年 10 月。

42. 劉竟編譯:《阿凡提笑話集》(烏茲別克斯坦流傳的阿凡提故事),上海:同濟大學出版社,1995 年 1 月。

43. 魯克編:《外國民間故事選》,北京:北京少年兒童出版社,1985 年 8 月。

44. 錫錕譯述:《鳳凰鳥》(菲律賓民間故事),北京:中國民間文藝出版社,1982 年 5 月。

45. 嚴大椿、周仁義等譯:《太陽東邊月亮西邊——世界民間故事大全·歐洲篇》,上海:少年兒童出版社,1992 年 12 月。

46. 不題撰人:《印度童話》,台中:義士出版社,民國 56 年 1 月。

47. 不題撰人:《梵諦岡童話》,台中:義士出版社,民國 56 年 1 月。

五、學位論文 (依時代先後排序)

1. 陳清俊:《中國古代笑話研究》,台北:國立臺灣師範大學國文學系碩士論文,民國 74 年 5 月。

2. 黃明理:《「晚明文人」型態之研究》,台北:國立臺灣師範大學國文學系碩士論文,民國 78 年 5 月。

3. 宋隆枝:《馮夢龍詼諧寓言研究》,台北:中國文化大學中國文學研究所碩士論文,民國 84 年 6 月。

4. 賴旬美:《中國古代寓言型笑話研究》,台北:國立臺灣大學中國文學系碩士論文,民國 87 年 1 月。

5. 林彥如:《《六度集經》故事研究》,台北:中國文化大學中國文學研究所碩士論文,民國 93 年 6 月。

6. 蕭佳慧:《笑話的書寫與閱讀——馮夢龍《笑府》、《古今笑》探論》,嘉義:中正大學中國文學研究所碩士論文,民國 94 年 7 月。

7. 張瑞文:《江盈科敘事作品研究》,台北:中國文化大學中國文學研究所碩士論文,民國 95 年 12 月。

8. 陳正誼:《由明代筆記小說看理想士人典型》,高雄:國立中山大學中國文學系碩士在職專班碩士論文,民國 97 年 1 月。

9. 鄭春子:《明代筆記所見明人社會習俗之研究》,台北:中國文化大學中國文學研究所博士論文,民國 97 年 12 月。

10. 方巧玲:《趙南星《笑贊》研究》,台北:中國文化大學中國文學研究所

碩士論文，民國 98 年 6 月。

11. 陳麗娜：《中國民間故事類型研究》，花蓮：國立東華大學民間文學研究所博士論文，民國 98 年 6 月。

12. 萬麗玲：《明清笑話書之官學人物形象研究》，台中：逢甲大學中國文學研究所碩士，民國 98 年 6 月。

13. 張維芳：《笑話型寓言《艾子》系列研究》，台中：國立中興大學中國文學系碩士論文，民國 98 年 12 月。

六、期刊及研討會論文（依時代先後排序）

1. 陳葆文：〈中國古代笑話中的妻子形象探析〉，《中外文學》第 21 卷第 6 期（總 246 期），台北：國立臺灣大學出版中心，民國 81 年 11 月。

2. 顏瑞芳：〈明代動物寓言的角色與寓意〉，《古典文學》第 15 期，台北：臺灣學生書局，民國 89 年 9 月。

3. 鄭小寧：〈明清民俗小品略論〉，見《佛山科學技術學院學報》（社會科學版）第 23 卷第 1 期，廣東：佛山科學技術學院，2005 年 1 月。

4. 林禎祥：〈探析《笑府》中所嘲諷的世情〉，見《東吳中文研究集刊》第 12 期，台北：東吳大學中國文學系碩博士班學生會，民國 94 年 7 月。

5. 李劍波、晏萌芳：〈試論明代筆記小說的市井化傾向〉，見《安徽農業大學學報》（社會科學版）第 15 卷第 6 期，湘潭：湖南湘潭大學文學與新聞學院，2006 年 6 月。

6. 顏瑞芳：〈論明末清初傳華的歐洲寓言〉，見林明煌主編：《長河一脈：不盡奔流華夏情──2007 海峽兩岸華語文學術研討會論文集》，中壢：萬能科技大學，民國 96 年 8 月。

7. 王國良：〈從《解慍編》到《廣笑府》──談一部明刊笑話書的流傳與改編〉，《漢學研究集刊》第 6 期，斗六：國立雲林科技大學漢學資料整理研究所，民國 97 年 6 月，頁 113～128。

8. 陳秋良：〈迂、酸、鄙、偽──明清詼諧寓言中的讀書人形象析論〉：《臺北教育大學語文集刊》第 15 期，台北：國立臺北教育大學語文教育學系，民國 98 年 1 月。

9. 吳俐雯：〈《解慍編》中的「讀書人」〉，《耕莘學報》第 8 期，台北：天主教耕莘護理專校，民國 99 年 6 月，頁 70～83。

10. 吳俐雯：〈《笑贊》中的「讀書人」〉，《耕莘學報》第 9 期，台北：天主教耕莘護理專科學校，民國 100 年 6 月，頁 51～64。

11. 張惠蒜：〈明代禽鳥寓言的類型與寓意〉，《思辨集》第 15 期，台北：國立臺灣師範大學國文系，民國 101 年 3 月，頁 99～112。

12. 黃玉緻：〈「精怪摘瘤又還瘤」故事試探〉，見《2011 海峽兩岸民俗暨民間

文學學術研討會論文選》，台北：中國文化大學中文系、桃園：桃園創新技術學院通識教育中心、台北：中國口傳文學學會聯合出版，民國 101 年 7 月。

13. 金榮華：〈一事四說──「來僕不敬罰揹磨」故事試探〉，《中國文化大學中文學報》第 29 期，台北：中國文化大學中國文學系，民國 103 年 10 月。

14. 林彥如：〈明人國際型笑話試探〉，《中國文化大學中文學報》第 29 期，台北：中國文化大學中國文學系，民國 103 年 10 月。

附　錄

附錄一：AT 分類法類別總覽

說明：AT 分類法類別之總覽係依據金榮華先生《中國民間故事與故事分類》
一書中整理的「民間故事分類表」羅列。

AT 分類第一層級	AT 分類第二層級	AT 分類第三層級	AT 分類第四層級
動物故事（「其他」類含植物、物品及自然天體等故事）（1～299）	野獸（1～99）	（無）	（無）
	野獸和家畜（100～149）	（無）	（無）
	人和野獸（150～199）	（無）	（無）
	家畜（200～219）	（無）	（無）
	禽鳥（220～249）	（無）	（無）
	魚類（250～274）	（無）	（無）
	其他（275～299）	（無）	（無）
一般民間故事（300～1199）	神奇故事／幻想故事（300～749）	神奇的對手（300～399）	（無）
		神奇的親屬（400～459）	神奇的妻子（400～424）
			神奇的丈夫（425～449）
			神奇的兄弟姊妹（450～459）
		奇異的難題（460～499）	疑問獲解（460～462）

AT 分類第一層級	AT 分類第二層級	AT 分類第三層級	AT 分類第四層級
一般民間故事（300～1199）	神奇故事／幻想故事（300～749）		其他難題（463～499）
		神奇的幫助者（500～559）	織女（500～501）
			野人和精怪的幫助（502～504）
			感恩的亡靈（505～508）
			其他各種神奇的幫助者（509～529）
			動物的幫助（530～559）
		神奇的寶物（560～649）	寶物失而復得（560～568）
			各種寶物（569～609）
			神奇的藥方（610～619）
			其他奇物（620～649）
		神奇的能力或知識（650～699）	（無）
		其他神奇故事（700～749）	（無）
	宗教神仙故事（750～849）	神的賞罰／因果報應（750～779）	（無）
		眞相大白（780～799）	（無）
		天堂之人（800～809）	（無）
		和魔鬼打交道的人（810～814）	（無）

AT 分類第一層級	AT 分類第二層級	AT 分類第三層級	AT 分類第四層級
一般民間故事 （300～1199）		其他宗教神仙故事 （815～849）	（無）
	生活故事／傳奇故事（850～999）	選女婿和嫁女兒的故事 （850～869）	（無）
		娶親和巧媳婦的故事 （870～879）	（無）
		戀人之忠貞或友人之眞誠 （880～899）	（無）
		改造潑婦 （900～909）	（無）
		有用的話 （910～919）	（無）
		聰明的言行 （920～929）	（無）
		命運的故事 （930～949）	（無）
		盜賊和謀殺的故事 （950～969）	（無）
		其他生活故事 （970～999）	（無）
	惡地主與笨魔的故事（1000～1199）	與雇工的故事 （1000～1029）	（無）
		與人合伙的故事 （1030～1059）	（無）
		與人比賽的故事 （1060～1114）	（無）
		企圖謀殺的故事 （1115～1129）	（無）
		讓惡霸蠢魔上當的故事 （1130～1144）	（無）

AT 分類第一層級	AT 分類第二層級	AT 分類第三層級	AT 分類第四層級
		讓惡霸蠢魔害怕或受傷的故事（1145～1169）	（無）
		把靈魂賣給惡魔的故事（1170～1199）	（無）
笑話、趣事（1200～1999）	傻瓜的故事（1200～1349）	（無）	（無）
	夫妻間的笑話和趣事（1350～1439）	夫妻間的趣事（1350～1379）	（無）
		笨妻子和她的丈夫（1380～1404）	（無）
		笨丈夫和他的妻子（1405～1429）	（無）
		笨丈夫和笨妻子（1430～1439）	（無）
	女人的笑話和趣事（1440～1524）	女人的趣事（1440～1449）	（無）
		男人求妻的笑話（1450～1474）	（無）
		未婚婦女的趣事（1475～1499）	（無）
		其他的婦女趣事（1500～1524）	（無）
	男人的笑話和趣事（1525～1874）	聰明人（1525～1639）	（無）
		幸運的意外事件（1640～1674）	（無）
		笨人（1675～1724）	（無）
		僧侶的笑話和趣事（1725～1799）	（無）
		其他教士或宗教團體的笑話（1800～1849）	（無）

AT 分類第一層級	AT 分類第二層級	AT 分類第三層級	AT 分類第四層級
		各行各業的笑話和趣事 （1850～1874）	（無）
	說大話的故事 （1875～1999）	1890～1909 號劃屬關於打獵的吹牛故事	（無）
程式故事 （2000～2399）	連環故事 （2000～2199）	基於數字或一連串物件的故事 （2000～2013）	（無）
		一般連環故事 （2014～2018）	（無）
		關於婚禮的故事 （2019～2020）	（無）
		以動物為角色的死亡故事 （2021～2024）	（無）
		關於吃一樣東西的故事 （2025～2028）	（無）
		其他 （2029～2199）	（無）
	圈套故事 （2200～2299）	一般圈套故事 （2200～2249）	（無）
		說不完的故事 （2250～2299）	（無）
	其他程式故事 （2300～2399）	（無）	（無）
難以分類的故事 （2400～2499）	（無）	（無）	（無）

附錄二：明人筆記及其編載成型故事之篇數

說明：

一、表先列出明人筆記的「書名與作者」，作者之後列出其生卒年或書籍出版年代。使筆記次序可清楚依時代先後排列，未詳者則列於後。

二、而後將各筆記編載成型故事之則數分列於「承前」、「首見」之下，其中「承前」表示所載類型故事已見於明朝之前；「首見」則表示所載類型故事首見於明朝。若無成型故事，則以「—」標示之。

	書名與作者	承前 （則）	首見 （則）
1	《羣書類編故事》：王罃，元末明初 （？～1438）	22	—
2	《棠陰比事補編》：吳訥 1372～1457，書前序署正統壬戌（1442）年。	2	1
3	《水東日記》：葉盛 1420～1474	—	1
4	《石田雜記》：沈周 1427～1509	1	—
5	《菽園雜記》：陸容 1436～1496	5	—
6	《式齋先生集》：陸容 1436～1496	—	1
7	《東田集》：馬中錫 1446～1512	—	1
8	《都公談纂》：都穆 1459～1525	2	—
9	《雙槐歲鈔》：黃瑜。書成於 1495 年。	—	1
10	《奇見異聞筆坡叢脞》：雷燮。書有弘治甲子（1504）書坊牌記。	1	—

	書名與作者	承前（則）	首見（則）
11	《野記》：祝允明 1460～1526。書自序記年辛未（1511）歲。	1	─
12	《志怪錄》：祝允明 1460～1526	1	─
13	《前聞記》：祝允明 1460～1526	1	─
14	《艾子後語》：陸灼 1497～1537。書有 1516 年自序。	3	2
15	《蓬窓類記》：黃暐，1490 年進士（1524 年之前已辭世）。	1	2
16	《蓬軒吳記》：黃暐，1490 年進士（1524 年之前已辭世）。	1	2
17	《牧鑑》：楊昱。書作者〈自序〉，署嘉靖癸巳（1533）。	7	─
18	《補疑獄集》：張景。書嘉靖乙未（1535）付梓。	7	1
19	《餘冬序錄》：何孟春 1474～1536	1	─
20	《涉異志》：閔文振。書有嘉靖丙申（1536）序。	2	─
21	《兩山墨談》：陳霆 1477?～1550	1	─
22	《荊溪外紀》：沈敕。作者〈敘荊溪外紀後〉，署嘉靖乙巳（1545）。	2	─
23	《機警》：王文祿，嘉靖 10 年（1531）舉人。書前作者〈引言〉，署嘉靖丙午（1546）。	1	─
24	《西吳里語》：宋雷。作者書前〈引〉署嘉靖丁未（1547）。	2	─
25	《蓬窗日錄》：陳全之 1512～1580。書編於 1540～1551 間。	1	─
26	《與物傳》：王文祿，嘉靖 10 年（1531）舉人。書有 1554 刊本。	1	─
27	《君子堂日詢手鏡》：王濟。書有嘉靖間（1522～1566）刊本。	1	─
28	《解慍編》：樂天大笑生，有嘉靖（1522～1566）刻本。	11	11
29	《見聞紀訓》：陳良謨 1482～1572	3	─
30	《七修類稿》：郎瑛 1487～1566	2	1
31	《眞珠船》：胡侍 1492～1553	1	─
32	《庚巳編》：陸粲 1494～1551	2	1
33	《西湖遊覽志餘》：田汝成 1503～1557	2	─
34	《酒史》：馮時化。書有 1570 年版。	1	─
35	《留青日札》：田藝衡 1524～？。《留青日札·自贊》署 1572 年。	3	─
36	《奇聞類紀》：施顯卿 1495～？。書成於萬曆 4（1576）年。	5	1
37	《戒庵老人漫筆》：李詡 1505～1593	1	─

	書名與作者	承前（則）	首見（則）
38	《病榻寱言》：陸樹聲 1509～1605	1	－
39	《明良紀》：楊儀，嘉靖 5 年（1526）進士。	－	1
40	《高坡異纂》：楊儀，嘉靖 5 年（1526）進士。	1	－
41	《權子》：耿定向 1524～1596	2	－
42	《雅笑》：李贄 1527～1602	8	2
43	《山中一夕話》：李贄 1527～1602	3	－
44	《見聞雜記》：李樂 1532～？，1568 年進士。	1	－
45	《虎苑》：王穉登 1535～1612	4	1
46	《賢奕編》：劉元卿 1544～1609。自序記年癸巳（1593）端陽。	9	10
47	《粵劍編》：王臨亨 1548～1601。書成於萬曆辛丑（1601）。	1	1
48	《諧史》：江盈科 1553～1605	5	10
49	《談言》：江盈科 1553～1605	1	－
50	《雪濤閣集》卷 14《小說》：江盈科 1553～1605	7	4
51	《皇明十六種小傳》：江盈科 1553～1605	1	－
52	《耳談類增》：王同軌，〈自敘〉記年萬曆癸卯（1603）。	2	－
53	《稗史彙編》：王圻 1529～1612。作者書前〈引〉記年作萬曆丁未（1609）年。	65	9
54	《艾子外語》：屠本畯 1542～1622	－	2
55	《憨子雜俎》：屠本畯 1542～1622	3	2
56	《金陵瑣事》：周暉 1546～？。書萬曆 38（1610）年刻。	3	－
57	《辨物小志》：陳降（1560？）	1	－
58	《笑贊》：趙南星 1550～1627	5	5
59	《酒顛》：夏樹芳 1551～1635	2	－
60	《霞外麈談》：周應治 1555～？，萬曆庚辰（1580）進士。	3	－
61	《涇林續記》：周元暐，萬曆（1573～1602）進士。	－	1
62	《虎薈》：陳繼儒 1558～1639	15	－
63	《讀書鏡》：陳繼儒 1558～1639	1	1
64	《辟寒部》：陳繼儒 1558～1639	1	－

	書名與作者	承前（則）	首見（則）
65	《珍珠船》：陳繼儒 1558～1639	1	—
66	《益智編》：孫能傳，約生於 1558～1562 年間。書有萬曆 41（1613）刻本。	17	3
67	《花當閣叢談》：徐復祚 1560～1630？	1	1
68	《田居乙記》：方大鎮 1560～1629。萬曆 17（1589）進士。	1	—
69	《客座贅語》：顧起元 1565～1628。書有作者自序，記年萬曆丁巳（1617）。	2	—
70	《雲蕉館紀談》：孔邇述。有萬曆 46（1618）刊本。	1	—
71	《五雜組》：謝肇淛 1567～1624	9	3
72	《塵餘》：謝肇淛 1567～1624	1	—
73	《前定錄》：蔡善繼，萬曆 29（1601）進士。	5	—
74	《六研齋二筆》：李日華 1565～1635	1	—
75	《白醉璅言》：王兆雲 1573～1620	1	—
76	《玉芝堂談薈》：徐應秋 ？～1621。1616 年進士。	10	—
77	《湧幢小品》：朱國禎 ？～1632。書 1621 年完稿。	4	—
78	《笑府》：馮夢龍 1574～1646	26	38
79	《情史》：馮夢龍 1574～1646	10	1
80	《廣笑府》：馮夢龍 1574～1646	21	28
81	《古今譚概》：馮夢龍 1574～1646	27	15
82	《增廣智囊補》：馮夢龍 1574～1646	28	7
83	《雅謔》：浮白齋主人	4	3
84	《笑林》（浮白本）：浮白主人	5	7
85	《秋涇筆乘》：宋鳳翔，1621 年舉人。	2	—
86	《帝京景物略》：劉侗 1593～1636	—	1
87	《棗林雜俎》：談遷 1594～1657	2	—
88	《夜航船》：張岱 1597～1679	26	
89	《耳新》：鄭仲夔，約崇禎中（1636）年前後在世。	1	—
90	《昨非庵日纂》：鄭瑄，1631 年進士。	21	1
91	《玉光劍氣集》：張怡 1608～1695	4	2

	書名與作者	承前（則）	首見（則）
92	《千百年眼》：張燧，明亡後寓居日本。	1	－
93	《笑禪錄》：潘游龍	1	2
94	《識餘》：惠康野叟，明末。	2	－
95	《花裏活》：陳師教，明末。	1	－
96	《讕言長語》：曹安	1	－
97	《精選雅笑》：醉月子	－	4
98	《笑苑千金》：佚名	1	－
99	《笑海千金》：佚名	1	2
100	《時尚笑談》：佚名	－	1
101	《新刻時尚華筵趣樂談笑酒令》：佚名	2	3

附錄三：明人筆記故事類型與 AT 分類系統索引參照表

說明：

一、本表羅列明人筆記故事類型，再與 AT 分類系統索引比對參照，從結果可略知故事在其它索引及其概屬國家的流傳狀況。

二、明人筆記中的故事類型，係依照金榮華先生《民間故事類型索引》（增訂本）爲主、丁乃通《中國民間故事類型索引》爲輔梳理出，故首列金先生《索引》一書，以「ATK（國際）」標示，當中「（國際）」用以顯示索引取材之涵蓋區域，下同；次列丁書《索引》，以「ATT（中國）」標示；又次，列 AT 母本《民間故事類型索引》（The Types of the Folktale），以「AT（國際）」標示；再次，列德國烏特教授的《國際民間故事類型索引》（The Types of International Folktales），以「ATU（國際）」標示。之後再依出版時代，列敘同樣以 AT 分類法編纂的他國或區域性之索引，依次爲《愛爾蘭民間故事類型索引》（The Types of the Irish Folktale），以「（愛爾蘭）」標示；《日本民間故事類型與情節單元索引》（A Type and Motif Index of Japanese Folk-Literature），以「（日本）」標示；《印度語系口傳故事索引》（Types of Indic Oral Tales）及其《補編》（Types of Indic Oral Tales Supplement），以「（印度語系）」標示，其包含印度、巴基斯坦與斯里蘭卡；《阿拉伯世界民間故事索引》（Type of the Folktale in The Arab World），以「（阿拉伯世界）」標示。又，《韓國民間故事類型索引》（A Type Index of Korean Folktales）一書，類型編號雖非 AT 系統，但列有與之相應的對照

表，故列敘最後，以為參照。

三、各《索引》有相同類型者，以「ˇ」標示；無該類型，以「—」標示；
　　類型編號不同者，則直接標明其型號。其中 ATK《索引》收有國際故事
　　資料者，以「ˇ（國際）」標示；ATT《索引》收有中國古籍資料者，並
　　標示可知的最早朝代。又，於「ATK（國際）」列下，標有「（新增改）」
　　者，表示所列之型名型號據金榮華先生新增改，其未見於《民間故事類
　　型索引》（增訂本）中。

四、「備註」一項標示「首、國」者，表示該類型首見於明朝，且是國際性類
　　型；標示「首」者，是類型首見於明朝；標示「國」者，是明朝之前已
　　有的國際型故事；未有標示者，則是明代之前已有的類型。

序號	型名	型號	ATK（國際）	ATT（中國）	AT（國際）	ATU（國際）	（愛爾蘭）	（日本）	（印度語系）	（阿拉伯世界）	（韓國）	備註
1	吃自己的內臟	21	ˇ	ˇ明	ˇ	ˇ	—	—	ˇ	ˇ	—	首、國
2	狐假虎威	47D.1	ˇ（國際）	101* 先秦	101*	101*	—	—	—	—	—	國
3	狼與鶴	76	ˇ（國際）	ˇ明	ˇ	ˇ	ˇ	—	ˇ	ˇ	—	國
4	老鼠偷喝酒或油	112A	（新增改）	112A*明	—	—	—	—	—	—	—	首
5	老鼠搬蛋	112B	112B	112*	112*	112*	112*	—	—	—	—	首、國
6	貓裝聖人	113B	ˇ（國際）	ˇ明	ˇ	ˇ	ˇ	—	ˇ	ˇ	—	首、國
7	忘恩獸再入牢籠	155	ˇ（國際）	ˇ	ˇ	ˇ	ˇ	—	ˇ	ˇ	109	首、國
8	忘恩獸吃掉救命恩人	155A	（新增改）	ˇ明	—	—	—	—	—	155A§	—	首、國
9	老虎求醫並報恩	156	ˇ（國際）	ˇ三國	ˇ	ˇ	ˇ	ˇ	ˇ	ˇ	109	國
10	猛虎感恩常隨侍	156A	ˇ	—	ˇ	—	ˇ	—	—	ˇ	—	國
11	虎求助產並報恩	156B	ˇ	156B*晉	156B*	156B*	156B*	—	—	156B*	—	國
12	虎盡子責養寡母	156D	ˇ	156D*明	—	—	—	—	—	—	—	首

序號	型名	型號	ATK（國際）	ATT（中國）	AT（國際）	ATU（國際）	（愛爾蘭）	（日本）	（印度語系）	（阿拉伯世界）	（韓國）	備註
13	老虎報恩，搶親作媒	156E	✓（國際）	參535	—	—	—	—	—	—	—	國
14	猴子學人上了當	176A	✓（國際）	176A*明	—	—	—	—	—	—	—	國
15	義犬捨命救主	201E	✓	201E*晉	201E*	—	—	—	—	201E*	—	國
16	義犬救主，為主復仇	201F	（新增改）	201F*晉	—	—	—	—	—	—	—	
17	蝙蝠取巧被排斥	222A	✓（國際）	✓明	✓	✓	—	—	✓	—	—	首、國
18	鶴和小人	222C	（新增改）	✓漢								
19	禽鳥裝死脫牢籠	239A	✓（國際）	—	—	—	—	—	—	—	—	國
20	家畜護主被誤殺	286A	✓（國際）	178A晉	178A	178A	178A	—	178A	178A	—	國
21	人體器官爭功勞	293	✓（國際）	✓宋	✓	✓	—	—	—	—	—	國
22	茶和酒爭大	293B	（新增改）	✓唐								
23	妖洞救美	301A	✓（國際）	✓晉	✓	✓	✓	✓	✓	✓	—	國
24	術士鬥法	325A	✓（國際）	✓宋元	—	—	—	—	—	✓	—	國
25	真假新娘（新郎）	331A	✓（國際）	926A清	926A	926A	—	—	926A	926A	—	首、國
26	潑婦鬼也怕	332A	✓（國際）	—	1164	1164	—	—	1164	1164	—	首、國
27	凡夫尋仙妻	400	✓（國際）	✓	✓	✓	✓	✓	✓	✓	205	國
28	鳥妻（仙侶失蹤）	400A	✓（國際）	✓晉	400*	400*	—	—	—	400*	—	國
29	畫中女	400B	✓（國際）	✓宋	—	—	—	—	—	—	—	國
30	田螺姑娘	400C	✓（國際）	✓晉	—	—	—	—	—	—	—	國
31	動物變成的妻子	400D	✓（國際）	✓唐	—	—	—	—	—	—	—	國
32	靈犬殺敵婆嬌妻	430F.1	✓	—								

序號	型名	型號	ATK（國際）	ATT（中國）	AT（國際）	ATU（國際）	（愛爾蘭）	（日本）	（印度語系）	（阿拉伯世界）	（韓國）	備註
33	神奇妻子美而慧，老實丈夫受刁難	465	ˇ（國際）	ˇ	ˇ	ˇ	ˇ	ˇ	ˇ	ˇ	ˇ	—	國
34	義葬死者不爲財	505B	（新增改）	ˇ蜀漢	—	—	—	—	—	—	—		
35	蜘蛛鳥雀掩逃亡	543	ˇ	967漢	967	967	967	967	967	967	—	國
36	蜈蚣救主	554D	ˇ（國際）	554D*	—	—	—	—	—	—	—	首、國
37	龍宮得寶或娶妻	555D	ˇ（國際）	555*六朝	—	—	555*	—	—	—	—	國
38	煮海寶	592A.1	ˇ	592A1*唐								
39	仁慈的少婦與魔鞭	598C	ˇ	480D								
40	三片蛇葉	612	ˇ（國際）	ˇ漢	ˇ	ˇ	ˇ	ˇ	ˇ		—	國
41	天賦異稟十兄弟	654B	ˇ（國際）	參653	參653	參653	參653	參653	參653	參653	—	首、國
42	禽言獸語好事多	671	ˇ（國際）	ˇ明	ˇ	ˇ	ˇ		—	—	268；471	國
43	聽得懂鳥語的人	673A	ˇ（國際）	—								國
44	以夢爲眞，以眞爲夢	681A	（新增改）	ˇ先秦	—	—	—	—	—	—		
45	黃粱夢	725A	ˇ（國際）	681唐	681	681	—	—	—	681	—	國
46	旅客變驢	733	ˇ（國際）	449A唐	—	—	—	—	—	—	—	國
47	神人還物藏魚腹	736A	（新增改）	ˇ漢	ˇ	ˇ	ˇ	—	—	—	265	國
48	財各有主命中定	745A	ˇ（國際）	ˇ東漢	ˇ	ˇ	—	—	—	—	—	國
49	荒屋得寶	745B	ˇ（國際）	326E*晉	—	—	—	—	—	—	—	國
50	精怪摘瘤又還瘤	747A	ˇ（國際）	503明	503	503	503	—	—	503	—	首、國

序號	型名	型號	ATK（國際）	ATT（中國）	AT（國際）	ATU（國際）	（愛爾蘭）	（日本）	（印度語系）	（阿拉伯世界）	（韓國）	備註
51	生雖不能聚死後不分離	749A	✓（國際）	970魏晉	970；970A	970	970	—	—	970	—	國
52	窮秀才年關救窮人	750B.2	✓（國際）	—	—	—	—	—	—	—	—	國
53	不昧巨金・改變命運	750B.3	（新增改）	809A*明	—	—	—	—	—	—	—	首
54	井水變成酒還嫌無酒糟	750D.1	✓	✓明	—	—	—	—	—	—	—	
55	出米洞	751F	✓（國際）	—	—	—	—	—	—	—	—	首、國
56	惡地主變馬消罪孽	761	✓（國際）	—	✓	✓	—	—	—	—	—	國
57	前世有罪孽投胎為畜牲	761A	✓	✓唐	—	—	—	—	—	—	—	
58	金手指	775A	✓	✓明	—	—	—	—	—	—	—	首
59	落水鬼仁念放替身	776	✓	—	—	—	—	—	—	—	—	首
60	漁夫義勇救替身	776A	✓	—	—	—	—	—	—	—	—	
61	天雷獎善懲惡媳	779D	✓	—	—	—	—	—	—	—	—	
62	惡媳變成鳥	779D.1	✓	—	—	—	—	—	—	—	—	
63	惡媳變烏龜	779D.2	✓	—	—	—	—	—	—	—	—	
64	陰錯陽差訛為神	784	✓（國際）	—	—	—	—	—	—	—	—	國
65	陸沉的故事	825A	✓（國際）	825A*晉	—	—	—	—	—	—	—	國
66	貪心不足金變水	834	✓	✓明	✓	✓	—	—	✓	✓	—	首
67	無福之人金變蛇	834A	✓（國際）	✓唐	✓	✓	—	✓	✓	✓	—	國
68	仙境一日，人間千年	844A	✓（國際）	470；471A魏晉	470；471A	470；471A	470；471A	470	—	—	—	國

序號	型名	型號	ATK（國際）	ATT（中國）	AT（國際）	ATU（國際）	（愛爾蘭）	（日本）	（印度語系）	（阿拉伯世界）	（韓國）	備註
69	仙境遇豔不知年	844B	✓（國際）	—	470*	470*	470*	470*	—	—	—	國
70	假新郎成眞丈夫	855	✓	✓明	✓	✓	—	—	✓	—	—	首、國
71	巧媳婦妙對無理問	876	✓	✓	✓	✓	✓	—	—	✓	—	國
72	姑娘詩歌笑眾人	876B	✓	876B*晉	—	—	—	—	—	—	—	
73	戀人殉情	885B	✓（國際）	✓清	—	—	—	—	—	—	—	國
74	貞節婦爲夫復仇（孟姜女）	888C	✓（國際）	888C*	—	—	—	—	—	—	—	國
75	悍婦被嚇不復妒	901D	（新增改）	901D*宋	—	—	—	—	—	—	—	
76	所得讖言皆應驗	910	✓（國際）	910 六朝；910K	910；910K	910；910K	—	—	910；910K	910；910K	253	國
77	團結力量大	910F	✓	✓明	✓	✓	✓	✓	✓	✓	—	國
78	愚公移山	911A	✓	911A*先秦	—	—	—	—	—	—	—	
79	小孩問答勝秀才	921J	✓（國際）	—	—	—	—	—	—	—	—	國
80	孩子到底是誰的（灰闌記）	926	✓（國際）	✓漢	✓	✓	—	✓	✓	✓	—	國
81	雨傘到底是誰的	926A.1	✓（國際）	926*漢	—	—	—	—	—	—	—	國
82	拾金者的故事	926B.1	✓（國際）	926B1*元	—	—	—	—	—	—	—	國
83	假意審石頭，眞心助小販	926D.1	✓（國際）	926D1*	—	—	—	—	—	—	—	首、國
84	假意生氣眞捉賊	926D.2	✓（國際）	—	—	—	—	—	—	—	—	首、國
85	誰偷了藏在屋外的錢	926D.4	✓（國際）	—	—	—	—	—	—	—	—	首、國
86	鐘上塗墨辨盜賊	926E	✓（國際）	926E*宋	—	有此號但非同型故事	—	—	—	—	—	國

序號	型名	型號	ATK（國際）	ATT（中國）	AT（國際）	ATU（國際）	（愛爾蘭）	（日本）	（印度語系）	（阿拉伯世界）	（韓國）	備註
87	抓住心虛盜賊的其他方法	926E.1	∨（國際）	926E1*宋	—	—	—	—	—	—	—	國
88	鞭打畚箕求物證	926F	∨（國際）	926F*(齊書)	—	—	—	—	—	—	—	國
89	誰偷了驢馬	926G	∨	926G*梁	—	—	—	—	—	—	—	
90	誰偷了雞或蛋	926G.1	∨（國際）	927G1*梁	—	—	—	—	—	—	—	國
91	是誰冒認布匹	926G.2	∨	—	—	—	—	—	—	—	—	首
92	跑得慢的那個人是賊	926G.3	∨	—	—	—	—	—	—	—	—	首
93	一句話破案	926H	∨	926H*宋	—	—	—	—	—	—	—	
94	假證人難畫真實物	926L	∨（國際）	926L*唐	—	—	—	—	—	—	—	國
95	試抱西瓜斥誣告	926L.2	∨	—	—	—	—	—	—	—	—	
96	解釋怪遺囑	926M.1	∨	926M*明	—	—	—	—	—	—	—	
97	這些錢幣是什麼時候鑄造的	926N	（新增改）	926N*宋	—	—	—	—	—	—	—	
98	財物不是我的	926P	∨	926P*唐	—	—	—	—	—	—	—	
99	他嘴裡沒灰	926Q	（新增改）	926Q*明	—	—	—	—	—	—	—	
100	蒼蠅破案	926Q.1	（新增改）	926Q1*唐	—	—	—	—	—	—	—	
101	尼姑扶醉漢	927B	∨	—	927-b、c	—	—	—	—	—	—	首、國
102	偽毀贗品騙真賊	929D	∨（國際）	—	—	—	—	—	—	—	—	國
103	命中注定的妻子	930A	∨（國際）	∨唐	∨	∨	—	∨	∨	—	—	國
104	鸚鵡不幸應惡夢	934A.2	（新增改）	∨六朝	—	—	—	—	—	—	—	
105	異母兄弟和炒過的種子	939A.1	∨	511B*清	—	—	—	—	—	—	—	首

序號	型名	型號	ATK（國際）	ATT（中國）	AT（國際）	ATU（國際）	（愛爾蘭）	（日本）	（印度語系）	（阿拉伯世界）	（韓國）	備註
106	害人反害己	939B	（新增改）	837明	837	837	—	—	837	837	—	首、國
107	對自己命運負責的公主	943	✓（國際）	923B	923B	923B	—	—	923B	923B	—	國
108	塞翁失馬	944A	✓	944A*宋	—	—	—	—	—	—	—	
109	橫財不富命窮人	947A	✓（國際）	841A*明；947A	✓	✓	—	—	—	—	—	首、國
110	富貴由天不由人	947B	✓（國際）	—	947B*	—	—	—	—	—	—	國
111	少女燭油擒群盜	956B.1	✓	—	—	—	—	—	—	—	—	
112	被感動的竊賊	958A.1	（新增改）	958A1*宋	—	—	—	—	—	—	—	
113	水泡為證報冤仇	960	✓（國際）	✓宋	✓	✓	—	—	✓	✓	—	國
114	得寶互謀俱喪命	969	✓（國際）	763明	763	763	763	763	—	763	—	國
115	及時抵家的丈夫	974	✓（國際）	—	✓	✓	✓	✓	—	✓	—	國
116	兒子一言驚父親，從此孝養老祖父	980	✓（國際）	—	✓	✓	✓	—	—	—	—	國
117	弄巧成拙，劣子遵遺言	982C	✓（國際）	—	✓	✓	—	—	—	—	—	國
118	少婦在父親兄弟和丈夫兒子間的選擇	985	✓（國際）	—	✓	✓	✓	—	—	✓	—	國
119	先救別人的孩子	985A	✓	—	—	—	—	—	—	—	—	
120	女子從軍，代父出征	985B	✓（國際）	884B	—	884B	—	—	—	—	—	國
121	箱中少女變虎熊	986A	✓（國際）	896	896	896	—	—	896	896	—	國

序號	型名	型號	ATK（國際）	ATT（中國）	AT（國際）	ATU（國際）	（愛爾蘭）	（日本）	（印度語系）	（阿拉伯世界）	（韓國）	備註
122	善用小錢成鉅富	989	v（國際）	—	—	—	—	—	—	—		國
123	財富生煩惱	989A	v（國際）	754 唐	754	754	754	—	—	—	—	國
124	餓時糟糠甜如蜜	991	v（國際）	910*	—	—	—	—	—	—		國
125	劣子臨刑咬娘乳	996	v（國際）	838 清	838	838	—	—	838	838		首、國
126	囓耳訟師	997	v	1534E*明	—	—	—	—	—	—		首
127	富家子終於知艱辛	998	v	935A；935A *明	—	—	—	—	—	—		
128	長工條件低暗中藏玄機	1000C	v	—	—	—	—	—	—	—		首
129	分莊稼	1030	v（國際）	v明	v	v	v	v	v	v	12	首、國
130	你打我兒，我打你兒	1215A	v	1215*明	—	—	—	—	—	—		首
131	傻瓜護樹拔回家	1241C	v（國際）	v清	—	—	—	—	—	—		首、國
132	長竿進城	1248A	v	v魏	—	—	—	—	—	—		
133	杞人憂天	1251	v（國際）	—	—	—	—	—	—	—		國
134	刻舟求劍	1278	v（國際）	v先秦	v	v	v	—	—	v	—	國
135	守株待兔	1280A	（新增改）	1280* 先秦	—	—	—	—	—	—		
136	把自己丟了	1284	v（國際）	1284；1531A明	1284；1531A	1284；1531A	—	1284；1531A	1284	1284；1531A		首、國
137	搔癢搔錯了腿	1288	v（國際）	v明	v	v	v	v	—	—	—	首、國
138	錯將酒瀝作尿滴	1293	v（國際）	v明	v	v	—	—	—	—		首、國
139	守財奴的物盡其用	1305D.1	v（國際）	v明	—	—	—	—	—	—		首、國
140	守財奴命在須臾猶議價	1305D.2	v（國際）	v明	—	—	—	—	—	—		國

序號	型名	型號	ATK（國際）	ATT（中國）	AT（國際）	ATU（國際）	（愛爾蘭）	（日本）	（印度語系）	（阿拉伯世界）	（韓國）	備註
141	守財奴吝嗇成性	1305E.1	v	1704A明	—	—	—	—	—	—	—	
142	守財奴以看代吃以虛代實	1305G	v	1704C明	—	—	—	—	—	—	—	首
143	肉貴於命	1305H	v	1704D明	—	—	—	—	—	—	—	首
144	傻子買鞋	1332D	v	1332D*先秦	—	—	—	—	—	—	—	
145	兄弟合買鞋	1332D.1	v（國際）	—	—	—	—	—	—	—	—	首、國
146	不識鏡中人	1336B	v（國際）	1336A隋；1336B隋	1336A	1336A	1336A	—	—	1336A	—	國
147	鄉下人進城	1337	（新增改）	v明	v	v	—	—	—	v	—	首、國
148	煮竹蓆	1339F	（新增改）	v魏晉	—	—	—	—	—	—	—	
149	倒楣的竊賊	1341C	（國際）	v明	v	v	—	—	—	v	—	首、國
150	痴人祛盜	1341C.1	（新增改）	v唐	—	—	—	—	—	—	—	
151	只是撿了一條繩子	1341C.2	v	1800明	1800	1800	1800	—	—	—	—	首、國
152	偷米不著反失褲	1341D	v（國際）	1341C～g	—	—	—	—	—	—	—	首、國
153	又跌一跤	1349P	（新增改）	1349P*明	—	—	—	—	—	—	—	首
154	夫妻打賭不說話	1351	v（國際）	v明	v	v	v	—	—	v	—	國
155	擇偶論歲數	1362C	v	1362C*宋	—	—	—	—	—	—	—	
156	我乃大丈夫也	1366	（新增改）	1366*明	1366*	1366*	—	—	—	—	—	首、國
157	如果是我	1375A	v	1375A*明	—	—	—	—	—	—	—	首
158	極端嫉妒的妻子	1375B	（新增改）	1375B*唐	—	—	—	—	—	—	—	
159	想學怎樣不怕老婆的丈夫	1375C	（新增改）	1375C*宋	—	—	—	—	—	—	—	
160	大官也怕老婆	1375D	v	1375D*	—	—	—	—	—	—	—	

序號	型名	型號	ATK（國際）	ATT（中國）	AT（國際）	ATU（國際）	（愛爾蘭）	（日本）	（印度語系）	（阿拉伯世界）	（韓國）	備註
161	妻妾鑷髮	1375E	✓（國際）	1375E*宋	—	—	—	—	—	—	—	國
162	悍妻之喪有賀詞	1375G	（新增改）	1516E*明	—	—	—	—	—	—	—	首
163	打噴嚏	1406A	✓	—	—	—	—	—	—	—	—	首
164	跳窗的原來是自己(交換了鞋)	1419B.1	✓	1419B*明	—	—	—	—	—	—	—	首
165	一追一躲皆假裝	1419D	✓（國際）	✓	✓	✓	—	—	✓	—	—	首、國
166	袋子裡的是米	1419F.1	✓	1419F*明	—	1419F	—	—	—	—	—	首、國
167	藏在盒子裡的妻子	1426	（新增改）	✓	—	—	—	—	—	—	—	
168	夫妻共作白日夢	1430	✓（國際）	✓先秦	✓	✓	✓	✓	✓		630	國
169	口吃的少女	1457	（新增改）	✓明	✓	✓	—	—	✓	—	—	首、國
170	放響屁	1520	（新增改）	✓明	—	—	—	?	—	—	—	首
171	妙賊妙計，先說後偷	1525A	✓（國際）	✓明	✓	✓	—	—	✓	—	—	首、國
172	小偷躲進箱中讓賊偷	1525H.4	✓（國際）	✓明	✓	✓	—	—	—	—	—	首、國
173	教人怎樣避免被偷	1525W	（新增改）	✓魏	—	—	—	—	—	—	—	
174	被鎖在櫃櫥裡的小偷	1525T.1	（新增改）	1525T*明	—	—	—	—	—	—	—	首
175	冒認親人騙商家	1526	✓（國際）	—	✓	✓	—	—	—	—	—	國
176	巧計連環騙財物	1526C	✓	—	—	—	—	—	—	—	—	首
177	來僕不敬罰揹磨	1530B.1	✓（國際）	1530B1*清	—	—	—	—	—	—	—	首、國
178	夢得寶藏騙酒食	1533C	✓（國際）	1645B1明	—	—	—	—	—	—	—	首、國

序號	型名	型號	ATK（國際）	ATT（中國）	AT（國際）	ATU（國際）	（愛爾蘭）	（日本）	（印度語系）	（阿拉伯世界）	（韓國）	備註
179	縣官審案，霸佔引起爭執的物件	1534E	✓	926D明	926D	926D	—	—	—	926D	—	首、國
180	騙人的傳家寶	1539	✓（國際）	✓明	✓	✓	✓	✓	✓	✓	—	國
181	鞋值多少錢	1551A	✓	1551A*宋	—	—	—	—	—	—	—	
182	哄上哄下，騙進騙出	1559D	✓（國際）	1559D*明	—	—	—	—	—	—	—	首、國
183	飢餓的學徒騙引師傅	1567E	—	✓明	✓	✓	—	—	—	—	—	首、國
184	殺驢借雞	1572J	✓（國際）	1572J*明	—	—	—	—	—	—	—	首、國
185	意在炫耀	1572K	（新增改）	1459A**明	—	—	—	—	—	—	—	首
186	不受奉承的人	1620B	✓（國際）	✓明	—	—	—	—	—	—	—	首、國
187	假占卜歪打正著	1641	✓（國際）	✓	✓	✓	✓	✓	✓	✓	663	首、國
188	未完成的夢	1645C	（新增改）	✓明	—	—	—	—	—	—	—	
189	比手劃腳會錯意	1660A	✓（國際）	924A	924A	924；924A	—	—	—	924A	—	首、國
190	傻瓜的白日夢	1681D	✓（國際）	—	1681*	—	—	—	—	—	—	國
191	為沒有的東西爭吵	1681D.1	✓（國際）	參1430	參1430	參1430	參1430	參1430	參1430	參1430	—	首、國
192	自信已經會隱形的傻瓜	1683A	✓（國際）	1539A魏	—	—	—	—	—	—	—	國
193	今日不宜動土	1684	✓	1562C明	—	—	—	—	—	—	—	首
194	三思而後言	1684A	（新增改）	1562宋	1562	1562	1562	1562	1562	1562	—	國
195	傻瓜忘詞	1687	✓（國際）	✓魏	✓	✓	—	✓	✓	—	509	國
196	容易恍惚的人	1687A	（新增改）	1687A*隋	—	—	—	—	—	—	—	
197	傻瓜忘物	1687B	✓	1687*隋	—	—	—	—	—	—	—	

序號	型名	型號	ATK (國際)	ATT (中國)	AT (國際)	ATU (國際)	(愛爾蘭)	(日本)	(印度語系)	(阿拉伯世界)	(韓國)	備註
198	請左右鄰居搬家	1689A.1	ˇ	—	—	—	—	—	—	—	—	首
199	鑰匙還在我處	1689B.2	ˇ	ˇ唐	—	—	—	—	—	—	—	首
200	何不食肉糜	1689C	（新增改）	1446	1446	1446	1446	—	1446	—	—	
201	傻瓜學舌鬧笑話	1696E	ˇ（國際）	—	—	—	—	—	—	—	—	首、國
202	傻瓜學詩，詠錯對象	1696F	ˇ（國際）	—	—	—	—	—	—	—	—	首、國
203	聾子和近視	1698E	（新增改）	1698E*明	—	—	—	—	—	—	—	首
204	聽錯話而引起滑稽後果	1698G	ˇ	ˇ	ˇ	ˇ	ˇ	—	—	—	—	首、國
205	聾子探病	1698I	（新增改）	ˇ	ˇ	ˇ	ˇ	ˇ	ˇ	ˇ	—	首、國
206	不懂方言起誤解	1699A.1	ˇ	ˇ隋	—	—	—	—	—	—	—	
207	比賽眼力看橫匾	1703B	ˇ	ˇ明	—	—	—	—	—	—	—	首
208	把自己鎖住了	1703D	（新增改）	ˇ明	—	—	—	—	—	—	—	首
209	喝酒的理由	1705A	ˇ	ˇ宋	—	—	—	—	—	—	—	
210	美婦巧戲登徒子	1441B	ˇ（國際）	1725A；1730	882A*；1730	882A*；1730	1730	—	1730	—	—	唐
211	和尚倒楣被冒充	1807B	（新增改）	1807B*明	—	—	—	—	—	—	—	首
212	醫駝背	1862D	ˇ（國際）	ˇ魏	—	ˇ	—	—	—	—	—	國
213	最好的醫生	1862E	ˇ	ˇ明	—	—	—	—	—	—	—	首
214	酒徒傳奇	1886A	（新增改）	ˇ宋	—	—	—	—	—	—	—	
215	大家來吹牛	1920A	ˇ（國際）	ˇ明	ˇ	ˇ	ˇ	—	ˇ	ˇ	—	國
216	我沒空說謊	1920B	ˇ（國際）	ˇ明	ˇ	ˇ	—	—	—	—	—	首、國

序號	型名	型號	ATK（國際）	ATT（中國）	AT（國際）	ATU（國際）	（愛爾蘭）	（日本）	（印度語系）	（阿拉伯世界）	（韓國）	備註
217	如果不信我的謊那麼就罰錢	1920C.1	˅（國際）	˅宋	—	—	—	—	—	—	—	國
218	牛皮吹破，愈吹愈小	1920D	˅（國際）	˅明	˅	˅	—	—	—	˅	—	首、國
219	巨人還有更巨人	1920I	（新增改）	˅隋	—	—	—	—	—	—	—	
220	漫天撒謊，比誰最老	1920J	˅（國際）	˅先秦	—	—	—	—	—	—	—	國
221	我家更大些	1920K.1	（新增改）	˅明	—	—	—	—	—	—	—	首
222	懶人之懶	1951	˅（國際）	—	˅	˅	—	—	—	—	—	首、國
223	巨魚失水困沙灘	1960B	（新增改）	˅晉	˅	˅	˅	—	—	˅	—	國
224	巨鳥	1960J	˅	˅明	˅	˅	˅	˅	—	—	44	國
225	巨中更有巨霸人	1962A	˅	1962A.1明	˅	˅	˅	—	—	—	—	首、國
226	強中更有強中手	2031	˅（國際）	˅明	2031＋2031C	˅	2031＋2031C	˅	2031＋2031C	˅	37	首、國
227	一裂裳之地	2400A	˅（國際）	˅清	—	—	—	—	—	—	—	國

附錄四：明人筆記初見之故事類型出處索引

說明：

一、此索引之類型編號與類型名稱，以金榮華先生《民間故事類型索引》（增訂本）、《歷代筆記故事類型索引》（未刊稿）為主，參以丁乃通《中國民間故事類型索引》，將明代筆記中初見之類型故事出處，依其所屬型號與型名羅列其中。

二、標列方式：先列書名，次列卷次，又次列出原有之篇名、題名，無者，以第幾則呈現。又，古籍出版狀況不一，故不列頁次。

21	吃自己的內臟
	賢奕編，卷 3（警喻第 14，點猱媚虎）
	古今譚概，專愚部第 4（物性之愚）（第 5 則）
112A	老鼠偷喝酒或油
	解慍編，卷 5（口腹，酒風）
	笑府，卷 8（刺俗部，撒酒風）
	廣笑府，卷 5（口腹，酒風）
112B	老鼠搬蛋
	雪濤閣集，卷 14（小說，巧御物）
113B	貓裝聖人
	笑府，卷 12（日用部，吃素）（第 3 則）
	談笑酒令，卷 4（談笑門，假作慈悲）
	笑林（浮白本）（吃素）

155	忘恩獸再入牢籠（中山狼）
	東田集，卷5（雜著，中山狼傳）
	古今說海，卷49（說淵部29，中山狼傳）
	國色天香，卷9（東郭記）
155A	忘恩獸吃掉救命恩人
	艾子外語（第9則）
156D	虎盡子責養寡母
	虎苑，卷上（德政第1）（第8、9則）
	古今譚概，靈蹟部第32（杖虎）
	帝京景物略，卷8（狄梁公祠）
	奇聞類紀，卷3（伏虎紀，于子仁焚牒致虎）
	※以上，虎自領罪，無有養寡母事。
222A	蝙蝠取巧被排斥
	解慍編，卷9（偏駁，蝙蝠推奸）
	廣笑府，卷9（偏駁，蝙蝠推奸）
	談笑酒令，卷4（談笑門，譏人刁詐）
	笑府（中國笑話大觀本），卷下（雜語）（第1則）
331A	眞假新娘（新郎）
	稗史彙編，卷174（志異門，邪魅類，小姑二身）
332A	潑婦鬼也怕
	稗史彙編，卷48（倫敘門，劣婦類，六虎）
554D	蜈蚣救主
	五雜組，卷9（物部1）（第154則）
654B	天賦異稟十兄弟
	憨子雜俎（第2則）
747A	精怪摘瘤又還瘤
	笑府，卷10（形體部，懸疣）
750B.3	不昧巨金改變命運
	庚巳編，卷3（還金童子）
	稗史彙編，卷54（伎術門，風鑑類，袁忠徹相童子）
	喻世明言，卷9（裴晉公義還原配）（入話）
	醒世恆言，卷18（施潤澤灘闕遇友）（+947A）
	初刻拍案驚奇，卷21（袁尚寶相術動名卿鄭舍人陰功叨世爵）

751F	出米洞
	粵劍編，卷1（志名勝）（第16則）
775A	金手指
	笑府，卷8（刺俗部，指石爲金）
	廣笑府，卷4（方外，指石爲金）
776	落水鬼仁念放替身
	稗史彙編，卷134（祠祭門，鬼物類上，放生見錄）
	說聽（周八尺）
	淮城夜語（溺水鬼小長庚）
834	貪心不足金變水
	稗史彙編，卷141（珍寶門，金銀類，造竃得盃）
	稗史彙編，卷166（禍福門，運命類，造竃得盃）
	涇林續記（第15、16則）
855	假新郎成眞丈夫
	情史，卷2（情緣類，吳江錢生）
	醒世恆言，卷7（錢秀才錯占鳳凰儔）
	今古奇觀，卷41（錢秀才錯占鳳凰儔）
926D.1	假意審石頭　眞心助小販
	棠陰比事補編（易貴辨紙）
	補疑獄集（易貴杖石買紙）
926D.2	假意生氣眞捉賊
	雙槐歲鈔，卷6（性敏善斷）
	龍圖公案，卷4（石牌）
	玉光劍氣集，卷7（吏治）（第70則）
926D.4	誰偷了藏在屋外的錢
	包龍圖判百家公案，卷2（第9回，判姦夫竊盜銀兩）
	龍圖公案，卷2（陰溝賊）
	增廣智囊補，卷10（察智部，詰姦，吳復）
	益智編，卷26（刑獄類三，折獄下）（第24、25則）
926G.2	是誰冒認布匹
	益智編，卷25（刑獄類二，折獄上）（第7、8則）
926G.3	跑得慢的那個人是賊
	益智編，卷25（刑獄類二，折獄上）（第27則）

927B	尼姑扶醉漢
	諧史（第 36 則） 雅謔（母哭子）
939A.1	異母兄弟和炒過的種子
	玉光劍氣集，卷 29（類物）（第 71 則）
939B	害人反害己
	古今譚概，貧儉部第 13（吝禍） 警世通言，卷 5（呂大郎還金完骨肉）（入話）
947A	橫財不富命窮人
	花當閣叢談，卷 4（財必有主）（第 2 則） 古今譚概，雜志部第 36（張生失金） 醒世恆言，卷 18（施潤澤灘闕遇友）（809A*+）
996	劣子臨刑咬娘乳
	讀書鏡，卷 1（第 14 則） 昨非庵日纂，卷 5（詒謀）（第 25 則）
997	囓耳訟師
	增廣智囊補，卷 27（雜智部，狡黠，囓耳訟師） 初刻拍案驚奇，卷 13（趙老六舐犢喪殘生張知縣誅梟成鐵案）（入話）
1000C	長工條件低　暗中藏玄機
	笑府，卷 3（世諱部，見飯就住）
1030	分莊稼
	笑林（浮白本）（合種田） 笑府，卷 8（刺俗部，合種田）
1215A	你打我兒　我打你兒
	艾子後語（孫兒） 解慍編，卷 9（偏駁，自凍悟親） 笑府，卷 11（謬誤部，跪） 廣笑府，卷 9（偏駁，自凍悟親）
1241C	傻瓜護樹拔回家
	式齋先生集，卷 15（式齋稿卷 15，書雜著，阿留傳） 笑府，卷 6（殊稟部，守楊芊）

1284	把自己丟了
	解慍編，卷 4（方外，財酒誤事）
	賢奕編，卷 3（應諧第 15，里尹昧我）
	雪濤閣集，卷 14（小說，喪我）
	笑贊（第 10 則）
	稗史彙編，卷 99（文史門，文章類，寓言）（第 2 則）
	笑府，卷 6（殊稟部，解僧卒）
	廣笑府，卷 4（方外，財酒誤事）
1288	搔癢搔錯了腿
	笑府（中國笑話大觀本），卷上（殊稟）（第 1 則）（+1293）
1293	錯將酒瀝作尿滴
	笑府（中國笑話大觀本），卷上（殊稟）（第 1 則）（1288+）
1305D.1	守財奴的物盡其用
	解慍編，卷 7（貪吝，死後不賒）
	廣笑府，卷 7（貪吝，死後不賒）
1305G	守財奴以看代吃以虛代實
	解慍編，卷 7（貪吝，鮓哼）
	諧史（第 105 則第 4 條）
	廣笑府，卷 7（貪吝，鮓哼）
	精選雅笑（腌魚）
1305H	肉貴於命
	笑林（浮白本）（豆腐）
	笑府，卷 12（日用部，豆腐）
	廣笑府，卷 5（口腹，豆腐）
1332D.1	兄弟合買鞋
	笑贊（第 52 則）
	笑府，卷 6（殊稟部，著靴）
1337	鄉下人進城
	解慍編，卷 5（口腹，先喫後打）
	賢奕編，卷 3（應諧第 15，漢村三老）
	賢奕編，卷 3（應諧第 15，僻取三駭）
	笑府，卷 6（殊稟部，醃蛋）
	廣笑府，卷 5（口腹，先吃後打）

1341C	倒楣的竊賊
	笑禪錄（第 18 則） 笑府，卷 3（世諱部，遇偷）
1341C.2	只是撿了一條繩子
	精選雅笑（盜牛）
1341D	偷米不著反失褲
	笑府，卷 3（世諱部，遇偷）（第 3 則）
1349P	又跌一跤
	笑林（浮白本）（跌） 笑府，卷 13（閨語部，跌）
1366	我乃大丈夫也
	笑贊（第 15 則） 笑府，卷 8（刺俗部，避打） 廣笑府，卷 10（嘲謔，不出來）
1375A	如果是我
	談笑酒令，卷 4（談笑門，譏怕老婆） 笑林（浮白本）（掇馬桶） 笑府，卷 8（刺俗部，掇馬桶） 廣笑府，卷 10（嘲謔，掇桶）
1375G	悍妻之喪有賀詞
	古今譚概，閨誡部第 19（賀喪妻）
1406A	打噴嚏
	笑府，卷 6（殊稟部，噴嚏）
1419B.1	跳窗的原來是自己
	笑贊（第 29 則） 諧史（第 98 則） 笑府，卷 6（殊稟部，認鞋）
1419D	一追一躲皆假裝
	笑府，卷 10（形體部，貴相）附記

1419F.1	袋子裡的是米
	艾子後語（米言） 雅笑，卷 2（諧，吾乃米） 笑贊（第 60 則） 笑府，卷 11（謬誤部，米） 廣笑府，卷 10（嘲謔，米） 五雜組，卷 16（事部 4）（第 79 則）
1457	口吃的少女
	賢奕編，卷 3（應諧第 15，二女謔吃）
1520	放響屁
	笑府，卷 10（形體部，善屁） 廣笑府，卷 10（嘲謔，善屁）
1525A	妙賊妙計　先說後偷
	蓬窗類記，卷 5（黠盜紀）（第 1 則）＝蓬軒吳記，卷下（第 31 則） 古今譚概，譎知部第 21（黃鐵腳） 增廣智囊補，卷 27（雜智部，狡黠，黃鐵腳） 二刻拍案驚奇，卷 39（神偷寄興一枝梅俠盜慣行三昧戲） （1525T.1+1525G）
1525H.4	小偷躲進箱中讓賊偷
	古今譚概，譎知部第 21（何大復覽盜篇） 增廣智囊補，卷 27（雜智部，狡黠，覽盜）
1525T.1	被鎖在櫃櫥裡的小偷
	賢奕編，卷 3（應諧第 15，偷兒脫死） 二刻拍案驚奇，卷 39（神偷寄興一枝梅俠盜慣行三昧戲） （+1525A+1525G）
1526C	巧計連環騙財物
	古今譚概，譎知部第 21（一錢誆百金） 增廣智囊補，卷 27（雜智部，狡黠，一錢誆百金）
1530B.1	來僕不敬罰揹磨
	水東日記，卷 3（莊伯和詼諧） 蓬窗類記，卷 4（滑稽紀）（第 1 則）＝蓬軒吳記，卷下（第 20 則） 諧史（第 101 則） 古今譚概，儇弄部第 22（莊樂）

1533C	夢得寶藏騙酒食
	雪濤閣集，卷14（小說，甘利）
1534E	縣官審案　霸佔引起爭執的物件
	解慍編，卷2（官箴，爭魚納鮓） 廣笑府，卷2（官箴，爭魚納鮓） 古今譚概，佻達部第11（爭貓）
1559D	哄上哄下　騙進騙出
	諧史（第69則） 雅謔（誘出戶） 古今譚概，儇弄部第22（朱古民） 增廣智囊補，卷28（雜智部，小慧，誘出戶）
1567E	飢餓的學徒騙引師傅
	笑海千金（笑人獨食）
1572J	殺驢借雞
	笑禪錄（第9則） 雅笑，卷2（諧，騎雞） 諧史（第72則第2條） 笑府，卷8（刺俗部，不留客） 笑林（浮白本）（不留客）
1572K	意在炫耀
	賢奕編，卷3（應諧第15，兩生同病） 笑府，卷8（刺俗部，新絹裙） 廣笑府，卷10（嘲謔，賣弄） 廣笑府，卷10（嘲謔，新絹裙）
1620B	不受奉承的人
	賢奕編，卷3（應諧第15，粵令嗜諛）
1641	假占卜歪打正著
	七修類稿，卷49（奇謔類，二命肆） 稗史彙編，卷84（人事門，遭逢類，紹興賣卜人）
1660A	比手劃腳會錯意
	解慍編，卷4（方外，不語禪） 廣笑府，卷4（方外，不語禪）

1681D.1	爲沒有的東西爭吵
	賢奕編，卷3（應諧第15，指雁爲羹） 古今譚概，專愚部第4（迂仙別記）（第17則）
1684	今日不宜動土
	雪濤閣集，卷14（小說，陰陽） 笑林（浮白本）（風水） 古今譚概，迂腐部第1（反支日） 笑府，卷4（方術部，風水）
1689A.1	請左右鄰居搬家
	笑府，卷6（殊稟部，好靜） 廣笑府，卷10（嘲謔，好靜） 精選雅笑（遷居）
1696E	傻瓜學舌鬧笑話
	笑府，卷1（古艷部，眷制生） 廣笑府，卷1（儒箴，仿制字）
1696F	傻瓜學詩　詠錯對象
	解慍編，卷9（偏駁，不識人） 五雜組，卷16（事部4）（第144則第2條） 廣笑府，卷9（偏駁，不識人） 笑海千金（話不投機）
1698E	聾子和近視
	笑府，卷10（形體部，聾） 廣笑府，卷10（嘲謔，拾火爆）
1698G	聽錯話而引起滑稽後果
	諧史（第125則）
1698I	聾子探病
	笑府，卷10（形體部，聾）（第2則） 廣笑府，卷3（九流，聾醫）
1703B	比賽眼力看橫匾
	笑府，卷10（形體部，近視） 廣笑府，卷10（嘲謔，認匾）

1703D	把自己鎖住了
	笑府，卷 10（形體部，近視）（第 2 則） 廣笑府，卷 1（儒箴，嘲近視詩） 廣笑府，卷 12（形體，近視）
1807B	和尚倒楣被冒充
	雅謔（石轄子） 古今譚概，儇弄部第 22（石轄子） 增廣智囊補，卷 28（雜智部，小慧，石子） 初刻拍案驚奇，卷 15（衛朝奉狠心盤貴產陳秀才巧計賺原房）
1862E	最好的醫生
	解慍編，卷 3（九流，開舖數日） 諧史（第 103 則） 笑府，卷 4（方術部，冥王訪名醫） 廣笑府，卷 3（九流，開舖數日） 廣笑府，卷 3（九流，冤鬼）
1920B	我沒空說謊
	諧史（第 68 則）
1920D	牛皮吹破　愈吹愈小
	艾子外語（第 20 則） 諧史（第 102 則） 笑府，卷 8（刺俗部，說謊） 精選雅笑（醉月子）（誇富）
1920K.1	我家的更大些
	笑府，卷 8（刺俗部，說大話） 廣笑府，卷 8（尚氣，大話） 時尚笑談（說大話）
1951	懶人之懶
	笑府，卷 6（殊稟部，性懶）
1962A	巨中更有巨霸人
	憨子雜俎（第 3 則） 古今譚概，荒唐部第 33（鎮陽二小兒） 稗史彙編，卷 93（人物門，俳調類上，公孫龍辯屈）
2031	強中更有強中手
	賢奕編，卷 3（應諧第 15，夸父名猫）